COLLECTION
FOLIO/ESSAIS

Julia Kristeva

Soleil noir

Dépression et mélancolie

Gallimard

Julia Kristeva : professeur à l'université de Paris VII, docteur ès lettres, psychanalyste.

Parmi ses principales publications :

Σημειωτικὴ *Recherches pour une sémanalyse.*

La révolution du langage poétique. L'avant-garde à la fin du XIXe siècle, Lautréamont et Mallarmé.

Polylogue.

Pouvoirs de l'horreur.

Le texte du roman. Approche sémiologique d'une structure discursive transformationnelle.

Des Chinoises.

Le langage, cet inconnu.

Au commencement était l'amour.

Étrangers à nous-mêmes.

« Pourquoi, ô mon âme, es-tu si triste ? et pourquoi me troubles-tu ? »

Psaume de David,
XLII, 6-12.

« La grandeur de l'homme est grande en ce qu'il se connaît misérable. »

Pascal,
Pensées (165).

« C'est peut-être ça qu'on cherche à travers la vie, rien que cela, le plus grand chagrin possible pour devenir soi-même avant de mourir. »

Céline,
Voyage au bout de la nuit.

I

Un contre-dépresseur : la psychanalyse

Écrire sur la mélancolie n'aurait de sens, pour ceux que la mélancolie ravage, que si l'écrit venait de la mélancolie. J'essaie de vous parler d'un gouffre de tristesse, douleur incommunicable qui nous absorbe parfois, et souvent durablement, jusqu'à nous faire perdre le goût de toute parole, de tout acte, le goût même de la vie. Ce désespoir n'est pas un dégoût qui supposerait que je sois capable de désir et de création, négatifs certes, mais existants. Dans la dépression, si mon existence est prête à basculer, son non-sens n'est pas tragique : il m'apparaît évident, éclatant et inéluctable.

D'où vient ce soleil noir ? De quelle galaxie insensée ses rayons invisibles et pesants me clouent-ils au sol, au lit, au mutisme, au renoncement ?

La blessure que je viens de subir, tel échec sentimental ou professionnel, telle peine ou tel deuil qui affectent mes relations avec mes proches sont souvent le déclic, facilement repérable, de mon désespoir. Une trahison, une maladie fatale, tel accident ou handicap qui m'arrachent brusquement à cette catégorie qui me semblait normale des gens normaux ou qui s'abattent avec le même effet radical sur un être cher, ou encore... que sais-je... ? La liste est infinie des malheurs qui nous accablent tous les jours... Tout ceci me donne brusquement une autre vie. Une vie invivable, chargée de peines quotidiennes, de larmes avalées ou versées, de désespoir sans partage, parfois brûlant, parfois incolore et vide. Une existence dévitalisée, en somme, qui, quoique parfois exaltée par l'effort que je fais pour la continuer, est prête à basculer à chaque instant dans la mort. Mort vengeance ou mort délivrance, elle est désormais le seuil interne de mon accablement, le sens impossible de cette vie dont le fardeau me paraît à chaque instant intenable, hormis les moments où je me mobilise pour faire face au désastre. Je vis une mort vivante, chair coupée, saignante, cadavérisée, rythme ralenti ou suspendu, temps effacé ou boursouflé, résorbé dans la peine... Absente du sens des autres, étrangère, accidentelle au bonheur naïf, je tiens de ma déprime une lucidité suprême, métaphysique. Aux frontières de la vie et de la mort, j'ai parfois le sentiment orgueilleux d'être le témoin du non-sens de l'Être, de révéler l'absurdité des liens et des êtres.

Ma douleur est la face cachée de ma philosophie, sa sœur muette. Parallèlement, le « philosopher c'est apprendre à mourir » ne saurait se concevoir sans le recueil mélancolique de la peine ou de la haine — qui culminera dans le *souci* de Heidegger et le dévoilement de notre « être-pour-la-mort ». Sans une disposition à la mélancolie, il n'y a pas de psychisme, mais du passage à l'acte ou au jeu.

Cependant, la puissance des événements qui suscitent ma dépression est souvent disproportionnée par rapport au désastre qui, brusquement, me submerge. Plus encore, le désenchantement, fût-il cruel, que je subis ici et maintenant semble entrer en résonance, à l'examen, avec des traumas anciens dont je m'aperçois que je n'ai jamais su faire le deuil. Je peux trouver ainsi des antécédents de mon effondrement actuel dans une perte, une mort ou un deuil, de quelqu'un ou de quelque chose, que j'ai jadis aimés. La disparition de cet être indispensable continue de me priver de la part la plus valable de moi-même : je la vis comme une blessure ou une privation, pour découvrir, toutefois, que ma peine n'est que l'ajournement de la haine ou du désir d'emprise que je nourris pour celui ou pour celle qui m'ont trahie ou abandonnée. Ma dépression me signale que je ne sais pas perdre : peut-être n'ai-je pas su trouver une contrepartie valable à la perte ? Il s'ensuit que toute perte entraîne la perte de mon être — et de l'Être lui-même. Le déprimé est un athée radical et morose.

La mélancolie : doublure sombre de la passion amoureuse

Une triste volupté, une ivresse chagrine constituent le fond banal d'où se détachent souvent nos idéaux ou nos euphories, quand elles ne sont pas cette lucidité fugace qui déchire l'hypnose amoureuse accolant deux personnes l'une à l'autre. Conscients d'être voués à perdre nos amours, nous sommes endeuillés peut-être plus encore d'apercevoir chez l'amant l'ombre d'un objet aimé, anciennement perdu. La dépression est le visage caché de Narcisse, celui qui va l'emporter dans la mort, mais qu'il ignore alors qu'il s'admire dans un mirage. Parler de la dépression nous conduira à nouveau dans la contrée marécageuse du mythe narcissien[1]. Cependant, nous n'y verrons pas cette fois l'éclatante et fragile idéalisation amoureuse, mais au contraire l'ombre jetée sur le moi fragile, à peine dissocié de l'autre, par la *perte* précisément de cet autre nécessaire. Ombre du désespoir.

Plutôt que de chercher le sens du désespoir (il est évident ou métaphysique), avouons qu'il n'y a de sens que du désespoir. L'enfant roi devient irrémédiablement triste avant de proférer ses premiers mots : c'est d'être séparé sans retour, désespérément de sa mère qui le décide à essayer de la retrouver, ainsi que les autres objets d'amour, dans son imagination d'abord, dans les mots ensuite. La sémiologie, qui s'intéresse au degré zéro du symbolisme, est immanquablement amenée à s'interroger non seulement sur l'état amoureux, mais aussi sur son terne corollaire, la mélancolie, pour constater du même coup que s'il n'est d'écriture qui ne soit amoureuse, il n'est d'imagination qui ne soit, ouvertement ou secrètement, mélancolique.

1. Cf. notre *Histoires d'amour*, Denoël, Paris, 1983.

Cependant, la mélancolie n'est pas française. La rigueur du protestantisme ou le poids matriarcal de l'orthodoxie chrétienne s'avouent plus facilement complices de l'individu endeuillé quand ils ne l'invitent pas à une délectation morose. S'il est vrai que le Moyen Age français nous présente la tristesse sous des figures délicates, le ton gaulois, renaissant et éclairé est à la plaisanterie, à l'érotique et à la rhétorique plus qu'au nihilisme. Pascal, Rousseau et Nerval font triste figure et... exception.

Pour l'être parlant, la vie est une vie qui a du sens : la vie constitue même l'apogée du sens. Aussi perd-il le sens de la vie, la vie se perd sans mal : à sens brisé, vie en danger. Dans ses moments dubitatifs, le dépressif est philosophe et l'on doit à Héraclite, à Socrate, et plus près de nous à Kierkegaard, les pages les plus troublantes sur le sens ou le non-sens de l'Être. Il faut remonter toutefois à Aristote pour trouver une réflexion complète sur les rapports entretenus par les philosophes avec la mélancolie. Dans les *Problemata* (30, I), attribués à Aristote, la bile noire *(melaina kole)* détermine les grands hommes. La réflexion (pseudo-)aristotélicienne porte sur l'*éthos-péritton*, la personnalité d'exception, à laquelle serait propre la mélancolie. Tout en empruntant aux notions hippocratiques (les quatre humeurs et les quatre tempéraments), Aristote innove, en extrayant la mélancolie de la pathologie et en la situant dans la nature, mais aussi, et surtout, en la faisant découler de la *chaleur*, tenue pour le principe régulateur de l'organisme, et de la *mesotes*, interaction contrôlée d'énergies opposées. Cette notion grecque de mélancolie nous reste aujourd'hui étrangère : elle suppose une « diversité bien dosée » *(eukratos anomalia)* se traduisant métaphoriquement par l'écume *(aphros)*, contrepoint euphorique de la bile noire. Ce mélange blanc d'air *(pneuma)* et de liquide fait mousser aussi bien la mer, le vin que le sperme de l'homme. Aristote associe en effet exposé scientifique et références mythiques en liant la mélancolie à l'écume spermatique et à l'érotisme et en se référant explicitement à Dionysos et à Aphrodite (953*b*31-32). La mélancolie qu'il évoque n'est pas une maladie du philosophe, mais sa nature même, son *éthos*. Elle n'est pas celle qui frappe le premier mélancolique grec, Bellérophon, que nous présente *l'Iliade* (VI, 200-203) : « Objet de haine pour les dieux, il errait tout seul sur la plaine d'Aléion, le cœur dévoré de chagrin, évitant les traces des hommes. » Autophage parce qu'abandonné des dieux, exilé par le décret divin, ce désespéré était condamné non pas à la manie, mais à l'éloignement, à l'absence, au vide... Avec Aristote, la mélancolie, équilibrée par le génie, est coextensive à l'inquiétude de l'homme dans l'Être. On a pu y voir l'annonce de l'angoisse heideggerienne comme *Stimmung* de la pensée. Schelling y découvrait, de manière similaire, l'« essence de la liberté humaine », l'indice de la « sympathie de l'homme avec la nature ». Ainsi le philosophe serait-il « mélancolique par surabondance d'humanité[2] ».

Cette vision de la mélancolie, comme état limite et comme exceptionalité révélatrice de la véritable nature de l'Être, subit une profonde mutation au Moyen Age. D'une part, la pensée médiévale revient aux cosmologies de l'Antiquité tardive et lie la mélancolie à Saturne, planète de l'esprit et de la pensée[3]. La *Mélancolie* (1514) de Dürer saura magistralement transposer dans l'art plastique ces spéculations théoriques qui trouvaient leur apogée chez Marsile Ficin. La théologie chrétienne, d'autre part, fait de la tristesse un péché. Dante place les « foules douloureuses qui ont perdu le bien d'entendement » dans la « cité dolente » (*l'Enfer*, chant III). Avoir un « cœur morne » signifie avoir perdu Dieu, et les mélancoliques forment « une secte des chétifs fâcheux à Dieu et à ses ennemis » : leur punition est de n'avoir « point d'espé-

2. Cf. *La Melanconia dell' uomo di genio*, Ed. Il Melangolo, a cura di Carlo Angelino, ed. Enrica Salvaneschi, Genova, 1981.

3. Sur la mélancolie dans l'histoire des idées et des arts, cf. l'ouvrage fondamental de K. Klibanski, E. Panofski, Fr. Saxl, *Saturn and Melancholy*, T. Nelson ed., 1964.

rance de mort ». Ceux que le désespoir rend violents à l'égard d'eux-mêmes, les suicidés et les dissipateurs, ne sont pas davantage épargnés : ils sont condamnés à se transformer en arbres (chant XIII). Les moines du Moyen Age cultiveront toutefois la tristesse : ascèse mystique *(acedia)*, elle s'imposera comme moyen de connaissance paradoxale de la vérité divine et constituera l'épreuve majeure de la foi.

Variable selon les climats religieux, la mélancolie s'affirme, si l'on peut dire, dans le doute religieux. Rien de plus triste qu'un Dieu mort, et Dostoïevski lui-même sera troublé par l'image navrante du Christ mort dans le tableau d'Holbein, apposée à la « vérité de la résurrection ». Les époques qui voient s'écrouler idoles religieuses et politiques, les époques de crise sont particulièrement propices à l'humeur noire. Il est vrai qu'un chômeur est moins suicidaire qu'une amoureuse délaissée mais, en temps de crise, la mélancolie s'impose, se dit, fait son archéologie, produit ses représentations et son savoir. Une mélancolie écrite n'a sûrement plus grand-chose à voir avec la stupeur asilaire qui porte le même nom. Au-delà de la confusion terminologique que nous avons jusqu'à présent entretenue (qu'est-ce qu'une mélancolie ? qu'est-ce qu'une dépression ?), nous sommes ici devant un paradoxe énigmatique qui ne cessera de nous interroger : si la perte, le deuil, l'absence déclenchent l'acte imaginaire et le nourrissent en permanence autant qu'ils le menacent et l'abîment, il est remarquable aussi que c'est de désavouer ce chagrin mobilisateur que s'érige le fétiche de l'œuvre. L'artiste qui se consume de mélancolie est en même temps le plus acharné à combattre la démission symbolique qui l'enrobe... Jusqu'à ce que la mort le frappe ou que le suicide s'impose pour certains comme triomphe final sur le néant de l'objet perdu...

Mélancolie/dépression

On appellera *mélancolie* la symptomatologie asilaire d'inhibition et d'asymbolie qui s'installe par moments ou chroniquement chez un individu, en alternance, le plus souvent, avec la phase dite maniaque de l'exaltation. Lorsque les deux phénomènes de l'abattement et de l'excitation sont de moindres intensité et fréquence, alors on peut parler de dépression névrotique. Tout en reconnaissant la différence entre mélancolie et dépression, la théorie freudienne décèle partout le même *deuil impossible de l'objet maternel.* Question : impossible en raison de quelle défaillance paternelle ? Ou de quelle fragilité biologique ? La mélancolie — retrouvons encore le terme générique après avoir distingué les symptomatologies psychotique et névrotique — a le redoutable privilège de situer l'interrogation de l'analyste au carrefour du biologique et du symbolique. Séries parallèles ? Séquences consécutives ? Croisement hasardeux à préciser, autre relation à inventer ?

Les deux termes de mélancolie et de dépression désignent un ensemble qu'on pourrait nommer mélancolico-dépressif dont les confins sont en réalité flous et dans lequel la psychiatrie réserve le concept de « mélancolie » à la maladie spontanément irréversible (qui ne cède qu'à l'administration d'antidépresseurs). Sans entrer dans les détails des divers types de dépression (« psychotique » ou « névrotique » ou, selon une autre classification, « anxieuse », « agitée », « ralentie », « hostile »), ni dans le domaine prometteur mais encore peu précis des effets exacts des antidépresseurs (IMAO, tricycliques, hétérocycliques) ou des stabilisateurs thymiques (sels de lithium), nous nous situerons dans une *perspective freudienne.* A partir de là, nous essaierons de dégager ce qui, au sein de l'ensemble mélancolico-dépressif, quelque floues qu'en soient les limites, relève d'une commune expérience de la *perte de l'objet* ainsi que d'une *modification des liens signifiants.* Ces derniers, et en particulier le langage, s'avèrent dans l'ensemble mélancolico-dépressif incapables d'assurer l'autostimulation nécessaire à initier certaines réponses. Au lieu d'opérer comme un « système de récompenses », le langage hyperactive au contraire le couple anxiété-punition, s'insérant ainsi dans le ralentissement comportemental et idéïque caractéristique de la dépression. Si la tristesse passagère ou le deuil, d'une part, et la stupeur mélancolique, d'autre part, diffèrent cliniquement et nosologiquement, ils s'étayent cependant d'une *intolérance à la perte de l'objet* et de la *faillite du signifiant* à assurer une issue compensatoire aux états de retrait dans lesquels le sujet se réfugie jusqu'à l'inaction, jusqu'à faire le mort ou jusqu'à la mort elle-même. Ainsi, on parlera de dépression et de mélancolie sans distinguer toujours les particularités des deux affections, mais en ayant en vue leur structure commune.

Le dépressif : haineux ou blessé. L'« objet » et la « chose » du deuil

Selon la théorie psychanalytique classique (Abraham[4], Freud[5], M. Klein[6]), la dépression, comme le deuil, cache une agressivité contre l'objet perdu, et révèle ainsi l'ambivalence du déprimé vis-à-vis de l'objet de son deuil. « Je l'aime (semble dire le dépressif à propos d'un être ou d'un objet perdu), mais plus encore je le hais ; parce que je l'aime, pour ne pas le perdre, je l'installe en moi ; mais parce que je le hais, cet autre en moi est un mauvais moi, je suis mauvais, je suis nul, je me tue. » La plainte contre soi serait donc une plainte contre un autre et la mise à mort de soi, un déguisement tragique du massacre d'un autre. Une telle logique suppose, on le conçoit, un surmoi sévère et toute une dialectique complexe de l'idéalisation et de la dévalorisation de soi et de l'autre, l'ensemble de ces mouvements reposant sur le mécanisme de l'*identification*. Car c'est de m'identifier avec

4. Cf. K. Abraham, « Préliminaires à l'investigation et au traitement psychanalytique de la folie maniaco-dépressive et des états voisins » (1912), in *Œuvres complètes*, Payot, Paris, 1965, t. I, pp. 99-113.

5. Cf. S. Freud, « Deuil et mélancolie » (1917), in *Métapsychologie*, Gallimard, Paris, 1968, pp. 147-174 ; *S.E.*, t. XIV, pp. 237-258 ; *G.W.*, t. X, pp. 428-446.

6. Cf. M. Klein, « Contribution à l'étude de la psychogenèse des états maniaco-dépressifs » (1934) et « Le deuil et ses rapports avec les états maniaco-dépressifs », in *Essais de psychanalyse*, Payot, Paris, 1967, pp. 311-340 et 341-369.

l'autre aimé-haï, par incorporation-introprojection-projection, que j'installe en moi sa part sublime qui devient mon juge tyrannique et nécessaire, ainsi que sa part abjecte qui me rabaisse et que je désire liquider. L'analyse de la dépression passe, par conséquent, par la mise en évidence du fait que la plainte de soi est une haine de l'autre et que celle-ci est, sans doute, l'onde porteuse d'un désir sexuel insoupçonné. On comprend qu'un tel avènement de la haine dans le transfert comporte ses risques pour l'analysant comme pour l'analyste, et que la thérapie de la dépression (même de celle qu'on appelle névrotique) côtoie le morcellement schizoïde.

La cannibalisme mélancolique, qui a été souligné par Freud et Abraham et qui apparaît dans nombre de rêves et fantasmes[7] de déprimés, traduit cette passion de tenir au-dedans de la bouche (mais le vagin et l'anus peuvent aussi se prêter à ce contrôle) l'autre intolérable que j'ai envie de détruire pour mieux le posséder vivant. Plutôt morcelé, déchiqueté, coupé, avalé, digéré... que perdu. L'imaginaire cannibalique mélancolique[8] est un désaveu de la réalité de la perte ainsi que de la mort. Il manifeste l'angoisse de perdre l'autre en faisant survivre le moi, certes abandonné, mais non séparé de ce qui le nourrit encore et toujours et se métamorphose en lui — qui ressuscite aussi — par cette dévoration.

Cependant, le traitement des personnalités narcissiques a fait comprendre aux analystes modernes une autre modalité de la dépression[9]. Loin d'être une attaque cachée contre un autre imaginé hostile parce que frustrant, la tristesse serait le signal d'un moi primitif blessé, incomplet, vide. Un tel individu ne se considère pas lésé, mais atteint d'un défaut

7. Cf. *infra*, chap. III, p. 86.

8. Comme le souligne Pierre Fédida, « Le cannibalisme mélancolique », in *L'Absence*, Gallimard, Paris, 1978, p. 65.

9. Cf. E. Jacobson, *Depression*, Comparative studies of normal, neurotic and psychotic condition, N.Y., Int. Univ. Press, 1977; trad. franç. Payot, 1984; B. Grunberger, « Étude sur la dépression » ainsi que « Le suicide du mélancolique », in *Le Narcissisme*, Payot, Paris, 1975; G. Rosolato, « L'axe narcissique des dépressions », in *Essais sur le symbolique*, Gallimard, Paris, 1979.

fondamental, d'une carence congénitale. Son chagrin ne cache pas la culpabilité ou la faute d'une vengeance ourdie en secret contre l'objet ambivalent. Sa tristesse serait plutôt l'expression la plus archaïque d'une blessure narcissique non symbolisable, innommable, si précoce qu'aucun agent extérieur (sujet ou objet) ne peut lui être référé. Pour ce type de déprimé narcissique, la tristesse est en réalité le seul objet : elle est plus exactement un ersatz d'objet auquel il s'attache, qu'il apprivoise et chérit, faute d'un autre. Dans ce cas, le suicide n'est pas un acte de guerre camouflé, mais une réunion avec la tristesse et, au-delà d'elle, avec cet impossible amour, jamais touché, toujours ailleurs, telles les promesses du néant, de la mort.

Chose et Objet

Le dépressif narcissique est en deuil non pas d'un Objet mais de la Chose[10]. Appelons ainsi le réel rebelle à la signification, le pôle d'attrait et de répulsion, demeure de la sexualité de laquelle se détachera l'objet du désir.

Nerval en donne une métaphore éblouissante, suggérant une insistance sans présence, une lumière sans représentation : la Chose est un soleil rêvé, clair et noir à la fois.

10. Ayant constaté que, dès l'aube de la philosophie grecque, la saisie de la *chose* est solidaire de l'énoncé d'une *proposition* et de sa *vérité*, Heidegger ouvre cependant la question du caractère « historial » de la *chose* : « la question en direction de la chose se remet en mouvememt du fond de son début » (*Qu'est-ce qu'une chose ?*, trad. franç. Gallimard, Paris, 1965, p. 57). Sans faire l'histoire du commencement de cette pensée de la chose mais en l'ouvrant dans l'entre-deux qui se joue entre l'homme et la chose, Heidegger note, en traversant Kant : « Cet intervalle/homme-chose/en tant que présaisie étend sa prise par-delà la chose en même temps que dans un mouvement de rebours il a prise derrière nous. »

Dans la brèche ouverte par la question de Heidegger mais à la suite de l'ébranlement freudien des certitudes rationnelles, nous parlerons de *Chose* en y entendant le « quelque chose » qui, vu à rebours par le sujet déjà constitué, apparaît comme l'indéterminé, l'inséparé, l'insaisissable, jusque dans sa détermination de chose sexuelle même. Nous réservons ce terme d'*Objet* à la constance spatio-temporelle que vérifie une proposition énoncée par un sujet maître de son dire.

« Chacun sait que dans les rêves on ne voit jamais le soleil bien qu'on ait souvent la perception d'une clarté beaucoup plus vive[11]. »

Depuis cet attachement archaïque, le dépressif a l'impression d'être déshérité d'un suprême bien innommable, de quelque chose d'irreprésentable, que seule peut-être une dévoration pourrait figurer, une *invocation* pourrait indiquer, mais qu'aucun mot ne saurait signifier. Aussi, aucun objet érotique ne saura-t-il remplacer pour lui l'irremplaçable aperception d'un lieu ou d'un pré-objet emprisonnant la libido et coupant les liens du désir. De se savoir déshérité de sa Chose, le dépressif fugue à la poursuite d'aventures et d'amours toujours décevantes, ou bien s'enferme, inconsolable et aphasique, en tête à tête avec la Chose innommée. L'« identification primaire » avec le « père de la préhistoire personnelle[12] » serait le moyen, le trait d'union qui lui permettrait de faire le deuil de la Chose. L'identification primaire amorce la compensation de la Chose, en même temps que l'arrimage du sujet à une autre dimension, celle de l'adhésion imaginaire, qui n'est pas sans rappeler le lien de la foi, lequel précisément s'écroule chez le dépressif.

Chez le mélancolique, l'identification primaire s'avère être fragile et insuffisante à assurer les autres identifications, symboliques celles-ci, à partir desquelles la *Chose érotique* serait susceptible de devenir un *Objet de désir* captivant et assurant la continuité d'une métonymie du plaisir. La Chose mélancolique interrompt la métonymie désirante, comme elle s'oppose à l'élaboration intrapsychique de la perte[13].

11. Nerval, *Aurélia*, in *Œuvres complètes*, La Pléiade, Gallimard, Paris, 1952, t. I, p. 377.

12. Cf. S. Freud, « Le moi et le ça » (1923), in *Essais de psychanalyse*, Payot, 1976, p. 200; *S.E.*, t. XIX, p. 31; *G.W.*, t. XIII, p. 258.

13. On différenciera notre proposition de celle de Lacan qui commente la notion de *das Ding* à partir de l'*Entwurf* de Freud : « Ce *das Ding* n'est pas dans la relation, en quelque sorte réfléchie pour autant qu'elle est explicitable, qui fait l'homme mettre en question ses mots comme se référant aux choses qu'ils ont pourtant créées. Il y a autre chose dans *das Ding*. Ce qu'il y a dans *das Ding*,

Comment approcher ce lieu ? La sublimation fait une tentative dans ce sens : par mélodies, rythmes, polyvalences sémantiques, la forme dite poétique qui décompose et refait les signes est le seul « contenant » qui paraisse assurer une emprise incertaine mais adéquate sur la Chose.

Nous avons supposé le dépressif athée — privé de sens, privé de valeur. Il se déprécierait de redouter ou d'ignorer l'Au-delà. Cependant, quelque athée qu'il soit, le désespéré est un mystique : il adhère à son pré-objet, non pas croyant en Toi, mais adepte muet et inébranlable de son propre contenant indicible. A cette orée de l'étrangeté, il consacre ses larmes et sa jouissance. Dans la tension de ses affects, de ses muscles, de ses muqueuses et de sa peau, il éprouve à la fois son appartenance et sa distance vis-à-vis d'un autre archaïque qui échappe encore à la représentation et à la nomination, mais dont ses décharges corporelles et leur automatisme gardent la marque. Incrédule du langage, le dépressif est un affectueux, certes blessé, mais captif de l'affect. L'affect, c'est sa chose.

c'est le secret véritable [...] Quelque chose qui veut. *Le* besoin et non pas *les* besoins. la pression, l'urgence. L'état de *Not des Lebens*, c'est l'état d'urgence de la vie [...], la quantité d'énergie conservée par l'organisme à la mesure de la réponse et qui est nécessaire à la conservation de la vie » (*L'Ethique de la psychanalyse*, séminaire du 9 décembre 1959, Seuil, Paris, 1986, p. 58 sq.). Il s'agirait d'inscriptions psychiques *(Niederschrift)* antérieures à quatre ans, toujours « secondaires » pour Lacan mais proches de la « qualité », de l'« effort » et de l'« endopsychique ». « Le *Ding* comme *Fremde*, comme étranger et même hostile à l'occasion, en tout cas comme le premier extérieur [...] c'est cet objet, *das Ding*, en tant qu'Autre absolu du sujet qu'il s'agit de retrouver. On le retrouve tout au plus comme regret [...]. C'est dans cet état de le souhaiter et de l'attendre que sera cherchée, au nom du principe de plaisir, cette tension optimale au-dessous de laquelle il n'y a plus ni perception ni effort » (p. 65). Et encore plus nettement : « *Das Ding* est originellement ce que donc nous appelons le hors-signifié. C'est en fonction *de cet hors-signifié et d'un rapport pathétique à lui que le sujet conserve sa distance et se constitue dans ce monde de rapport, d'affect primaire antérieur à tout refoulement.* Toute la première articulation de l'*Entwurf* se fait là autour » (p. 67-68). Cependant, alors que Freud insiste sur le fait que la *Chose* ne se présente qu'en tant que *cri*, Lacan traduit : *mot*, jouant sur le sens ambivalent du terme en français (« mot, c'est ce qui se tait », « aucun mot n'est prononcé »). « Les choses dont il s'agit [...] sont les choses en tant que muettes. Et des choses muettes ce n'est pas tout à fait la même chose que des choses qui n'ont aucun rapport avec les paroles », *ibid.*, p. 68-69.

La Chose s'inscrit en nous sans souvenir, complice souterraine de nos angoisses indicibles. On imagine les délices des retrouvailles qu'une rêverie régressive se promet à travers les noces du suicide.

L'émergence de la Chose mobilise chez le sujet en voie de constitution son élan vital : le prématuré que nous sommes tous ne survit qu'à s'accrocher à un autre perçu comme supplément, prothèse, enveloppe protectrice. Cependant, cette pulsion de vie est radicalement celle qui, *en même temps*, me rejette, m'isole, le (ou la) rejette. Jamais l'ambivalence pulsionnelle n'est plus redoutable que dans cette amorce de l'altérité où, sans le filtre du langage, je ne puis inscrire ma violence dans le « non », pas plus que dans aucun signe. Je ne peux que l'expulser par gestes, par spasmes, par cris. Je la propulse, je la projette. Ma Chose nécessaire est aussi et absolument mon ennemi, mon repoussoir, le pôle délicieux de ma haine. La Chose choit de moi au cours de ces avant-postes de la signifiance où le Verbe n'est pas encore mon Être. Un rien qui est une cause, mais en même temps une chute, avant d'être un Autre, la Chose c'est le vase qui contient mes déjections et tout ce qui résulte de *cadere* : c'est un déchet avec lequel, dans la tristesse, je me confonds. Le fumier de Job dans la Bible.

L'analité se mobilise dans la mise en place de cette Chose qui nous est propre autant qu'impropre. Le mélancolique qui commémore cette limite où son moi se dégage, mais aussi s'écroule dans la dévalorisation, ne parvient pas à mobiliser son analité pour en faire une constructrice de séparations et de frontières comme elle agit normalement ou en prime chez l'obsessionnel. Au contraire, c'est tout le moi du dépressif qui s'engouffre dans une analité désérotisée et cependant jubilatoire, car devenue le vecteur d'une jouissance fusionnelle avec la Chose archaïque perçue non comme objet significatif mais comme élément frontalier du moi. Pour le dépressif, la Chose comme le moi sont des chutes qui l'entraînent dans l'invisible et l'innommable. *Cadere*. Tous déchets, tous cadavres.

La pulsion de mort comme inscription primaire de la discontinuité (trauma ou perte)

Le postulat freudien d'un *masochisme primaire* rejoint certains aspects de la mélancolie narcissique où l'extinction de tout lien libidinal semble ne pas être un simple retournement de l'agressivité envers l'objet en animosité contre soi-même, mais s'impose comme antérieure à toute possibilité de position d'objet.

Soulevée en 1915[14], la notion de « masochisme primaire » s'affirme à la suite de l'apparition de la « pulsion de mort » dans l'œuvre de Freud et notamment dans « Le problème économique du masochisme » (1924)[15]. Ayant observé que l'être vivant est apparu après le non-vivant, Freud pense qu'une pulsion spécifique doit l'habiter qui « *tend au retour à un état antérieur*[16] ». Après *Au-delà du principe de plaisir* (1920)[17] qui impose la notion de pulsion de mort comme tendance de retour à l'inorganique et à l'homéostase, à l'opposé du principe érotique de la décharge et de la liaison, Freud postule qu'une partie de la pulsion de mort ou de destruction se dirige vers le monde extérieur, à travers le système musculaire notamment, et se transforme en pulsion de destruction, d'emprise ou volonté puissante. Au service de la sexualité, elle compose le sadisme. Il remarque cependant qu'« une autre partie ne participe pas à ce déplacement *vers l'extérieur : elle demeure dans l'organisme et là elle se trouve liée libidinalement* [...] *c'est en elle que nous devons re-*

14. Cf. S. Freud, « Pulsions et destin des pulsions », in *Métapsychologie*, coll. Idées, Gallimard, Paris, p. 65; *S.E.*, t. XIV, p. 139; *G.W.*, t. X, p. 232.

15. Cf. S. Freud, « Le problème économique du masochisme », in *Névrose, Psychose et Perversion*, P.U.F., Paris, 1973, pp. 287-297; *S.E.*, t. XIX, pp. 159-170; *G.W.*, t. XIII, pp. 371-383.

16. Cf. S. Freud, « Abrégé de psychanalyse », in *Résultats, Idées, Problèmes*, t. II, P.U.F., Paris, 1985, pp. 97-117; *S.E.*, t. XXIII, pp. 139-207; *G.W.*, t. XVII, pp. 67-138.

17. Cf. S. Freud, « Au-delà du principe de plaisir », in *Essais de psychanalyse*, *op. cit.*, pp. 7-81; *S.E.*, t. XVIII, p. 7-64; *G.W.*, t. XIII, pp. 3-69.

connaître le masochisme originaire, érogène[18] ». Étant donné que la haine de l'autre était déjà considérée comme « *plus ancienne que l'amour*[19] », ce *retrait masochique de la haine* indiquerait-il l'existence d'une haine plus archaïque encore ? Freud semble le supposer : il considère en effet la pulsion de mort comme une manifestation intra-psychique d'un héritage phylogénétique remontant jusqu'à la matière inorganique. Cependant, à côté de ces spéculations que la plupart des analystes après Freud ne suivent pas, on peut constater, sinon l'antériorité, du moins la puissance de la désintégration des liens dans plusieurs structures et manifestations psychiques. En outre, la fréquence du masochisme, la réaction thérapeutique négative, mais aussi diverses pathologies de la petite enfance qui semblent antérieures à la relation d'objet (anorexies infantiles, méricisme, certains autismes), incitent à accepter l'idée d'une pulsion de mort qui, apparaissant comme une inaptitude biologique et logique à transmettre les énergies et les inscriptions psychiques, détruirait circulations et liens. Freud s'y réfère ainsi : « *Si l'on embrasse dans son ensemble le tableau dans lequel se rassemblent les manifestations du masochisme immanent de tant de personnes, celle de la réaction thérapeutique négative et de la conscience de culpabilité des névrosés, on ne pourra plus rester attaché à la croyance que le cours des événements psychiques est exclusivement dominé par l'aspiration au plaisir. Ces phénomènes sont des indices indéniables de l'existence dans la vie de l'âme d'une puissance que d'après ses buts, nous nommons pulsion d'agression ou de destruction, et que nous dérivons de l'originaire pulsion de mort de la matière animée*[20]. »

La mélancolie narcissique manifesterait cette pulsion à son état de désunion d'avec la pulsion de vie : le surmoi du

18. « Le problème économique du masochisme », *op. cit.*, p. 291 ; *S.E.*, t. XIX, p. 163; *G.W.*, t. XIII, p. 376. Nous soulignons.

19. « Pulsions et destin des pulsions », *op. cit.* p. 64 ; *S.E.*, t. XIV, p. 139 ; *G.W.*, t. X, p. 232.

20. Cf. S. Freud, « Analyse terminée et interminable », in *Résultats, Idées, Problèmes*, t. II, *op. cit.*, p. 258; *S.E.*, t. XXIII, p. 243; *G.W.*, t. XVI, p. 88.

mélancolique apparaît à Freud comme « une culture de la pulsion de mort[21] ». La question cependant demeure : cette désérotisation mélancolique est-elle opposée au principe de plaisir ? Ou bien est-elle, au contraire, implicitement érotique, ce qui signifierait que le retrait mélancolique serait toujours un retournement de la relation d'objet, une métamorphose de la haine pour l'autre ? L'œuvre de Melanie Klein qui a accordé la plus grande importance à la pulsion de mort semble la faire dépendre, pour la plupart, de la relation d'objet, masochisme et mélancolie apparaissant alors comme des avatars de l'introjection du mauvais objet. Cependant, le raisonnement kleinien admet des situations où les liens érotiques sont coupés, sans dire clairement s'ils ont jamais existé ou s'ils ont été rompus (dans ce dernier cas, ce serait l'introjection de la projection qui aboutirait à ce désinvestissement érotique).

On notera en particulier la définition kleinienne du clivage introduite en 1946. D'une part, elle se déplace de la position dépressive vers l'arrière, vers la position paranoïde et schizoïde, plus archaïque. D'autre part, elle distingue un clivage binaire (la distinction entre « bon » et « mauvais » objet assurant l'unité du moi) et un clivage morcelant, ce dernier affectant non seulement l'objet mais, en contrepartie, le moi lui-même qui littéralement « tombe en morceaux » *(falling into pieces).*

Intégration/non-intégration/désintégration

Pour notre propos, il est capital de noter que ce morcellement peut être dû soit à une *non-intégration* pulsionnelle entravant la cohésion du moi, soit à une *désintégration* accompagnée d'angoisses et provoquant la fragmentation schizoïde[22]. Dans la première hypothèse qui semble avoir été

21. Cf. S. Freud, « Le moi et le ça », *op. cit.*, p. 227; *S.E.*, t. XIX, p. 53; *G.W.*, t. XIII, p. 283.

22. Cf. M. Klein, *Développements de la psychanalyse*, P.U.F., Paris, 1966 (*Developments in Psycho-analysis*, Londres, Hoghart Press, 1952).

empruntée à Winnicott, la non-intégration résulte d'une immaturité biologique : si l'on peut parler de Thanatos dans cette situation, la pulsion de mort apparaît comme une inaptitude biologique à la séquentialité et à l'intégration (pas de mémoire). Dans la deuxième hypothèse, celle d'une désintégration du moi à la suite du retournement de la pulsion de mort, nous observons une « réaction thanatique à une menace elle-même thanatique[23] ». Assez proche de Ferenczi, cette conception accentue la tendance de l'être humain à la fragmentation et à la désintégration comme une expression de la pulsion de mort. « *Le moi archaïque manque largement de cohésion et une tendance à l'intégration alterne avec une tendance à la désintégration, à tomber en morceaux* [...] *L'angoisse d'être détruit de l'intérieur reste active. Il me semble résulter de son manque de cohésion que le moi, sous la pression de l'angoisse, tende à tomber en morceaux*[24]. » Si la fragmentation schizoïde est une manifestation radicale et paroxystique du morcellement, on peut considérer l'inhibition mélancolique (ralentissement, carence de la séquentialité) comme une autre manifestation de la désintégration des liens. Comment ?

Consécutif à la déflexion de la pulsion de mort, l'*affect dépressif* peut être interprété comme une défense contre le morcellement. En effet, la tristesse reconstitue une cohésion affective du moi qui réintègre son unité dans l'enveloppe de l'affect. L'humeur dépressive se constitue comme un support narcissique certes négatif[25], mais néanmoins offrant au moi une intégrité, fût-elle non verbale. De ce fait, l'affect dépressif supplée à l'invalidation et à l'interruption symbolique (au « ça n'a pas de sens » du dépressif) en même temps qu'il le

23. Cf. Jean-Michel Petot, *Melanie Kein, le Moi et le Bon Objet*, Dunod, Paris, 1932, p. 150.

24. Cf. M. Klein, *Développements de la psychanalyse*, *op. cit.*, p. 276 et 279.

25. A. Green (*Narcissisme de vie, Narcissisme de mort*, Éditions de Minuit, Paris, 1983, p. 278) définit ainsi la notion de « narcissisme négatif » : « Au-delà du morcellement qui fragmente le moi et le ramène à l'auto-érotisme, le narcissisme primaire *absolu* veut le repos mimétique de la mort. Il est la quête du non-désir de l'autre, de l'inexistence, du non-être, autre forme d'accès à l'immortalité. »

protège contre le passage à l'acte suicidaire. Cependant, cette protection est fragile. Le déni dépressif qui annihile le sens du symbolique annihile aussi le sens de l'acte et conduit le sujet à commettre le suicide sans angoisse de désintégration, comme une réunion avec la non-intégration archaïque aussi léthale que jubilatoire, « océanique ».

Ainsi donc, le morcellement schizoïde est une défense contre la mort — contre la somatisation ou le suicide. La dépression, au contraire, fait l'économie de l'angoisse schizoïde de fragmentation. Mais, si la dépression n'a pas la chance de s'appuyer sur une certaine *érotisation de la souffrance*, elle ne peut fonctionner comme défense contre la pulsion de mort. L'apaisement qui précède certains suicides traduit peut-être cette régression archaïque par laquelle l'acte d'une conscience déniée ou engourdie retourne Thanatos sur le moi et retrouve le paradis perdu d'un moi non intégré, sans autres et sans limites, fantasme de plénitude intouchable.

Ainsi, le sujet parlant peut réagir aux désagréments non seulement par le morcellement défensif, mais aussi par l'inhibition-ralentissement, par le déni de la séquentialité, par la neutralisation du signifiant. Quelque immaturation ou d'autres particularités neurobiologiques tendant à la non-intégration conditionnent, peut-être, une telle attitude. Est-elle défensive ? Le dépressif ne se défend pas contre la mort, mais contre l'angoisse que provoque l'objet érotique. Le dépressif ne supporte pas Éros, il se préfère avec la Chose jusqu'à la limite du narcissisme négatif qui le conduit à Thanatos. Défendu par son chagrin contre Éros, mais sans défense contre Thanatos parce qu'il est un inconditionnel de la Chose. Messager de Thanatos, le mélancolique est le complice-témoin de la fragilité du signifiant, de la précarité du vivant.

Moins habile que Melanie Klein à mettre en scène la dramaturgie des pulsions, et notamment de la pulsion de mort, Freud semble toutefois radical. Pour lui, l'être parlant désire, par-delà le pouvoir, la mort. A cette extrémité logique, il n'y a plus de désir. Le désir lui-même se dissout en une désintégration de la transmission et en une désintégration des liens. Qu'il soit biologiquement prédéterminé, consécutif à des traumas narcissiques pré-objectaux, ou plus banalement dû à l'inversion de l'agressivité, ce phénomène qu'on pourrait décrire comme un *effondrement de la séquentialité biologique et logique* trouve sa manifestation radicale dans la mélancolie. La pulsion de mort serait-elle l'inscription primaire (logiquement et chronologiquement) de cet effondrement ?

En réalité, si la « pulsion de mort » reste une spéculation théorique, l'expérience de la dépression confronte aussi bien le malade que l'observateur à l'énigme de l'humeur.

L'humeur est-elle un langage ?

La tristesse est l'humeur fondamentale de la dépression, et même si l'euphorie maniaque alterne avec elle dans les formes bipolaires de cette affection, le chagrin est la manifestation majeure qui trahit le désespéré. La tristesse nous conduit dans le domaine énigmatique des *affects* : angoisse, peur ou joie[26]. Irréductible à ses expressions verbales ou sémiologiques, la tristesse (comme tout affect) est la *représentation psychique de déplacements énergétiques* provoqués par des traumatismes externes ou internes. Le statut exact de ces représentants psychiques des déplacements énergétiques demeure, dans l'état actuel des théories psychanalytiques et sémiologiques, très imprécis : aucun cadre conceptuel des sciences constituées (linguistique, en particulier) ne s'avère adéquat pour rendre compte de cette représentation apparemment très rudimentaire, pré-signe et pré-langage. L'humeur « tristesse » déclenchée par une excitation, tension ou conflit énergétique dans un organisme

26. Sur l'affect, cf. A. Green, *Le Discours vivant*, P.U.F., Paris, 1971, et E. Jacobson, *op. cit.*

psychosomatique, n'est pas une réponse *spécifique* à un déclencheur (je ne suis pas triste comme réponse ou signe à X et seulement à X). L'humeur est un « transfert généralisé » (E. Jacobson) qui marque *tout* le comportement et tous les systèmes de signes (de la motricité à l'élocution et à l'idéalisation) sans s'identifier à eux ni les désorganiser. On est fondé à penser qu'il s'agit là d'un *signal énergétique* archaïque, d'un héritage phylogénétique, mais qui, dans l'espace psychique de l'être humain, se trouve *immédiatement* pris en compte par la représentation verbale et la conscience. Cependant, cette « prise en compte » n'est pas de l'ordre des énergies dites par Freud « liées », susceptibles de verbalisation, association et jugement. Disons que les représentations propres aux affects, et notamment la tristesse, sont des investissements énergétiques *fluctuants* : insuffisamment stabilisés pour coaguler en signes verbaux ou autres, agis par des processus primaires de déplacement et condensation, tributaires néanmoins de l'instance du moi, ils enregistrent à travers elle les menaces, les commandes et les injonctions du surmoi. Aussi les humeurs sont-elles des *inscriptions*, des ruptures énergétiques et non seulement des énergies brutes. Elles nous conduisent dans une modalité de la signifiance qui, au seuil des équilibres bioénergétiques, assure les préconditions (ou manifeste les dissolutions) de l'imaginaire et du symbolique. Aux frontières de l'animalité et de la symbolicité, les humeurs — et la tristesse en particulier — sont les réactions ultimes à nos traumatismes, nos recours homéostasiques de base. Car s'il est vrai qu'une personne esclave de ses humeurs, un être noyé dans sa tristesse, révèlent certaines fragilités psychiques ou idéatoires, il est tout aussi vrai qu'une diversification des humeurs, une tristesse en palette, un raffinement dans le chagrin ou le deuil, sont la marque d'une humanité certes non pas triomphante, mais subtile, combative et créatrice...

La création littéraire est cette aventure du corps et des signes qui porte témoignage de l'affect : de la tristesse, comme marque de la séparation et comme amorce de la dimension du symbole; de la joie, comme marque du triomphe qui m'installe dans l'univers de l'artifice et du symbole que j'essaie de faire correspondre au mieux à mes expériences de la réalité. Mais ce témoignage, la création littéraire le produit dans un matériau tout autre que l'humeur. Elle transpose l'affect dans les rythmes, les signes, les formes. Le « sémiotique » et le « symbolique[27] » deviennent les marques communicables d'une réalité affective présente, sensible au lecteur (j'aime ce livre parce qu'il me communique la tristesse, l'angoisse ou la joie), et néanmoins dominée, écartée, vaincue.

Équivalents symboliques/symboles

A supposer que l'affect soit l'inscription la plus archaïque des événements internes et externes, comment en arrive-

27. Cf. notre *La Révolution du langage poétique*, Le Seuil, Paris, 1974, chap. A.I. : « En disant "sémiotique", nous reprenons l'acception grecque du terme σημειον : marque distinctive, trace, indice, signe précurseur, preuve, signe gravé ou écrit, empreinte, trace, figuration. [...] Il s'agit de ce que la psychanalyse freudienne indique en postulant le *frayage* et la *disposition* structurante des pulsions mais aussi des *processus* dits *primaires* qui déplacent et condensent des énergies de même que leur inscription. Des quantités discrètes d'énergies parcourent le corps de ce qui sera plus tard un sujet et, dans la voie de son devenir, elles se disposent selon les contraintes imposées à ce corps — toujours déjà sémiotisant — par la structure familiale et sociale. Charges "énergétiques" en même temps que marques "psychiques", les pulsions articulent ainsi ce que nous appelons une *chora* : une totalité non expressive constituée par ces pulsions et leurs *stases* en une motilité aussi mouvementée que réglementée » (p. 22-23). En revanche, le *symbolique* est identifié au jugement et à la phrase : « Nous distinguerons le sémiotique (les pulsions et leurs articulations) du domaine de la signification, qui est toujours celui d'une proposition ou d'un jugement : c'est-à-dire un domaine de positions. Cette positionnalité, que la phénoménologie husserlienne orchestre à travers les concepts de *doxa* et de *thèse*, se structure comme une coupure dans le procès de la signifiance, instaurant *l'identification* du sujet et de ses objets comme conditions de la propositionnalité. Nous appellerons cette coupure produisant la position de la signification une phase *thétique*, qu'elle soit énonciation de mot ou de la phrase : toute énonciation exige une identification, c'est-à-dire une séparation du sujet de et dans son image, en même temps que de et dans ses objets; elle exige au préalable leur position dans un espace devenu désormais symbolique, du fait qu'il relie les deux positions ainsi séparées pour les enregistrer ou les redistribuer dans une combinatoire de positions désormais "ouvertes" » (p. 41-42).

t-on aux signes ? On suivra l'hypothèse d'Hanna Segal selon laquelle, à partir de la séparation (notons la nécessité d'un « manque » pour que le *signe* surgisse), l'enfant produit ou utilise des objets ou des vocalises qui sont les *équivalents symboliques* de ce qui manque. Ultérieurement, et à partir de la position dite dépressive, il essaie de signifier la tristesse qui le submerge en produisant dans son propre moi des éléments étrangers au monde extérieur qu'il fait correspondre à cette extériorité perdue ou décalée : nous sommes alors en présence non plus d'équivalences, mais de *symboles* à proprement parler[28].

Ajoutons ceci à la position d'Hanna Segal : ce qui rend possible un tel triomphe sur la tristesse, c'est la capacité du moi de s'identifier cette fois non plus avec l'objet perdu, mais avec une instance tierce — père, forme, schème. Condition d'une position de déni ou maniaque (« non, je n'ai pas perdu ; j'évoque, je signifie, je fais exister par l'artifice des signes et pour moi-même ce qui s'est séparé de moi »), cette identification qu'on peut appeler phallique ou symbolique assure l'entrée du sujet dans l'univers des signes et de la création. Le père-appui de ce triomphe symbolique n'est pas le père œdipien, mais bien ce « père imaginaire », « père de la préhistoire individuelle » selon Freud, qui garantit l'identification primaire. Cependant, il est impératif que ce père de la préhistoire individuelle puisse assurer son rôle de père œdipien dans la Loi symbolique, car c'est sur la base de cet alliage harmonieux des deux faces de la paternité que les signes abstraits et arbitraires de la communication peuvent avoir la chance de se lier au sens affectif des identifications préhistoriques, et le langage mort du dépressif potentiel d'obtenir un sens vivant dans le lien aux autres.

Dans les circonstances toutes différentes de la création littéraire, par exemple, ce moment essentiel de la formation du symbole qu'est la position maniaque en doublure de la

28. Cf. Hanna Segal, « Note on symbol formation », in *International Journal of Psycho-analysis*, vol. XXXVII, 1957, part. 6 ; trad. franç. in *Revue française de psychanalyse*, t. XXXIV, n° 4, juillet 1970, pp. 685-696.

dépression peut se manifester par la constitution d'une filiation symbolique (ainsi le recours à des noms propres relevant de l'histoire réelle ou imaginaire du sujet dont celui-ci se présente comme l'héritier ou l'égal et qui commémorent, en réalité, par-delà la défaillance paternelle, l'adhésion nostalgique à la mère perdue[29]).

Dépression objectale (implicitement agressive), dépression narcissique (logiquement antérieure à la relation libidinale d'objet). Affectivité aux prises avec les signes, les débordant, les menaçant, ou les modifiant. A partir de ce tableau, l'interrogation que nous suivrons pourra se résumer ainsi : la création esthétique et notamment littéraire, mais aussi le discours religieux dans son essence imaginaire, fictionnelle, proposent un dispositif dont l'économie prosodique, la dramaturgie des personnages et le symbolisme implicite sont une représentation sémiologique très fidèle de la lutte du sujet avec l'effondrement symbolique. Cette représentation littéraire n'est pas une *élaboration* au sens d'une « prise de conscience » des causes inter- et intra-psychiques de la douleur morale; elle diffère en cela de la voie psychanalytique qui se propose la dissolution de ce symptôme. Cependant, cette représentation littéraire (et religieuse) possède une efficacité réelle et imaginaire, relevant plus de la catharsis que de l'élaboration; elle est un moyen thérapeutique utilisé dans toutes les sociétés au long des âges. Si la psychanalyse considère qu'elle le dépasse en efficacité, notamment en renforçant les possibilités idéatoires du sujet, elle se doit aussi de s'enrichir en prêtant davantage d'attention à ces solutions sublimatoires de nos crises, pour être non pas un antidépresseur neutralisant, mais un contre-dépresseur lucide.

La mort est-elle irreprésentable ?

Ayant posé que l'inconscient est régi par le principe de plaisir, Freud postule très logiquement qu'il n'y a pas de repré-

29. Cf. plus loin, chap. III.2 sur Nerval, pp. 161-166.

sentation de la mort dans l'inconscient. Comme il ignore la négation, l'inconscient ignore la mort. Synonyme de la non-jouissance, équivalent imaginaire de la dépossession phallique, la mort ne saurait se voir. C'est, peut-être, pour cela même qu'elle ouvre la voie à la spéculation.

Pourtant, lorsque l'expérience clinique conduit Freud au narcissisme[30] pour aboutir à la découverte de la pulsion de mort[31] et à la seconde topique[32], il impose une vision de l'appareil psychique où Éros est menacé d'être dominé par Thanatos et où, par conséquent, la possibilité d'une représentation de la mort se pose en d'autres termes.

La *peur de la castration*, entrevue jusqu'alors comme sous-jacente à l'angoisse consciente de mort, ne disparaît pas, mais s'éclipse devant la *peur de perdre l'objet* ou de *se perdre comme objet* (étiologie de la mélancolie et des psychoses narcissiques).

Cette évolution de la pensée freudienne laisse deux interrogations qui ont été soulignées par A. Green[33].

D'abord, qu'en est-il de la *représentation* de cette pulsion de mort ? Ignorée de l'inconscient, elle est, chez le « second Freud », une « culture du surmoi », pourrait-on dire en inversant la formule de Freud. Elle clive le moi lui-même en une partie qui l'ignore tout en en étant affectée (c'est sa partie inconsciente) et en une autre partie qui la combat (c'est le moi mégalomane qui nie la castration et la mort et fantasme l'immortalité).

Mais, plus fondamentalement, un tel clivage ne traverse-t-il pas tout discours ? Le symbole se constitue de dénier *(Verneinung)* la perte, mais le désaveu *(Verleugnung)* du symbole produit une inscription psychique au plus près de la haine et de l'emprise à l'égard de l'objet perdu[34]. C'est ce qui se déchiffre dans les blancs du discours, les vocalismes, les

30. « Pour introduire au narcissisme », 1914.
31. « Au-delà du principe de plaisir », 1920.
32. « Le moi et le ça », 1923.
33. *Narcissisme de vie, Narcissisme de mort, op. cit.*, p. 255 sq.
34. Cf. plus loin chap. II : « Vie et mort de la parole ».

rythmes, les syllabes des mots dévitalisés à recomposer par l'analyste à partir de la dépression entendue.

Ainsi donc, si la pulsion de mort ne se représente pas dans l'inconscient, faut-il inventer un autre niveau de l'appareil psychique où — en même temps que la jouissance — elle enregistre l'être de son non-être ? C'est bien une production du moi clivé, construction de fantasme et de fiction — le registre de l'imaginaire en somme, registre de l'écriture — qui témoigne de ce hiatus, blanc ou intervalle qu'est la mort pour l'inconscient.

Dissociation des formes

Les constructions imaginaires modifient la pulsion de mort en agressivité érotisée contre le père ou en abomination terrifiée contre le corps de la mère. On sait qu'en même temps qu'il découvre la puissance de la pulsion de mort, Freud déplace ses intérêts non seulement du modèle théorique de la première topique (conscient/préconscient/inconscient) vers celui de la seconde, mais, surtout, et grâce à elle, s'oriente davantage encore vers l'analyse des productions imaginaires (religions, arts, littérature). Il y trouve une certaine représentation de l'angoisse de mort[35]. Est-ce à dire que l'angoisse de mourir — qui désormais ne se résume pas dans la peur de la castration, mais l'englobe et y ajoute la blessure, voire la perte de l'intégrité du corps et du moi — trouve ses représentations dans des formations qu'on appellera « transconscientes » : dans les constructions imaginaires du sujet clivé selon Lacan ? Sans doute.

Il n'en reste pas moins qu'une autre lecture de l'inconscient lui-même pourrait repérer dans son propre tissu, tel que nous le livrent certains rêves, cet intervalle a-représentatif de la représentation qui est non pas le *signe*,

35. Ainsi, meurtre du père dans *Totem et Tabou* (1913) ou vagin mortellement menaçant dans « L'Inquiétante étrangeté » (1919).

mais l'*indice* de la pulsion de mort. Les rêves des borderlines, des personnalités schizoïdes ou sous expérience psychédélique sont souvent des « peintures abstraites » ou des cascades de sons, des intrications de lignes et de tissus, dans lesquels l'analyste déchiffre la dissociation — ou une non-intégration — de l'unité psychique et somatique. On pourrait interpréter ces indices comme la marque ultime de la pulsion de mort. Outre les représentations imagées forcément déplacées, car érotisées, de la pulsion de mort, le travail tel quel de la mort, au degré zéro du psychisme, est repérable précisément dans la *dissociation de la forme* elle-même, lorsque la forme se dé-forme, s'abstrait, se dé-figure, s'évide : seuils ultimes de la dislocation et de la jouissance inscriptibles...

Par ailleurs, l'irreprésentable de la mort fut associé à cet autre irreprésentable — demeure originaire, mais aussi repos dernier des âmes mortes au-delà — qu'est, pour la pensée mythique, le corps féminin. L'horreur de la castration sous-jacente à l'angoisse de mort explique sans doute une part importante de cette association universelle entre le féminin dépourvu de pénis et la mort. Cependant, l'hypothèse d'une pulsion de mort impose un autre raisonnement.

La femme mortifère

Pour l'homme et pour la femme, la perte de la mère est une nécessité biologique et psychique, le jalon premier de l'autonomisation. Le matricide est notre nécessité vitale, condition *sine qua non* de notre individuation, pourvu qu'il se passe de manière optimale et puisse être érotisé : soit que l'objet perdu soit retrouvé comme objet érotique (c'est le cas de l'hétérosexualité masculine, de l'homosexualité féminine), soit que l'objet perdu soit transposé par un effort symbolique incroyable et dont on ne saurait qu'admirer l'avènement, qui érotise l'*autre* (l'autre sexe, dans le cas de la femme hétérosexuelle) ou bien qui métamorphose en objet érotique

« sublimé » les constructions culturelles (on pense aux investissements, par les hommes et par les femmes, des liens sociaux, des productions intellectuelles et esthétiques, etc.). La plus ou moins grande violence de la pulsion matricide selon les individus et selon la tolérance des milieux entraîne, lorsqu'elle est entravée, son inversion sur le moi : l'objet maternel étant introjecté, la mise à mort dépressive ou mélancolique du moi s'ensuit à la place du matricide. Pour protéger maman, je me tue tout en sachant — savoir fantasmatique et protecteur — que c'est d'elle que ça vient, d'elle-géhenne mortifère... Ainsi ma haine est sauve et ma culpabilité matricide est effacée. Je fais d'Elle une image de la Mort pour m'empêcher de me briser en morceaux par la haine que je me porte quand je m'identifie à Elle, car cette aversion lui est en principe adressée en tant que barrage individuant contre l'amour confusionnel. Ainsi donc, le féminin-image de la mort est non seulement un écran de ma peur de la castration, mais aussi un cran d'arrêt imaginaire contre la pulsion matricide qui, sans cette représentation, me pulvériserait en mélancolie quand elle ne me pousserait pas au crime. Non, c'est Elle qui est mortifère, donc je ne me tue pas pour la tuer mais je l'agresse, la harcèle, la représente...

Pour une femme dont l'identification spéculaire avec la mère mais aussi l'introjection du corps et du moi maternels sont plus immédiats, cette inversion de la pulsion matricide en figure maternelle mortifère est plus difficile, sinon impossible. En effet, comment peut-Elle être cette Erinyes assoiffée de sang, puisque je suis Elle (sexuellement et narcissiquement), Elle est moi ? En conséquence, la haine que je lui porte ne s'exerce pas vers le dehors, mais s'enferme en moi. Il n'y a pas de haine, juste une humeur implosive qui s'emmure et me tue en cachette, à petit feu, en aigreur permanente, en accès de tristesse ou jusqu'au somnifère léthal que j'utilise à plus ou moins grandes doses dans l'espoir noir de retrouver... personne, sinon ma complétude imaginaire, augmentée par ma mort qui m'accomplit. L'homosexuel partage cette même économie dépressive :

c'est un mélancolique exquis quand il ne se livre pas à la passion sadique avec un autre homme.

Le fantasme d'immortalité féminine trouve peut-être son fondement dans la transmission germinale féminine, capable de parthénogenèse. En outre, les nouvelles techniques de reproduction artificielle confèrent au corps féminin des possibilités reproductives insoupçonnées. Si cette « toute-puissance » féminine dans la survie de l'espèce peut être minée par d'autres possibilités techniques qui, semble-t-il, rendraient l'homme aussi bien enceint, il est probable que cette dernière éventualité ne puisse attirer qu'une petite minorité bien qu'elle comble les fantasmes androgynaux de la majorité. Cependant, la partie essentielle de la conviction féminine d'être immortelle dans et au-delà de la mort (que la Vierge Marie incarne si parfaitement) s'enracine moins dans ces possibilités biologiques dont on voit mal le « pont » vers le psychisme que dans le « narcissisme négatif ».

Dans son paroxysme, celui-ci étiole aussi bien l'affect agressif (matricide) vis-à-vis de l'autre que l'affect chagrin au-dedans de soi-même, pour lui substituer ce qu'on pourrait appeler un « vide océanique ». Il s'agit du sentiment et du fantasme de douleur, mais anesthésiée, de jouissance, mais suspendue, d'une attente et d'un silence aussi vides que comblés. Au sein de son océan léthal, la mélancolique est cette morte qu'on a depuis toujours abandonnée au-dedans d'elle et qui ne pourra jamais tuer au-dehors d'elle[36]. Pudique, mutique, sans lien de parole ou de désir aux autres, elle se consume de se porter des coups moraux et physiques qui, toutefois, ne lui procurent pas de plaisirs suffisants. Jusqu'au coup fatal — épousailles définitives de la Morte avec la Même, qu'elle n'a pas tuée.

On ne saurait trop insister sur l'immense effort psychique, intellectuel et affectif qu'une femme doit faire pour trouver l'autre sexe comme objet érotique. Dans ses rêveries philogénétiques, Freud se montre souvent admiratif

36. Cf. chap. III : « Tuer ou se tuer » et « Une Vierge mère ».

devant l'accomplissement intellectuel effectué par l'homme lorsqu'il a été (ou lorsqu'il est) frustré des femmes (par la glaciation ou par la tyrannie du père de la horde primitive, etc.). Si déjà la découverte de son vagin invisible demande à la femme un immense effort sensoriel, spéculatif et intellectuel, le passage à l'ordre symbolique *en même temps* qu'à un objet sexuel d'un autre sexe que celui de l'objet maternel primordial représente une élaboration gigantesque dans laquelle une femme investit un potentiel psychique supérieur à celui exigé du sexe mâle. Lorsque ce processus s'accomplit favorablement, l'éveil précoce des petites filles, leurs performances intellectuelles souvent plus brillantes à l'âge scolaire, la maturité féminine permanente en sont le témoignage. Elles se paient cependant par cette propension à célébrer sans cesse le deuil problématique de l'objet perdu... pas si perdu que ça, et qui reste lancinant dans la « crypte » de l'aisance et de la maturité féminines. A moins qu'une introjection massive de l'idéal ne parvienne à satisfaire, en même temps, le narcissisme avec son versant négatif *et* l'aspiration à être présente sur l'arène où se joue le pouvoir du monde.

II

Vie et mort de la parole

Rappelez-vous la parole du déprimé : répétitive et monotone. Dans l'impossibilité d'enchaîner, la phrase s'interrompt, s'épuise, s'arrête. Les syntagmes mêmes ne parviennent pas à se formuler. Un rythme répétitif, une mélodie monotone, viennent dominer les séquences logiques brisées et les transformer en litanies récurrentes, obsédantes. Enfin, lorsque cette musicalité frugale s'épuise à son tour, ou simplement ne réussit pas à s'installer à force de silence, le mélancolique semble suspendre avec la profération toute idéation, sombrant dans le blanc de l'asymbolie ou dans le trop-plein d'un chaos idéatoire inordonnable.

L'enchaînement brisé : une hypothèse biologique

Cette tristesse inconsolable cache souvent une véritable prédisposition au désespoir. Elle est peut-être en partie biologique : la trop grande rapidité ou le trop grand ralentissement de la circulation des flux nerveux dépendent incontestablement de certaines substances chimiques diversement possédées par les individus[1].

Le discours médical observe que la succession des émo-

1. Rappelons les progrès de la pharmacologie dans ce domaine : découverte, en 1952, par Delaye et Deniker de l'action des neuroleptiques sur les états d'excitation ; emploi, en 1957, par Kuhn et Kline des premiers antidépresseurs majeurs ; maîtrise, au début des années 60, par Schou de l'utilisation des sels de lithium.

tions, mouvements, actes ou paroles, considérée comme normale parce que statistiquement prévalente, se trouve entravée dans la dépression : le rythme du comportement global est brisé, acte et séquence n'ont plus ni temps ni lieu pour s'effectuer. Si l'état non dépressif était la capacité d'enchaîner (de « concaténer »), le dépressif, au contraire, rivé à sa douleur, n'enchaîne plus et, en conséquence, n'agit ni ne parle.

Les « ralentis » : deux modèles

Nombreux sont les auteurs qui ont insisté sur le ralentissement moteur, affectif et idéïque caractéristique de l'ensemble mélancolico-dépressif[2]. Même l'agitation psychomotrice et la dépression délirante ou plus généralement l'humeur dépressive paraissent indissociables du ralentissement[3]. Le ralentissement verbal participe du même tableau : le débit de l'énonciation est lent, les silences sont longs et fréquents, les rythmes ralentissent, les intonations se font monotones et les structures syntaxiques elles-mêmes, sans accuser de perturbations et de confusions telles que celles que l'on peut observer dans les schizophrénies, se caractérisent souvent par des suppressions non recouvrables (omission d'objets ou de verbes impossibles à reconstituer à partir du contexte).

Un des modèles proposés pour penser les processus sous-jacents à l'état de ralentissement dépressif, le « *learned helplesness* » (désarroi appris), part de l'observation selon laquelle, toutes issues fermées, l'animal aussi bien que l'homme apprend à se retirer au lieu de fuir ou de combattre. Le ralentissement ou l'inaction, qu'on pourrait appeler

2. On se reportera à l'ouvrage collectif sous la direction de Daniel Widlöcher, *Le Ralentissement dépressif*, P.U.F., Paris, 1983, qui fait le point de ces travaux et apporte une nouvelle conception du ralentissement propre à la dépression : « Être déprimé, c'est être emprisonné dans un système d'action, c'est agir, penser, parler selon des modalités dont le ralentissement constitue une caractéristique » (*ibid.*, p. 9).

3. Cf. R. Jouvent, *ibid.*, pp. 41-53.

dépressifs, constitueraient donc une réaction apprise de défense contre une situation sans issue et contre des chocs inévitables. Les antidépresseurs tricycliques restaurent apparemment la capacité de fuite, ce qui laisse supposer que l'inaction apprise est liée à une déplétion noradrénergique ou à une hyperactivité cholinergique.

Selon un autre modèle, tout comportement serait gouverné par un système d'autostimulation, basé sur la récompense, qui conditionnerait l'amorce des réponses. On aboutit à la notion de « systèmes de renforcement positif ou négatif » et, supposant que ceux-ci seraient troublés dans l'état dépressif, on étudie les structures et les médiateurs impliqués. On arrive à proposer une double explication de ce trouble. Puisque la structure de renforcement, le faisceau médian du télencéphale, à médiation noradrénergique, est responsable de la réponse, le ralentissement et le retrait dépressif seraient dus à son dysfonctionnement. Parallèlement, un hyperfonctionnement des systèmes de « punition » préventriculaire à médiation cholinergique serait à la base de l'anxiété[4]. Le rôle du *locus coereleus* du faisceau médian du télencéphale serait essentiel dans l'autostimulation et la médiation noradrénergique. Dans les expériences de suppression d'une réponse par l'attente d'une punition ce serait, au contraire, la sérotonine qui augmenterait. Le traitement antidépressif exigerait donc une augmentation noradrénergique et une diminution sérotoninergique.

Ce rôle essentiel du *locus coereleus* est souligné par de nombreux auteurs comme « un centre de relais pour un "système d'alarme" induisant la peur normale ou l'anxiété [...] Le LC reçoit des innervations directement des voies de la douleur dans le corps et atteste des réponses soutenues aux présentations répétées de stimulations nuisibles même chez les animaux anesthésiés. [...] De plus, il y existe des voies allant vers et venant du cortex cérébral qui constituent des boucles en feed-back et qui expliquent l'influence que *le sens et la per-*

4. Cf. Y. Lecrubier, « Une limite biologique des états dépressifs », *ibid.*, p. 85.

tinence des stimuli pourraient exercer sur la réponse. Ces mêmes boucles en feed-back donnent un accès aux régions qui, peut-être, sous-tendent l'*expérience cognitive de l'état ou des états émotionnels*[5] ».

Le langage comme « stimulation » et « renforcement »

A ce point des tentatives actuelles de penser les deux voies — psychique et biologique — des affections, nous pouvons poser à nouveau la question de l'importance axiale du langage chez l'être humain.

Dans l'expérience de séparation sans solution ou de chocs inévitables ou encore de poursuite sans issue, et contrairement à l'animal qui n'a de recours que le comportement, l'enfant peut trouver une solution de lutte ou de fuite dans la représentation psychique et dans le langage. Il imagine, pense, parle la lutte ou la fuite ainsi que toute une gamme intermédiaire, ce qui peut lui éviter de se replier sur l'inaction ou de faire le mort, blessé par des frustrations ou nuisances irréparables. Cependant, pour que cette solution non dépressive au dilemme mélancolique *fuir-combattre : faire le mort (flight/fight : learned helplesness)* soit élaborable, il faut à l'enfant une *solide implication* dans le code symbolique et imaginaire ; lequel, à cette condition seulement, devient stimulation et renforcement. Alors, il initie des réponses à une certaine action, elle aussi implicitement symbolique, informée par le langage ou dans l'action du langage seul. Si la dimension symbolique s'avère au contraire insuffisante, le sujet se retrouve dans la situation sans issue du désarroi qui débouche sur l'inaction et la mort. En d'autres termes, le langage dans son hétérogénéité (processus primaires *et* secondaires, vecteur idéïque *et* émotionnel de désir, de haine, de conflits) est un puissant facteur qui, par des médiations

5. Cf. D. E. Redmond, Jr., cité par Morton Reiser, *Mind, Brain, Body*, Basic Books, New York, 1984, p. 148. Nous soulignons.

inconnues, exerce un effet d'activation (comme, à l'inverse, d'inhibition) sur les circuits neurobiologiques. Dans cette optique, plusieurs questions restent en suspens.

La défaillance symbolique qu'on constate chez le dépressif est-elle un élément parmi d'autres du ralentissement, cliniquement observable, ou bien figure-t-elle parmi ses préconditions essentielles ? Est-elle conditionnée par un dysfonctionnement du circuit neuronal et endocrinien qui sous-tend (mais de quelle manière ?) les représentations psychiques et, en particulier, les représentations de mots, ainsi que les voies qui les rattachent aux nuclei hypothalamiques ? Ou encore s'agit-il d'une insuffisance de l'impact symbolique qui serait due seulement à l'environnement familial et social ?

Sans exclure la première hypothèse, le psychanalyste se préoccupera d'éclairer la seconde. Nous nous demanderons donc quels sont les *mécanismes qui gomment l'impact symbolique* chez le sujet, lequel a cependant acquis une capacité symbolique adéquate, souvent conforme, en apparence, à la norme sociale, voire très performante. Nous essaierons, par la dynamique de la cure et par une économie spécifique de l'interprétation, de restituer sa puissance optimale à la dimension imaginaire et symbolique de cet ensemble hétérogène qu'est l'organisme parlant. Cela nous conduira à nous interroger sur le *déni du signifiant* chez le déprimé ainsi que sur le rôle des processus primaires dans la parole dépressive, mais aussi dans la parole interprétative comme « greffe imaginaire et symbolique » par l'intermédiaire des processus primaires. Enfin, nous nous interrogerons sur l'importance de la *reconnaissance narcissique* et de l'*idéalisation* dans le but de faciliter chez le patient un ancrage de la dimension symbolique, ce qui souvent équivaut à une nouvelle acquisition de la communication en tant que paramètre du désir et du conflit, jusqu'à la haine.

Pour renouer une dernière fois avec le problème de la « limite biologique » que nous allons désormais abandonner, disons que le niveau de représentation psychique et, en particulier, linguistique se translate neurologiquement aux événements physiologiques du cerveau, en dernier lieu par les multiples circuits de l'hypothalamus (les nuclei hypothalamiques sont connectés au cortex cérébral dont le fonctionnement sous-tend — mais comment ? — le *sens*, ainsi qu'au système limbique du tronc cérébral dont le fonctionnement sous-tend les *affects*). Aujourd'hui, nous ne savons pas *comment* se produit cette translation, mais nous sommes fondés par l'expérience clinique à penser qu'elle se produit *effectivement* (en exemple, on rappellera les effets excitants ou sédatifs, « opiacés », de certaines paroles). Enfin, nombre de maladies — et dépressions — dont on peut repérer l'origine dans des perturbations neurophysiologiques activées par des défaillances symboliques demeurent fixées à des niveaux inaccessibles aux effets du langage. L'effet adjuvant des antidépresseurs est alors nécessaire pour reconstituer une base neurophysiologique minimale sur laquelle un travail psychothérapique peut s'amorcer, analysant carences et nouages symboliques et reconstituant une nouvelle symbolicité.

Autres translations possibles entre le sens et le fonctionnement cérébral

Les interruptions de la séquentialité linguistique et, plus encore, leur suppléance par des opérations suprasegmentales (rythmes, mélodies) dans le discours dépressif peuvent être interprétées comme une déficience de l'hémisphère gauche qui commande la construction linguistique, au profit d'une domination — fût-elle provisoire — de l'hémisphère droit qui commande les affects et les émotions ainsi que leurs inscriptions « primaires », « musicales », non linguistiques[6]. Par ailleurs, à ces observations, on ajoutera le modèle d'un double fonctionnement cérébral : neuronal,

6. Cf. Michael Gazzaniga, *The Bisected Brain*, Meredith Corporation, New York, 1970. De nombreux travaux insisteront par la suite sur cette division des fonctions symboliques entre les deux hémisphères cérébraux.

électrique ou câblé et digital, ainsi qu'endocrinal, humoral, fluctuant et analogique[7]. Certaines substances chimiques du cerveau, voire certains neurotransmetteurs, semblent avoir un double comportement : parfois « neuronal », parfois « endocrinal ». En définitive, et compte tenu de cette dualité cérébrale où les passions trouvent principalement leur ancrage dans l'humoral, on peut parler d'« état central fluctuant ». Si l'on admet que le langage, à son propre niveau, doit aussi traduire cet « état fluctuant », force est de repérer, dans le fonctionnement langagier, des registres qui semblent plus proches du « cerveau neuronal » (ainsi la séquentialité grammaticale et logique) et des registres qui semblent plus proches du « cerveau-glande » (les composantes supra-segmentales du discours). Ainsi, pourrait-on penser la « modalité symbolique » de la signifiance par rapport à l'hémisphère gauche et au cerveau neuronal, et la « modalité sémiotique » par rapport à l'hémisphère droit et au cerveau-glande.

Cependant, rien ne permet aujourd'hui d'établir quelque correspondance que ce soit — sinon un saut — entre le substrat biologique et le niveau des *représentations*, fussent-elles tonales ou syntaxiques, émotives ou cognitives, sémiotiques ou symboliques. On ne saurait cependant négliger les mises en rapport possibles entre ces deux niveaux et tenter des résonances, certes aléatoires et imprévisibles, de l'un sur l'autre et, à plus forte raison, des modifications de l'un par l'autre.

En conclusion, si un dysfonctionnement de noradrénaline et de sérotonine, ou bien de leur réception, entrave la conductibilité des synapses et *peut* conditionner l'état dépressif, le rôle de ces quelques synapses, dans la structure en étoile du cerveau, ne saurait être absolu[8]. Une telle insuffisance peut être contrecarrée par d'autres phénomènes chimiques et aussi par d'autres actions externes (y

7. Cf. J. D. Vincent, *Biologie des passions*, Éd. O. Jacob, Paris, 1986.
8. Cf. D. Widlöcher, *Les Logiques de la dépression*, Fayard, Paris, 1986.

compris symboliques) sur le cerveau qui s'y accommode par des modifications biologiques. En effet, l'expérience de la relation à l'autre, ses violences ou ses délices, impriment en définitive leur marque sur ce terrain biologique et achèvent le tableau bien connu du comportement dépressif. Sans renoncer à l'action chimique dans le combat contre la mélancolie, l'analyste dispose (ou pourra disposer) d'une gamme étendue de verbalisations de cet état et de ses dépassements. Tout en restant attentif à ces interférences, il s'en tiendra aux mutations spécifiques du discours dépressif ainsi qu'à la construction de sa propre parole interprétative qui en résulte.

L'affrontement du psychanalyste avec la dépression le conduit donc à s'interroger sur la position du sujet par rapport au sens, ainsi que sur les dimensions hétérogènes du langage susceptibles d'inscriptions psychiques différentes qui auraient, en raison de cette diversité, un nombre accru de voies d'accès possibles aux multiples aspects du fonctionnement cérébral et, partant, aux activités de l'organisme. Enfin, vue sous cet angle, l'expérience imaginaire nous apparaîtra à la fois comme un témoignage du combat que l'homme livre contre la démission symbolique interne à la dépression et comme une gamme de moyens susceptibles d'enrichir le discours interprétatif.

Le saut psychanalytique : enchaîner et transposer

Du point de vue de l'analyste, la possibilité d'enchaîner des signifiants (paroles ou actes) semble dépendre d'un deuil accompli vis-à-vis d'un objet archaïque et indispensable, aussi bien que des émotions qui s'y rattachent. Deuil de la Chose, cette possibilité provient de la transposition, au-delà de la perte et sur un registre imaginaire ou symbolique, des marques d'une interaction avec l'autre s'articulant selon un certain ordre.

Délestées de l'objet originaire, les marques sémiotiques

s'ordonnent d'abord en *séries*, selon les processus primaires (déplacement et condensation), ensuite en syntagmes et en phrases, selon les processus secondaires de la grammaire et de la logique. Toutes les sciences du langage s'accordent aujourd'hui à reconnaître que le discours est *dialogue* : que son ordonnancement, aussi bien rythmique et intonationnel que syntaxique, nécessite deux interlocuteurs pour s'accomplir. Il faudrait ajouter, cependant, à cette condition fondamentale qui suggère déjà la nécessaire séparation entre un sujet et un autre, le fait que les séquences verbales n'adviennent qu'à condition de substituer à un objet originaire plus ou moins symbiotique une trans-position qui est une véritable re-constitution donnant rétroactivement forme et sens au mirage de la Chose originaire. Ce mouvement décisif de la *transposition* comprend deux versants : le deuil accompli de l'objet (et dans son ombre, le deuil de la Chose archaïque), ainsi que l'adhésion du sujet à un registre de signes (signifiant de par l'absence de l'objet, précisément) ainsi seulement susceptible de s'ordonner en séries. On en trouve le témoignage dans l'apprentissage du langage par l'enfant, errant intrépide, qui quitte sa couche pour retrouver sa mère dans le royaume des représentations. Le déprimé en est un autre témoin, à rebours, lorsqu'il renonce à signifier et s'immerge dans le silence de la douleur ou le spasme des larmes qui commémorent les retrouvailles avec la Chose.

Trans-poser, en grec *métaphorein* : transporter — le langage est d'emblée une traduction, mais sur un registre hétérogène à celui où s'opère la perte affective, le renoncement, la cassure. Si je ne consens pas à perdre maman, je ne saurais ni l'imaginer ni la nommer. L'enfant psychotique connaît ce drame : c'est un traducteur incapable, il ignore la métaphore. Le discours déprimé, quant à lui, est la surface « normale » d'un risque psychotique : la tristesse qui nous submerge, le ralentissement qui nous paralyse sont aussi un rempart — parfois le dernier — contre la folie.

Le destin de l'être parlant consisterait-il à ne cesser de transposer, toujours plus loin ou plus à côté, cette transposition sérielle ou phrasique témoignant de notre capacité d'élaborer un deuil fondamental et des deuils successifs ? Notre don de parler, de nous situer dans le temps pour un autre, ne saurait exister ailleurs qu'au-delà d'un abîme. L'être parlant, depuis sa capacité à durer dans le temps jusqu'à ses constructions enthousiastes, savantes ou simplement amusantes, exige à sa base une rupture, un abandon, un malaise.

La dénégation de cette perte fondamentale nous ouvre le pays des signes, mais le deuil est souvent inachevé. Il bouscule la dénégation et se rappelle à la mémoire des signes en les sortant de leur neutralité signifiante. Il les charge d'affects, ce qui a pour effet de les rendre ambigus, répétitifs, simplement allitératifs, musicaux ou parfois insensés. Alors, la traduction — notre destin d'être parlant — arrête sa marche vertigineuse vers les métalangages ou les langues étrangères qui sont autant de systèmes de signes éloignés du lieu de la douleur. Elle cherche à se rendre étrangère à elle-même pour trouver, dans la langue maternelle, un « *mot total, neuf, étranger à la langue* » (Mallarmé), afin de capter l'innommable. Le surplus d'affect n'a donc pas d'autre moyen pour se manifester que de produire de nouveaux langages — des enchaînements étranges, des idiolectes, des poétiques. Jusqu'à ce que le poids de la Chose originaire l'emporte, et que toute traductibilité devienne impossible. La mélancolie s'achève alors dans l'asymbolie, la perte de sens : si je ne suis plus capable de traduire ou de métaphoriser, je me tais et je meurs.

Le déni de la dénégation

Écoutez à nouveau quelques instants la parole dépressive, répétitive, monotone, ou bien vidée de sens, inaudible même pour celui qui la dit, avant qu'il ne s'abîme dans le mutisme. Vous constaterez que le sens chez le mélancolique paraît... arbitraire, ou bien qu'il se bâtit à grand renfort de savoir et de volonté de maîtrise, mais semble secondaire, figé un peu à côté de la tête et du corps de la personne qui vous parle. Ou encore qu'il est d'emblée évasif, incertain, lacunaire, quasi mutique : « on » vous parle déjà persuadé que la parole est fausse et donc « on » vous parle négligemment, « on » parle sans y croire.

Toutefois, que le sens soit arbitraire, la linguistique l'affirme pour tous les signes verbaux et pour tous les discours. Le signifiant RIR n'est-il pas totalement immotivé par rapport au sens de « rire », mais aussi, et surtout, par rapport à l'acte de rire, à son effectuation physique, à sa valeur intrapsychique et interactionnelle ? La preuve : je nomme le même sens et le même acte « *to laugh* », en anglais, « *smeiatsia* », en russe, etc. Or, tout locuteur « normal » apprend à prendre au sérieux cet artifice, à l'investir ou à l'oublier.

Les signes sont arbitraires parce que le langage s'amorce par une *dénégation (Verneinung)* de la perte, en même temps que de la dépression occasionnée par le deuil. « J'ai perdu un objet indispensable qui se trouve être, en dernière instance, ma mère », semble dire l'être parlant. « Mais non, je l'ai retrouvée dans les signes, ou plutôt parce que j'accepte de la perdre, je ne l'ai pas perdue (voici la dénégation), je peux la récupérer dans le langage. »

Le déprimé, au contraire, *dénie la dénégation* : il l'annule, la suspend et se replie, nostalgique, sur l'objet réel (la Chose) de sa perte qu'il n'arrive précisément pas à perdre, auquel il reste douloureusement rivé. Le *déni (Verleugnung) de la dénégation* serait ainsi le mécanisme d'un deuil impossible, l'installation d'une tristesse fondamentale et d'un langage artificiel, incrédible, découpé de ce fond douloureux auquel aucun signifiant n'accède et que seule l'intonation, par intermittence, parvient à moduler.

Qu'entendre par déni *et par* dénégation *?*

Nous entendrons par *déni* le refus du signifiant aussi bien que des représentants sémiotiques des pulsions et des affects. Le terme de *dénégation* sera entendu comme une opération intellectuelle qui conduit le refoulé à la représentation à condition de le nier et, de ce fait, participe de l'avènement du signifiant.

Selon Freud, le *déni* ou *désaveu (Verleugnung)* s'applique à la réalité psychique qu'il considérait comme étant de l'ordre de la perception. Ce déni serait courant chez l'enfant, mais il devient le point de départ d'une psychose chez l'adulte, puisqu'il porte sur la réalité extérieure[9]. Cependant et ultérieurement, le déni trouve son prototype dans le déni de la castration et se spécifie comme constituant le fétichisme[10].

Notre élargissement du champ de la *Verleugnung* freudienne ne change pas sa fonction de produire un clivage dans le sujet : d'une part, il dénie les représentations archaïques des perceptions traumatiques, d'autre part il reconnaît symboliquement leur impact et essaie d'en tirer les conséquences. Toutefois, notre conception modifie l'objet du déni. Le déni porte sur l'*inscription intrapsychique (sémiotique et symbolique) du manque*, qu'il soit fondamentalement un manque d'objet ou qu'il soit ultérieurement érotisé comme une castration de la femme. En d'autres termes, le déni porte sur des signifiants susceptibles d'inscrire des traces sémiotiques et de les transposer pour faire sens dans le sujet pour un autre sujet.

On notera que cette valeur désavouée du signifiant dépressif traduit une impossibilité de faire le deuil de l'objet et qu'elle s'accompagne souvent d'un fantasme de mère phallique. Le fétichisme apparaît comme une résolution de la dépression et de son déni du signifiant : le fétichiste remplace par le fantasme et par le passage à l'acte le déni de la douleur psychique (des représentants psychiques de la douleur) consécutive à la perte d'équilibre biopsychique par la perte de l'objet.

Le déni du signifiant s'étaie d'un déni de la fonction pater-

9. Cf. S. Freud, « Quelques conséquences psychologiques de la différence anatomique entre les sexes » (1925), in *La Vie sexuelle*, P.U.F., Paris, 1969, pp. 123-132 ; *S.E.*, t. XIX, pp. 241-258 ; *G.W.*, t. XIV, pp. 19-30.

10. Cf. S. Freud, « Le fétichisme » (1927), in *La Vie sexuelle, op. cit.*, pp. 133-138 ; *S.E.*, t. XXI, pp. 147-157 ; *G.W.*, t. XIV, pp. 311-317.

nelle garantissant précisément l'imposition du signifiant. Maintenu dans sa fonction de père idéal ou de père imaginaire, le père du dépressif est dépossédé de la puissance phallique attribuée à la mère. Séduisant ou séducteur, fragile et attachant, ce père maintient le sujet dans la passion, mais ne lui ménage pas la possibilité d'une issue par l'idéalisation du symbolique. Lorsque celle-ci intervient, elle s'appuie sur le père maternel et prend la voie de la sublimation.

La *dénégation (Verneinung)* dont Freud maintient et amplifie les ambiguïtés dans son étude *Die Verneinung*[11] est un processus qui introduit un aspect du désir et de l'idée inconsciente dans la conscience. « *Il en résulte une sorte d'acceptation intellectuelle du refoulé, alors que du refoulement persiste l'essentiel*[12]. » « *Au moyen du symbole de la négation, le penser s'affranchit des limitations du refoulement*[13]. » Par la dénégation, « *un contenu refoulé de représentation ou de pensée peut donc percer jusqu'à la conscience*[14] ». Ce processus psychique observable dans les défenses des patients contre leurs désirs inconscients (« non, je ne l'aime pas » signifierait l'aveu de cet amour sous une forme précisément déniée) serait le même que celui qui produit le symbole logique et linguistique.

Nous considérons que la négativité est coextensive à l'activité psychique de l'être parlant. Ses diverses modalités que sont la *négation*, le *déni* et la *forclusion* (qui peuvent produire ou modifier le refoulement, la résistance, la défense ou la censure), toutes distinctes qu'elles soient les unes des autres, s'influencent et se conditionnent réciproquement. Il n'y a pas de « don symbolique » sans clivage et la capacité verbale est potentiellement porteuse de fétichisme (ne serait-ce que celui des symboles eux-mêmes) ainsi que de psychose (fût-elle suturée).

Cependant, les diverses structures psychiques sont diver-

11. Cf. S. Freud, « Die Verneinung » (1925), in *Revue française de psychanalyse*, Paris, 1934, VII, n° 2, pp. 174-177. Traduction comparée in *Le Coq-Héron*, n° 8; *S.E.*, t. XIX, pp. 233-239; *G.W.*, t. XIV, pp. 11-15.

12. Cf. « Die Verneinung », traduction comparée in *Le Coq-Héron*, n° 8, p. 13.

13. *Ibid.*

14. *Ibid.*

sement dominées par ce processus de négativité. Si la *forclusion (Verwerfung)* l'emportait sur la dénégation, la trame symbolique s'effondrerait en effaçant la réalité elle-même : c'est l'économie de la psychose. Le mélancolique qui peut aller jusqu'à la forclusion (psychose mélancolique) se caractérise, dans le développement bénin de la maladie, par une dominance du *déni* sur la *dénégation*. Les substrats sémiotiques (représentants affectifs et pulsionnels de la perte et de la castration) sous-jacents aux signes linguistiques sont déniés, et la valeur intrapsychique de ces derniers de faire sens pour le sujet est en conséquence annihilée. Il en résulte que les souvenirs traumatiques (la perte d'un parent cher dans l'enfance, telle blessure plus récente) ne sont pas refoulés, mais constamment évoqués, le *déni de la dénégation* empêchant le travail du refoulement, ou du moins sa partie représentative. De telle sorte que cette évocation, cette représentation du refoulé n'aboutit pas à une *élaboration* symbolique de la perte car les signes sont inaptes à capter les inscriptions primaires intrapsychiques de la perte et de la liquider par cette élaboration même : au contraire, ils ressassent, impuissants. Le déprimé sait que ses humeurs le déterminent de fond en comble, mais il ne les laisse pas passer dans son discours. Il sait qu'il souffre d'être séparé de son enveloppe narcissique maternelle, mais ne cesse de maintenir son omnipotence sur cet enfer à ne pas perdre. Il sait que sa mère n'a pas de pénis, tout en le faisant apparaître, non seulement dans ses rêveries, mais aussi dans son discours « libéré », « impudique », neutre en fait, et en entrant en compétition, souvent mortifère, avec ce pouvoir phallique.

Au niveau du signe, le clivage sépare le *signifiant* aussi bien du *référent* que des *inscriptions* pulsionnelles (sémiotiques) et les dévalorise tous les trois.

Au niveau du narcissisme, le clivage conserve l'omnipotence en même temps que la destructivité et l'angoisse d'annihilation.

Au niveau du désir œdipien, il oscille entre la peur de la castration et le fantasme de toute-puissance phallique pour la mère comme pour soi-même.

Partout le déni opère des clivages et *dévitalise* les représentations aussi bien que les comportements.

Cependant, contrairement au psychotique, le déprimé conserve un signifiant paternel désavoué, amoindri, ambigu, dévalorisé, mais néanmoins persistant jusqu'à l'apparition de l'asymbolie. Avant que ce linceul ne l'enrobe, emportant le père et le sujet dans la solitude du mutisme, le déprimé ne perd pas l'usage des signes. Il les conserve mais absurdes, ralentis et prêts à s'éteindre, en raison du clivage introduit jusqu'au signe même. Car au lieu de lier l'affect provoqué par la perte, le signe déprimé désavoue aussi bien l'affect que le signifiant, avouant ainsi que le sujet déprimé est resté prisonnier de l'objet non perdu (de la Chose).

La perversité affective du dépressif

Si le *déni du signifiant* chez le dépressif rappelle le mécanisme de la perversion, deux remarques s'imposent.

D'abord, dans la dépression, le déni est d'une puissance supérieure à celle du déni pervers, qui atteint l'*identité subjective* elle-même et non seulement l'*identité sexuelle* mise en cause par l'inversion (homosexualité) ou la perversion (fétichisme, exhibitionnisme, etc.). Le déni annihile jusqu'aux introjections du dépressif et lui laisse le sentiment d'être sans valeur, « vide ». En se dépréciant et en se détruisant, il consume toute possibilité d'objet, ce qui est aussi un moyen détourné de le préserver... ailleurs, intouchable. Les seules traces d'objectalité que conserve le dépressif sont les affects. L'affect est l'objet partiel du dépressif : sa « perversion » au sens d'une drogue qui lui permet d'assurer une homéostase narcissique par cette emprise non verbale, innommable (et pour cela même intouchable et toute-puissante) sur une Chose non objectale. Aussi l'affect dépressif — et sa verbalisation dans les cures, mais aussi dans les œuvres d'art — est-il la panoplie perverse du dépressif, sa source de plaisir ambiguë qui comble le vide et évince la mort, préservant le sujet aussi bien du suicide que de l'accès psychotique.

Parallèlement, les diverses perversions apparaissent, dans cette optique, comme l'autre face du déni dépressif. Toutes les deux — dépression et perversion — évitent, selon Melanie Klein, d'élaborer la « position dépressive[15] ». Cependant, les inversions et perversions semblent portées par un déni qui n'atteint pas l'identité subjective, tout en perturbant l'identité sexuelle, et qui laisse place à la création (comparable à une production fictionnelle) d'une homéostase libidinale narcissique par recours à l'auto-érotisme, l'homosexualité, le fétichisme, l'exhibitionnisme, etc. Ces actes et relations avec des objets partiels préservent le sujet et son objet d'une destruction totale et procurent, avec l'homéostase narcissique, une vitalité qui contrecarre Thanatos. La dépression est ainsi mise entre parenthèses, mais au prix d'une dépendance souvent vécue comme atroce vis-à-vis du théâtre pervers où se déploient les objets et les relations omnipotentes qui évitent l'affrontement à la castration et font écran à la douleur de la séparation pré-œdipienne. La faiblesse du fantasme qui est évincé par le passage à l'acte témoigne de la permanence du déni du signifiant au niveau du fonctionnement mental dans les perversions. Ce trait rejoint l'inconsistance du symbolique vécue par le dépressif ainsi que l'excitation maniaque par des actes qui ne deviennent effrénés qu'à condition d'être considérés insignifiants.

L'alternance de comportements pervers et dépressifs dans l'aspect névrotique de l'ensemble mélancolico-dépressif est fréquente. Elle signale l'articulation des deux structures autour d'un même mécanisme (celui du déni) à intensités diverses portant sur différents éléments de la structure subjective. Le déni pervers n'a pas atteint l'auto-érotisme et le

15. Cf. M. Mahler, *On Human Symbiosis and the Vicissitudes of Identification*, vol. I, New York, International University Press, 1968 ; Joyce Mac Dougall (« Identifications, Neoneeds and Neosexualities », in *International Journal of Psycho-analysis*, 1986, 67, 19, pp. 19-31) a analysé le déni dans le théâtre du pervers.

narcissisme. Ceux-ci peuvent, par conséquent, se mobiliser pour faire barrage au vide et à la haine. Le déni dépressif, en revanche, atteint jusqu'aux possibilités de *représentation d'une cohérence narcissique* et prive, par conséquent, le sujet de sa jubilation auto-érotique, de son « assomption jubilatoire ». Seule demeure alors la domination masochique des replis narcissiques par un surmoi sans médiation qui condamne l'affect à rester sans objet, fût-il partiel, et à ne se représenter à la conscience que comme veuf, endeuillé, douloureux. Cette douleur affective, résultante du déni, est un *sens sans signification*, mais elle est utilisée comme écran contre la mort. Lorsque cet écran cède aussi, il ne reste comme seul enchaînement ou acte possible que l'acte de rupture, de dés-enchaînement, imposant le non-sens de la mort : *défi* pour les autres ainsi retrouvés au titre de rejetés, ou bien *consolidation* narcissique du sujet qui se fait reconnaître, par un passage à l'acte fatal, comme ayant toujours été hors du pacte symbolique parental, c'est-à-dire là où le déni (parental ou le sien propre) l'avait bloqué.

Ainsi le déni de la dénégation que nous avons constaté au cœur de l'évitement de la « position dépressive » chez le déprimé ne donne pas nécessairement une coloration perverse à cette affection. Le déprimé est un pervers qui s'ignore : il a même intérêt à s'ignorer, tellement ses passages à l'acte, qu'aucune symbolisation ne semble satisfaire, peuvent être paroxystiques. Il est vrai que les délices de la souffrance peuvent conduire à une jouissance morose que bien des moines ont connue et que Dostoïevski exalte plus près de nous.

C'est surtout dans le versant maniaque propre aux formes bipolaires de la dépression que le *déni* prend toute sa vigueur et apparaît au grand jour. Certes, il a toujours été là, mais en secret : compagnon sournois et consolateur du chagrin, le déni de la dénégation bâtissait un sens dubitatif et faisait du langage morne un semblant incrédible. Il signalait son existence dans le discours détaché du déprimé qui dispose d'un artifice dont il ne sait pas jouer : méfiez-vous de l'enfant trop sage et de l'eau qui dort... Chez le maniaque, cependant, le déni franchit le double reniement dont s'étaie la tristesse : il entre en scène et devient l'outil d'une construction écran contre la perte. Loin de se contenter de construire un faux langage, le déni désormais échafaude des panoplies variées d'objets érotiques substitutifs : on connaît l'érotomanie des veufs ou des veuves, les compensations orgiaques des blessures narcissiques liées aux maladies ou aux infirmités, etc. L'élation esthétique, s'élevant par l'idéal et l'artifice au-dessus de la construction ordinaire propre aux normes de la langue naturelle et du code social banalisé, peut participer de ce mouvement maniaque. Qu'elle reste à ce niveau et l'œuvre apparaît dans sa fausseté : ersatz, copie ou calque. Au contraire, l'œuvre d'art qui assure une renaissance de son auteur et de son destinataire est celle qui réussit à intégrer dans la langue artificielle qu'elle propose (nouveau style, nouvelle composition, imagination surprenante) les émois innommés d'un moi omnipotent que l'usage social et linguistique courant laisse toujours quelque peu endeuillé ou orphelin. Aussi une telle fiction est-elle sinon un antidépresseur, du moins une survie, une résurrection...

Arbitraire ou vide

Le désespéré devient un hyperlucide par annulation de la dénégation. Une séquence signifiante, forcément arbitraire, lui apparaîtra lourdement, violemment, arbitraire : il la trouvera absurde, elle n'aura pas de sens. Aucun mot, aucun objet de la vie ne sera susceptible de trouver un enchaînement cohérent en même temps qu'adéquat à un sens ou à un référent.

La séquence arbitraire reçue par le dépressif comme absurde est coextensive à une perte de la référence. Le déprimé ne parle de rien, il n'a rien dont parler : agglutiné à la Chose *(Res)*, il est sans objets. Cette Chose totale et insignifiable est insignifiante : c'est un Rien, son Rien, la Mort. Le gouffre qui s'installe entre le sujet et les objets signifiables se traduit par une impossibilité d'enchaînements signifiants. Mais un tel exil révèle un gouffre dans le sujet lui-même. D'une part, les objets et les signifiants, déniés pour autant qu'ils sont identifiés avec la vie, prennent la valeur du non-sens : le langage et la vie n'ont pas de sens. D'autre part, par le clivage, une valeur intense et insensée est rapportée à la Chose, à Rien : à l'insignifiable et à la mort. Le discours déprimé, bâti de signes absurdes, de séquences ralenties, disloquées, arrêtées, traduit l'effondrement du sens dans l'innommable où il s'abîme, inaccessible et délicieux, au profit de la valeur affective rivée à la Chose.

Le déni de la dénégation prive les signifiants langagiers de leur fonction de faire sens pour le sujet. Tout en ayant une signification en soi, ces signifiants sont ressentis comme *vides* par le sujet. Cela est dû au fait qu'ils ne *sont pas liés* aux traces sémiotiques (représentants pulsionnels et représentations d'affects). Il s'ensuit que, laissées libres, ces inscriptions psychiques archaïques peuvent être utilisées dans l'identification projective comme des quasi-objets. Elles donnent lieu à des passages à l'acte qui remplacent le langage chez le dépressif[16]. Le déferlement de l'humeur, jusqu'à la stupeur qui envahit le corps, est un retournement du passage à l'acte sur le sujet lui-même : l'humeur écrasante est un acte qui ne passe pas en raison du déni qui porte sur le signifiant. Par ailleurs, l'activité défensive fébrile qui voile la tristesse inconsolable de tant de déprimés, avant et y compris le meurtre ou le suicide, est une projection des résidus de la symbolisation : délestés de leur sens par le déni, ses actes sont traités comme des quasi-objets expulsés au-dehors ou bien retournés sur soi dans la plus grande indifférence d'un sujet anesthésié lui-même par le déni.

16. Cf. *infra*, chap. III, « Tuer ou se tuer », p. 91 sq., et « Une Vierge mère », p. 99 sq.

L'hypothèse psychanalytique du déni du signifiant chez le dépressif, qui n'exclut pas le recours aux moyens biochimiques pour remédier aux carences neurologiques, se réserve la possibilité de renforcer les capacités idéatoires du sujet. En analysant — c'est-à-dire en dissolvant — le mécanisme du déni dans lequel le dépressif s'est immobilisé, la cure analytique peut opérer une véritable « greffe » de potentiel symbolique, et mettre à la disposition du sujet des stratégies discursives mixtes opérant au croisement des inscriptions affectives et des inscriptions linguistiques, du sémiotique et du symbolique. De telles stratégies sont de véritables réserves contre-dépressives que l'interprétation optimale au sein de l'analyse met à la disposition du patient dépressif. Parallèlement, une grande empathie est requise entre l'analyste et le patient déprimé. A partir d'elle, les voyelles, consonnes ou syllabes peuvent être extraites de la chaîne signifiante et recomposées selon le sens global du discours que l'identification de l'analyste avec le patient lui a permis de repérer. C'est un registre infra- et trans-linguistique qu'il faut souvent prendre en considération en le référant au « secret » et à l'affect innommé du dépressif.

Langue morte et Chose enterrée vivante

L'effondrement spectaculaire du sens chez le dépressif — et, à l'extrême, du sens de la vie — nous laisse donc présupposer qu'il a du mal à intégrer la chaîne signifiante universelle, le langage. Dans le cas idéal, l'être parlant fait un avec son discours : la parole n'est-elle pas notre « seconde nature » ? Au contraire, le dire du dépressif est pour lui comme une peau étrangère : le mélancolique est un étranger dans sa langue maternelle. Il a perdu le sens — la valeur — de sa langue maternelle, faute de perdre sa mère. La langue morte qu'il parle et qui annonce son suicide cache une Chose enterrée vivante. Mais celle-ci, il ne la traduira pas pour ne pas la trahir : elle restera emmurée dans la

« *crypte*[17] » de l'affect indicible, captée analement, sans issue.

Une patiente sujette à de fréquents accès de mélancolie est venue à notre premier entretien avec un chemisier de couleur vive sur lequel était inscrit d'innombrables fois le mot « maison ». Elle me parlait de ses soucis autour de son appartement, de ses rêves de buildings construits de matériaux hétéroclites et d'une maison africaine, lieu paradisiaque de son enfance, perdue par la famille dans des circonstances dramatiques. « Vous êtes en deuil d'une maison, lui dis-je.

— Maison ? répond-elle, je ne comprends pas, je ne vois pas ce que vous voulez dire, les mots me manquent ! »

Son discours est volubile, rapide, fébrile, mais tendu dans une excitation froide et abstraite. Elle ne cesse de se servir du langage : « Mon métier de professeur, dit-elle, m'oblige à parler sans arrêt, mais j'explique la vie des autres, je n'y suis pas ; et même quand je parle de la mienne, c'est comme si je parlais d'un étranger. » L'objet de sa tristesse, elle le porte inscrit dans la douleur de sa peau et de sa chair, et jusque dans la soie de son chemisier qui lui colle au corps. Il ne passe toutefois pas dans sa vie mentale, il fuit sa parole, ou plutôt : la parole d'Anne a abandonné le chagrin et sa Chose pour construire sa logique et sa cohérence désaffectée, clivée. Comme on fuit une souffrance en se jetant à « corps perdu » dans une occupation aussi réussie qu'insatisfaisante.

Cet abîme qui sépare le langage de l'expérience affective chez le dépressif fait penser à un traumatisme narcissique précoce. Il aurait pu dériver en psychose, mais une défense surmoïque l'a en réalité stabilisé. Une intelligence peu ordinaire et l'identification secondaire avec une instance paternelle ou symbolique contribuent à cette stabilisation. Aussi le dépressif est-il un observateur lucide, veillant nuit et jour sur ses malheurs et malaises, cette obsession inspectrice le

17. N. Abraham et M. Torok ont publié de nombreuses recherches sur l'introjection et la formation de « cryptes » psychiques dans le deuil, la dépression et les structures voisines. Cf., entre autres, N. Abraham, *L'Écorce et le Noyau*, Aubier, Paris, 1978. Notre interprétation, différente de leur démarche, part de la même observation clinique d'un « vide psychique » chez le déprimé qu'a noté, par ailleurs, André Green.

laissant perpétuellement dissocié de sa vie affective au cours des périodes « normales » séparant les accès mélancoliques. Il donne cependant l'impression que son armure symbolique n'est pas intégrée, que sa carapace défensive n'est pas introjectée. La parole du dépressif est un masque — belle façade taillée dans une « langue étrangère ».

Le ton qui fait la chanson

Cependant, si la parole dépressive évite la *signification* phrastique, son *sens* n'est pas complètement tari. Il se dérobe parfois (comme on le verra dans l'exemple qui suit) dans le ton de la voix qu'il faut savoir entendre pour y déchiffrer le *sens* de l'affect. Des travaux sur la modulation tonale de la parole déprimée nous en apprennent et nous en apprendront long sur certains dépressifs qui, dans le discours, se montrent désaffectés mais qui, au contraire, gardent une forte et variée émotivité cachée dans l'intonation; ou bien sur d'autres dont l'« émoussement affectif » est conduit jusqu'au registre tonal qui demeure (parallèlement à la séquence phrastique brisée en « ellipses non recouvrables ») plat et grevé de silences[18].

18. Sur ce deuxième aspect de la voix dépressive dépourvue d'agitation et d'anxiété, on constate une basse intensité, une monotonie mélodique et une mauvaise qualité du timbre, peu d'harmoniques. Ainsi M. Hamilton, « A rating scale in depression », in *Journal of Neurology, Neurosurgery and Psychiatry*, n° 23, 1960, pp. 56-62; P. Hardy, R. Jouvent, D. Widlöcher, « Speech and psychopathology » in *Language and Speech*, vol. XXVIII, part. I, 1985, pp. 57-79. Ces auteurs signalent, en substance, un émoussement prosodique chez les ralentis. En revanche, en clinique psychanalytique, nous entendons surtout le patient dépressif de la zone plus névrotique que psychotique de l'ensemble mélancolico-dépressif et dans les périodes succédant aux crises lourdes, où, précisément, le transfert est possible; nous constatons alors un certain jeu avec la monotonie et avec les basses fréquences et intensités, mais aussi une concentration de l'attention sur les valeurs vocales. Cette attribution d'une signifiance au registre suprasegmental nous paraît « sauver » le dépressif d'un désinvestissement total de la parole et conférer à certains fragments sonores (syllabes ou groupes syllabiques) un sens affectif par ailleurs effacé de la chaîne signifiante (comme nous le verrons dans l'exemple qui suit). Ces remarques complètent, sans forcément les contredire, les observations psychiatriques sur la voix dépressive émoussée.

En cure analytique, cette importance du registre supra-segmental de la parole (intonation, rythme) devrait conduire l'analyste, d'une part, à interpréter la voix et, d'autre part, à désarticuler la chaîne signifiante banalisée et dévitalisée, pour en extraire le sens caché infrasignifiant du discours dépressif qui se dissimule dans les fragments de lexèmes, dans des syllabes ou groupes phoniques cependant étrangement sémantisés.

Anne se plaint en analyse d'états d'abattement, de désespoir, de perte du goût de la vie, qui la conduisent fréquemment à se retirer des jours entiers dans son lit, refusant de parler et de manger (l'anorexie pouvant alterner avec la boulimie), prête, souvent, à avaler le tube de somnifères sans avoir cependant jamais franchi le seuil fatidique. Cette intellectuelle parfaitement insérée dans une équipe d'anthropologues dévalorise cependant toujours son métier et ses réalisations, se disant « incapable », « nulle », « indigne », etc. Nous avons analysé, au tout début de la cure, le rapport conflictuel qu'elle entretient avec sa mère, pour constater que la patiente a opéré un véritable avalement de l'objet maternel haï mais conservé ainsi au fond d'elle-même et devenu source de rage contre elle-même et de sentiment de vide intérieur. Toutefois, j'avais l'impression, ou comme dit Freud la *conviction* contretransférentielle, que l'échange verbal conduisait à une rationalisation des symptômes mais non pas à leur élaboration *(Durcharbeitung).* Anne me confirmait dans cette conviction : « Je parle, disait-elle souvent, comme au bord des mots et j'ai le sentiment d'être au bord de ma peau, mais le fond de mon chagrin demeure intouchable. »

J'ai pu interpréter ces propos comme un refus hystérique de l'échange castrateur avec moi. Cette interprétation ne me semblait toutefois pas suffisante, compte tenu de l'intensité de la plainte dépressive et de l'importance du silence qui soit s'installait, soit morcelait le discours de manière « poétique », indéchiffrable par moments. Je dis : « Au bord des mots, mais au sein de la voix, car votre voix se trouble quand vous me parlez de cette tristesse incommunicable. » Cette interprétation, dont on entend bien la valeur séductrice, peut avoir, dans le cas d'un patient dépressif, le sens de traverser l'apparence défensive et vide du signifiant linguistique et de chercher l'*emprise (Bemächtigung)* sur l'objet archaïque (le pré-objet, la Chose) dans le registre des inscriptions vocales. Or, il se trouve que cette patiente a souffert dans les premières années de sa vie de graves maladies de peau et qu'elle a été sans doute privée et du contact avec la peau de la mère, et de l'identification à l'image du visage maternel dans le miroir. J'enchaîne : « Ne pouvant pas toucher votre mère, vous vous cachiez au-dessous de votre peau, "au bord de la peau" ; et dans cette cachette, vous enfermiez votre désir et votre haine contre elle dans le son de votre voix, puisque vous entendiez la sienne au loin. »

Nous sommes ici dans les régions du narcissisme primaire, où se constitue l'image du moi et où, précisément, l'image du futur dépressif n'arrive pas à se consolider dans la représentation verbale. La raison en est que le deuil de l'objet n'est pas fait dans cette représentation. Au contraire, l'objet est comme enterré — et dominé — par des affects jalousement gardés et, éventuellement, dans des vocalises. Je pense que l'analyste peut et doit pénétrer jusqu'à ce niveau vocal du discours par son interprétation, sans craindre d'être intrusif. En donnant un sens aux affects tenus secrets à cause de l'emprise sur le pré-objet archaïque, l'interprétation à la fois *reconnaît* cet affect mais aussi le langage secret que le dépressif lui donne (ici : la modulation vocale), lui ouvrant une voie de passage au niveau des mots et des processus secondaires. Ceux-ci — donc le langage — jusqu'à présent considérés vides, parce que coupés des inscriptions affectives et vocales, se revitalisent et peuvent devenir un espace de désir, c'est-à-dire de sens pour le sujet.

Un autre exemple extrait du discours de la même patiente montrera combien une destruction apparente de la chaîne signifiante la soustrait au déni où la déprimée s'est bloquée et lui confère les inscriptions affectives que la dépressive meurt de tenir secrètes. De retour de vacances d'Italie, Anne me raconte un rêve. Il y a un procès, comme le procès de Barbie : je fais l'accusation, tout le monde est convaincu, Barbie est condamné. Elle se sent soulagée, comme si on l'avait libérée elle-même d'une torture possible de la part d'un quelconque tortionnaire, mais elle n'est pas là, elle est ailleurs, tout cela lui semble creux, elle préfère dormir, sombrer, mourir, ne jamais se réveiller, dans un rêve de douleur qui cependant l'attire irrésistiblement, « sans aucune image »... J'entends l'excitation maniaque autour de la torture qui saisit Anne dans ses relations avec sa mère et, parfois, avec ses partenaires, dans les intervalles de ses « déprimes ». Mais j'entends aussi : « Je suis ailleurs, rêve de douleur-douceur sans image », et je pense à sa plainte dépressive d'être malade, d'être stérile. Je dis : « A la surface : des tortionnaires. Mais plus loin, ou ailleurs, là où est votre peine, il y a peut-être : *torse-io-naître/pas naître.* »

Je décompose le mot « tortionnaire » : je le torture en somme, je lui inflige cette violence que j'entends enterrée dans la parole souvent dévitalisée, neutre, d'Anne elle-même. Cependant, cette torture que je fais apparaître au grand jour des mots provient de ma complicité avec sa douleur : de ce que je crois être mon écoute attentive, reconstituante, gratifiante de ses malaises innommés, de ces trous noirs de douleur dont Anne connaît le sens affectif mais dont elle ignore la signification. Le torse, le sien sans doute, mais lové à celui de sa mère dans la passion du fantasme inconscient; deux torses qui ne se sont pas touchés quand Anne était bébé, et qui s'éclatent maintenant, dans la rage des paroles au moment des disputes des deux femmes. Elle — *Io* — veut naître par l'analyse, se faire un autre corps. Mais, accolée sans représentation verbale au torse de sa mère, elle ne parvient pas à nommer ce désir, elle n'a pas la signification de ce désir. Or, ne pas avoir la signification du désir, c'est ne pas avoir le désir lui-même. C'est être prisonnier de l'affect, de la Chose archaïque, des inscriptions primaires des affects et des émotions. C'est là précisément que règne l'ambivalence, et que la haine pour la *Chose*-mère se transforme immédiatement en dévalorisation de soi... Anne enchaîne en confirmant mon interprétation : elle abandonne la problématique maniaque de la torture et de la persécution pour me parler de sa source dépressive. En ce moment, elle est envahie par la peur d'être stérile et l'envie sous-jacente de donner naissance à une fille : « J'ai rêvé que de mon corps sortait une petite fille, le portrait craché de ma mère, alors que je vous ai souvent dit que lorsque je ferme les yeux je n'arrive pas à me représenter son visage, comme si elle était morte avant que je naisse et qu'elle m'entraînait dans cette mort. Voilà maintenant que j'accouche et c'est elle qui revit... »

Accélération et variété

Cependant, dissociée des représentants pulsionnels et affectifs, la chaîne des représentations linguistiques peut revêtir chez le déprimé une grande originalité associative, parallèle à la rapidité des cycles. Le ralentissement moteur du dépressif peut s'accompagner, contrairement à certaines apparences de passivité et de ralentissement moteur, d'un processus cognitif accéléré et créatif, comme en témoignent les études portant sur les associations très singulières et inventives que produisent des déprimés à partir de listes de mots qui leur sont soumises[19]. Cette hyperactivité signifiante se manifeste notamment par des rapprochements de champs sémantiques éloignés et rappelle les calembours des hypomaniaques. Elle est coextensive à l'hyperlucidité cognitive des déprimés, mais aussi à l'impossibilité du maniaco-dépressif de décider ou de choisir.

Le traitement par le lithium, maîtrisé dès les années 60 par le Danois Schou, stabilise la thymie mais aussi l'associativité verbale et, tout en maintenant, semble-t-il, l'originalité du processus créateur, le ralentit et le rend moins productif[20]. Aussi pourrait-on dire avec les chercheurs qui ont conduit ces observations que le lithium interrompt le processus de variété et fixe le sujet dans le champ sémantique d'un mot, l'attache à une signification et peut-être le stabilise autour d'un référent-objet. *A contrario*, on pourra déduire de ce test (dont on notera qu'il se limite aux dépressions répondant au lithium) que certaines formes de dépression sont des accès d'accélérations associatives qui déstabilisent le sujet et lui offrent une fuite hors de la confrontation avec une signification stable ou avec un objet fixe.

Un passé qui ne passe pas

Le temps dans lequel nous vivons étant le temps de notre discours, la parole étrangère, ralentie ou dissipée du mélan-

19. Cf. L. Pons, « Influence du lithium sur les fonctions cognitives », in *La Presse médicale*, 2, IV, 1963, XII, n° 15, pp. 943-946.
20. *Ibid.*, p. 945.

colique, le conduit à vivre dans une temporalité décentrée. Elle ne s'écoule pas, le vecteur avant/après ne la gouverne pas, ne la dirige pas d'un passé vers un but. Massif, pesant, sans doute traumatique parce que chargé de trop de peine ou de trop de joie, *un moment* bouche l'horizon de la temporalité dépressive, ou plutôt lui enlève tout horizon, toute perspective. Fixé au passé, régressant au paradis ou à l'enfer d'une expérience indépassable, le mélancolique est une mémoire étrange : tout est révolu, semble-t-il dire, mais je suis fidèle à ce révolu, j'y suis cloué, il n'y a pas de révolution possible, pas d'avenir... Un passé hypertrophié, hyperbolique, occupe toutes les dimensions de la continuité psychique. Et cet attachement à une mémoire sans lendemain est sans doute aussi un moyen de capitaliser l'objet narcissique, de le couver dans l'enclos d'un caveau personnel sans issue. Cette particularité de la temporisation mélancolique est une donnée essentielle sur la base de laquelle peuvent se développer des perturbations concrètes du rythme nychtéméral ainsi que des dépendances précises des accès dépressifs vis-à-vis du rythme biologique spécifique d'un sujet donné[21].

Rappelons que l'idée d'envisager la dépression comme dépendante vis-à-vis d'un *temps* plutôt que d'un *lieu* revient à Kant. Réfléchissant sur cette variante spécifique de la dépression qu'est la nostalgie, Kant affirme[22] que le nostalgique ne désire pas l'endroit de sa jeunesse, mais sa jeunesse même, que son désir est en quête du *temps* et non pas de la *chose* à retrouver. La notion freudienne d'*objet psychique* auquel le dépressif serait fixé participe de la même conception : l'objet psychique est un fait de mémoire, il appartient au temps perdu « à la Proust ». Il est une construction sub-

21. Cf. à ce propos, et entre autres études plus techniques, la méditation psychopathologique de H. Tellenbach, *De la mélancolie*, P.U.F., Paris, 1979.

22. Cf. E. Kant, *Anthropologie in pragmatischer Hinsicht*, cité par J. Starobinski, « Le concept de nostalgie », in *Diogène*, n° 54, 1966, pp. 92-115. On se référera également aux autres travaux de Starobinski sur la mélancolie et la dépression qui éclairent notre propos de points de vue historiques et philosophiques.

jective, et à ce titre il relève d'une mémoire, certes insaisissable et refaite dans chaque verbalisation actuelle, mais qui se situe d'emblée non pas dans un espace physique, mais dans l'espace imaginaire et symbolique de l'appareil psychique. Dire que l'objet de mon chagrin est moins ce village, cette maman ou cet amant qui me manquent ici et maintenant que la représentation incertaine que j'en garde et que j'orchestre dans la chambre noire de ce qui devient en conséquence mon tombeau psychique, situe d'emblée mon malaise dans l'imaginaire. Habitant de ce temps tronqué, le déprimé est nécessairement un habitant de l'imaginaire.

Une telle phénoménologie langagière et temporelle révèle, nous l'avons maintes fois souligné, un deuil inaccompli de l'objet maternel.

Identification projective ou omnipotence

Il nous faut, pour mieux en rendre compte, revenir à la notion d'*identification projective* proposée par Melanie Klein. L'observation des tout jeunes enfants, mais aussi la dynamique de la psychose, laissent supposer que les opérations psychiques les plus archaïques sont les projections des bonnes et des mauvaises parties d'un non encore-moi dans un objet non encore séparé de lui, avec le but d'exercer moins une attaque sur l'autre qu'une emprise sur lui, une possession omnipotente. Cette omnipotence orale et anale est peut-être d'autant plus intense que certaines particularités biopsychologiques entravent l'autonomie idéalement souhaitée du moi (difficultés psychomotrices, troubles de l'audition ou de la vision, diverses maladies, etc.). Le comportement maternel ou paternel, superprotecteur et anxieux, qui a choisi l'enfant comme une prothèse narcissique et ne cesse de l'englober en tant qu'élément réparateur du psychisme adulte, intensifie la tendance du nourrisson à l'omnipotence.

Or, le moyen sémiotique par lequel s'exprime cette omnipotence est une sémiologie préverbale : gestuelle, motrice, vocale, olfactive, tactile, auditive. Les processus primaires dominent cette expression de la domination archaïque.

Le sens omnipotent

Le sujet d'un *sens* est déjà là, même si le sujet de la *signification* linguistique n'est pas encore construit et attend pour advenir la position dépressive. Le sens déjà là (qu'on peut supposer étayé par un surmoi précoce et tyrannique) est fait de rythmes et de dispositifs gestuels, acoustiques, phonatoires où le plaisir s'articule dans des séries sensorielles qui sont une première différenciation vis-à-vis de la Chose excitante aussi bien que menaçante et de la confusion autosensuelle. Ainsi s'articule en discontinuité organisée le continuum du corps en voie de devenir un « corps propre », exerçant une maîtrise précoce et première, fluide mais puissante sur les zones érogènes confondues avec le pré-objet, avec la Chose maternelle. Ce qui nous apparaît au plan psychologique comme une omnipotence *est la puissance des rythmes sémiotiques qui traduisent une présence intense du sens chez un pré-sujet encore incapable de signification.*

Ce que nous appelons un sens est la capacité de l'*infans* à enregistrer le signifiant du désir parental et à s'y inclure à sa manière propre, c'est-à-dire en manifestant les aptitudes sémiotiques dont il est capable à ce moment de son développement et qui lui permettent une maîtrise, au niveau des processus primaires, d'un « non encore autre » (de la Chose) inclus dans les zones érogènes de cet *infans* sémiotisant. Cependant, ce sens omnipotent reste « lettre morte » s'il n'est pas investi dans la signification. Ce sera le travail de l'interprétation analytique qui ira chercher le sens dépressif dans le caveau où la tristesse l'a enfermé avec sa mère, pour le lier à la signification des objets et des désirs. Une telle interprétation détrône l'omnipotence du sens et équivaut à une élaboration de la position dépressive qui fut déniée par le sujet à structure dépressive.

On se souvient que la séparation avec l'objet ouvre la phase dite dépressive. En perdant maman et en m'appuyant sur la dénégation, je la récupère comme signe, image, mot[23]. Cependant, l'enfant omnipotent ne renonce pas aux délices ambiguës de la position paranoïde-schizoïde d'identification projective antérieure durant laquelle il logeait tous ses mouvements psychiques dans un autre indissocié, fusionnel. Ou bien cet enfant refuse la séparation et le deuil et, au lieu d'aborder la position dépressive et le langage, il se réfugie dans une position passive, en fait schizo-paranoïde, dominée par l'identification projective — le refus de parler qui sous-tend certains retards du langage est, en réalité, une imposition de l'omnipotence et donc de l'emprise primaire sur l'objet. Ou bien l'enfant trouve un compromis par le *déni* de la dénégation laquelle, dans le cas général, conduit à l'élaboration du deuil par la constitution d'un système symbolique (notamment par la constitution du langage). Le sujet congèle alors ses affects déplaisants comme tous les autres, il les conserve dans un *dedans psychique* ainsi formé une fois pour toutes comme affligé et inaccessible. Cette intériorité douloureuse, faite de marques sémiotiques mais pas de signes[24], est le visage invisible de Narcisse, la source secrète de ses larmes. Le mur du *déni de la dénégation* sépare alors les émois du sujet des constructions symboliques qu'il acquiert néanmoins, et même souvent brillamment, grâce précisément à cette négation redoublée. Le mélancolique avec son dedans chagrin et secret est un exilé en puissance, mais aussi un intellectuel capable de brillantes construc-

23. H. Segal, *op. cit.* Cf., ici même, p. 33 sq.

24. A propos de la distinction sémiotique/symbolique, cf. notre *Révolution du langage poétique*, Seuil, Paris, 1974, et ici même, chap. I, p. 33, n. 27. Jean Oury note que, privé de Grand Autre, le mélancolique cherche des repères indéchiffrables et néanmoins vitaux jusqu'au « point d'horreur » de sa rencontre avec le « sans-limite ». (Cf. Jean Oury, « Violence et mélancolie », in *La Violence, actes du Colloque de Milan*, 10/18, Paris, 1978, pp. 27 et 32.)

tions... abstraites. Le *déni de la dénégation* chez le dépressif est l'expression logique de l'omnipotence. Par son discours vide, il se garantit une emprise inaccessible parce que « sémiotique » et non « symbolique » sur un objet archaïque qui demeure ainsi, pour lui-même et pour tous, une énigme et un secret.

La tristesse retient la haine

Une construction symbolique ainsi acquise, une subjectivité bâtie sur une telle base peuvent s'effondrer facilement lorsque l'expérience de nouvelles séparations, ou de nouvelles pertes, ravive l'objet du déni primaire et bouscule l'omnipotence qui s'était préservée au prix de ce déni. Le signifiant langagier qui était un semblant est emporté alors par les émois, comme une digue par la houle océanique. Inscription primaire de la perte qui perdure en deçà du déni, l'affect submerge le sujet. Mon affect de tristesse est l'ultime témoin cependant *muet* que j'ai, malgré tout, perdu la Chose archaïque de l'emprise omnipotente. Cette tristesse est le filtre ultime de l'agressivité, la retenue narcissique de la haine qui ne s'avoue pas, non par simple pudeur morale ou surmoïque, mais parce que dans la tristesse le moi est encore confondu avec l'autre, il le porte en soi, il introjecte sa propre projection omnipotente et en jouit. Le chagrin serait ainsi le négatif de l'omnipotence, l'indice premier et primaire que l'autre m'échappe, mais que le moi, cependant, ne s'accepte pas abandonné.

Ce déferlement de l'affect et des processus sémiotiques primaires entre en confrontation avec l'armure, que nous avons décrite comme étrangère ou « secondaire », du langage chez le dépressif ainsi qu'avec les constructions symboliques (apprentissages, idéologies, croyances). Des ralentissements ou des accélérations s'y manifestent qui traduisent le rythme des processus primaires ordinairement dominés, et, sans doute, le rythme biophysiologique. Le discours n'a plus le pouvoir de briser et encore moins de modifier ce rythme, mais, au contraire, il se laisse modifier par le rythme affectif, au point de s'éteindre dans le mutisme (par trop de ralentissement, ou par trop d'accélération rendant le choix d'action impossible). Lorsque le combat de la création imaginaire (art, littérature) avec la dépression s'affronte précisément à ce seuil du symbolique et du biologique, nous constatons bien que la narration ou le raisonnement sont dominés par les processus primaires. Les rythmes, les allitérations, les condensations modèlent la transmission d'un message et d'une information. Dès lors, la *poésie* et, plus généralement, le style qui en porte la marque secrète témoigner ient-ils d'une dépression (provisoirement ?) vaincue ?

Nous sommes ainsi conduits à considérer au moins trois paramètres pour décrire les modifications psychiques et, en particulier, dépressives : les *processus symboliques* (grammaire et logique du discours) et les *processus sémiotiques* (déplacement, condensation, allitérations, rythmes vocaux et gestuels, etc.) avec leur étayage que sont les *rythmes biophysiologiques* de la transmission de l'excitation. Quels que soient les facteurs endogènes qui conditionnent ces derniers, et quelque puissants que soient les moyens pharmacologiques pour établir une transmission optimale de l'excitation nerveuse, demeure le problème de l'intégration primaire et surtout de l'intégration secondaire de l'excitation.

C'est en ce point précisément que se situe l'intervention psychanalytique. Nommer le plaisir et le déplaisir dans leurs méandres infimes — et cela au cœur même de la situation transférentielle qui refait les conditions primitives de l'omnipotence et de la séparation simulée d'avec l'objet — reste notre seul moyen d'accès à cette constitution paradoxale du sujet qu'est la mélancolie. Paradoxale, en effet, car le sujet, au prix d'une *dénégation*, s'était ouvert les portes du symbolique pour pouvoir se les fermer du mouvement du *déni*, en se réservant la jouissance innommable d'un affect omnipotent. L'analyse a peut-être, alors, une chance de transformer cette subjectivation, et de conférer un pouvoir modificateur au discours sur les fluctuations des processus primaires et jusqu'aux transmissions bioénergétiques, en favorisant une meilleure intégration des émois sémiotiques dans l'édifice symbolique.

Destin occidental de la traduction

Poser l'existence d'un objet originaire, voire d'une Chose, à traduire par-delà un deuil accompli, n'est-ce pas un fantasme de théoricien mélancolique ?

Il est certain que l'objet originaire, cet « en-soi » qui reste toujours à traduire, la cause ultime de la traductibilité, n'existe que pour et par le discours et le sujet déjà constitués. C'est parce que le traduit est déjà là que le traductible peut être imaginé et posé comme excédent ou incommensurable. Poser l'existence de cet autre langage et même d'un autre du langage, voire d'un hors langage, n'est pas nécessairement une réserve pour la métaphysique ou pour la théologie. Ce postulat correspond à une exigence psychique que la métaphysique et la théorie occidentale ont eu, peut-être, la chance et l'audace de représenter. Une exigence psychique qui n'est certes pas universelle : la civilisation chinoise n'est par exemple pas une civilisation de la traductibilité de la chose en soi, mais plutôt de la répétition et de la variation des signes, c'est-à-dire de la transcription.

L'obsession de l'objet originaire, de l'objet à traduire, suppose qu'une certaine adéquation (certes imparfaite) est considérée possible entre le signe et, non pas le référent, mais l'expérience non verbale du référent dans l'interaction avec l'autre. Je peux nommer vrai. L'Être qui me déborde — y compris l'être de l'affect — peut trouver son expression adéquate ou quasi adéquate. Le pari de la traductibilité est aussi un pari de maîtriser l'objet originaire et, en ce sens, une tentative de combattre la dépression (due à un pré-objet envahissant dont je ne peux faire le deuil) par une cascade de signes destinée précisément à capter l'objet de joie, de peur, de douleur. La métaphysique, avec son obsession de traductibilité, est un discours de la douleur dite et soulagée par cette nomination même. On peut ignorer, dénier la Chose originaire, on peut ignorer la douleur au profit de la légèreté des signes recopiés ou enjoués, sans dedans et sans vérité. L'avantage des civilisations qui opèrent sur ce modèle consiste à les rendre aptes à marquer l'immersion du sujet dans le cosmos, son immanence mystique avec le monde. Mais, comme me l'avoue un ami chinois, une telle culture est sans moyens devant l'irruption de la douleur. Ce manque est-il un avantage ou une défaillance ?

L'homme occidental, au contraire, est persuadé de pouvoir traduire sa mère — il *y* croit certes, mais pour la traduire, c'est-à-dire la trahir, la transposer, s'en libérer. Ce mélancolique triomphe sur sa tristesse d'être séparé de l'objet aimé par un incroyable effort à maîtriser les signes de sorte à les faire correspondre à des vécus originaires, innommables, traumatiques.

Plus encore et en définitive, cette croyance dans la traductibilité (« maman est nommable, Dieu est nommable ») conduit à un discours fortement individualisé, évitant la stéréotypie et le cliché, aussi bien qu'à la profusion des styles personnels. Mais par là-même, nous aboutissons à la *trahison* par excellence de la Chose unique et en soi (de la *Res divina*) : si toutes les manières de la nommer sont permises, la Chose postulée en soi ne se dissout-elle pas dans les mille et une manières de la nommer ? La traductibilité postulée aboutit en la multiplicité des traductions possibles. Le mélancolique potentiel qu'est le sujet occidental, devenu traducteur acharné, s'achève en joueur affirmé ou en athée potentiel. La croyance initiale en la traduction se transforme en une croyance dans la performance stylistique pour laquelle l'en deçà du texte, son autre, fût-il originaire, compte moins que la réussite du texte même.

III

Figures de la dépression féminine

Les fragments qui suivent nous conduisent non pas dans l'univers de la mélancolie clinique, mais dans les régions névrotiques de l'ensemble mélancolico-dépressif. On y constate l'alternance entre dépression et anxiété, dépression et actes pervers, perte de l'objet et du sens de la parole et domination sadomasochique sur eux. D'être pris au discours de femmes n'est pas simplement un hasard que pourrait justifier la plus grande fréquence sociologiquement attestée des dépressions féminines. Ce fait révèle peut-être aussi un trait de la sexualité féminine : son addiction à la Chose maternelle et ses moindres facilités dans la perversion réparatrice.

LA SOLITUDE CANNIBALIQUE

Le corps-tombeau ou la dévoration omnipotente

Hélène souffrait dès sa naissance de graves difficultés motrices qui avaient nécessité plusieurs interventions chirurgicales et l'avaient immobilisée au lit jusqu'à l'âge de trois ans. Le développement intellectuel brillant de la petite fille l'a conduite cependant à un destin professionnel non moins brillant, d'autant qu'il ne subsiste rien des anciens défauts moteurs et du contexte familial qui, de toute évidence, les entretenait.

Rien sinon les accès fréquents de dépression grave qui ne semblaient pas être déclenchés par la réalité actuelle, plutôt prospère, de la vie d'Hélène. Certaines situations (parler à plus d'une personne, se trouver dans un lieu public, défendre un avis qui n'est pas partagé par les interlocuteurs) provoquaient chez cette patiente un état de stupeur : « Je suis clouée au sol, comme paralysée, je perds la parole, ma bouche est comme en plâtre et ma tête complètement vide. » Un sentiment d'incapacité totale l'envahit et un effondrement rapide s'ensuit qui détache Hélène du monde, la fait se replier dans sa chambre, fondre en larmes et rester de longues journées sans paroles, sans pensées : « Comme morte, mais je n'ai même pas l'idée ou l'envie de me tuer, c'est comme si c'était déjà fait. »

Dans ces situations, « être morte » voulait dire pour Hélène une expérience physique, d'abord indicible. Lorsque, plus tard, elle essaya de trouver des mots qui la décrivent, elle parla d'états de pesanteur artificielle, de dessèchement balayé, d'absence sur fond de vertige, de vide découpé en éclairs noirs... Mais ces mots lui semblaient encore trop imprécis pour ce qu'elle éprouvait comme une paralysie totale de la psyché et du corps, une dissociation irrémédiable entre elle-même et le reste, ainsi qu'à l'intérieur de ce qui aurait dû être « elle ». Absence de sensations, perte de la douleur ou évidement de la peine : un engourdissement absolu, minéral, astral qui s'accompagne cependant de la perception, elle aussi quasi physique, que cet « être morte », quelque physique et sensoriel qu'il fût, était aussi une nébuleuse de pensée, une imagination amorphe, une représentation confuse de quelque impuissance implacable. Réalité et fiction de l'être de la mort. Cadavérisation et artifice. Impotence absolue et cependant secrètement toute-puissante. Artifice de se maintenir vivante, mais... « au-delà ». Au-delà de la castration et de la désintégration : être *comme* morte, *faire* la morte, apparaissait à Hélène lorsqu'elle pouvait en parler, après-coup donc, comme une « poïétique » de la survie, comme une vie inversée, lovée à la désintégration imaginaire et réelle au point d'incarner la mort *comme* vraie. Avaler le tube de somnifère est, dans cet univers, non pas un choix, mais un geste qui s'impose à partir d'un ailleurs : un non-acte, plutôt un signe d'achèvement, une harmonisation quasi esthétique de sa complétude fictive « au-delà ».

Une mort océanique, totale, engloutissait le monde et la personne d'Hélène dans une passivité accablée, acéphale, immobile. Cet océan léthal pouvait s'installer des jours et des semaines durant, sans intérêt ni accès à aucune extériorité. Lorsque l'image d'un objet ou le visage d'une personne parvenaient à s'y cristalliser, ils étaient immédiatement perçus comme des précipités de haine, éléments blessants ou hostiles, désintégrants et angoissants, qu'elle ne pouvait affronter autrement qu'en les tuant. La mise à mort de ces étrangers remplaçait alors l'être mort, et l'océan léthal se transformait en flots d'angoisse. Toutefois, c'est l'angoisse qui maintenait Hélène en vie. Elle était sa danse vitale, après et en plus de la stupeur morbide. Douloureuse et insupportable certes, l'angoisse lui donnait cependant accès à une certaine réalité. Les visages à tuer étaient surtout des visages d'enfants. Cette tentation insupportable l'horrifiait et lui procurait l'impression d'être monstrueuse, mais d'*être* : de sortir du néant.

Visages de l'enfant impotent qu'elle fut et qu'elle voulait liquider désormais ? On avait plutôt le sentiment que le désir de faire mourir se déclenchait seulement lorsque le monde des autres, absorbé auparavant par le moi léthal dans son impuissance toute-puissante, parvenait à se séparer de l'englobement où l'emprisonnait la mélancolie onirique. Confrontée alors aux autres sans pourtant les voir tels quels, la déprimée continuait à s'y projeter : « Je ne tue pas mes frustrateurs ou mes tyrans, je tue *leur* bébé qu'ils laissent tomber. »

Telle une Alice aux pays des douleurs, la dépressive ne supporte pas le miroir. Son image et celle des autres suscitent dans son narcissisme blessé la violence et le désir de tuer dont elle se protège en traversant le tain de la glace et en s'installant dans l'autre monde où, par l'étalement sans limites de son chagrin figé, elle retrouve une complétude hallucinée. Outre-tombe, Proserpine survit en ombre aveugle. Son corps est déjà ailleurs, absent, cadavre vivant. Il lui arrive souvent de ne pas le nourrir ou bien, au contraire, de le gaver pour mieux s'en départir. Au travers de son regard flou et embué de larmes qui ne vous voit et ne se voit pas, elle savoure l'amère douceur d'être abandonnée de tant d'absents. Préoccupée à couver au-dedans de son corps et de sa psyché une douleur physique et morale, Hélène se promène cependant parmi les autres — lorsqu'elle quitte son lit tombeau — comme une extraterrestre, citoyenne inaccessible du pays magnifique de la Mort dont personne ne saura la déposséder.

Au début de son analyse, Hélène était en guerre avec sa mère : inhumaine, artificielle, nymphomane, incapable d'aucun sentiment et ne pensant, au dire de la patiente, qu'à son argent ou à séduire. Hélène se souvenait des « irruptions » de sa mère dans sa chambre comme d'une « violation, effraction de domicile, un viol » ou des propos trop intimes, trop découverts — « en fait, ils me semblaient obscènes » — que sa mère lui adressait en présence d'amis et qui la faisaient rougir de honte... et de plaisir.

Cependant, derrière ce voile de l'agressivité érotique, nous avons découvert une autre relation entre l'enfant handicapé et sa mère. « J'ai beau essayer d'imaginer son visage, maintenant ou dans mon enfance, je ne le vois pas. Je suis assise sur quelqu'un qui me porte, peut-être sur ses genoux, mais en fait ce n'est personne. Une personne aurait un visage, une voix, un regard, une tête. Or, je ne perçois rien de tel, juste un appui, c'est tout, rien d'autre. » Je risque une interprétation : « L'autre, vous l'avez peut-être assimilée en vous, vous voulez son appui, ses jambes, mais pour le reste, *elle* c'était peut-être *vous.* » — « J'ai fait un rêve, enchaîne Hélène, je monte votre escalier, il est couvert de corps qui ressemblaient aux personnes de la photo de mariage de mes parents. Je suis moi-même invitée à cette noce, c'est un repas d'anthropophages, je dois manger ces corps, ces bribes de corps, des têtes, la tête de ma mère aussi. C'était affreux. »

S'assimiler oralement la mère qui se marie, qui a un homme, qui fuit. La posséder, la tenir au-dedans de soi-même pour ne jamais s'en séparer. L'omnipotence d'Hélène transparaît derrière le masque d'agressivité et étaie l'inexistence de l'autre dans sa rêverie ainsi que la difficulté qu'elle éprouve à se poser face à une personne différente d'elle, séparée d'elle, dans la vie réelle.

Une intervention chirurgicale mineure angoisse Hélène au point qu'elle est prête à courir le risque de l'aggravation de la maladie plutôt que de s'exposer à l'anesthésie. « C'est trop triste, cet endormissement, je ne pourrais le supporter. On va me fouiller, bien entendu, mais ce n'est pas cela qui me fait peur. C'est étrange, j'ai le sentiment que je vais me retrouver terriblement seule. Pourtant c'est absurde, parce qu'en réalité jamais on ne se sera autant occupé de moi. » Peut-être a-t-elle le sentiment que l'« intervention » chirurgicale (je fais allusion à mes « interventions » interprétatives) lui enlèvera quelqu'un de proche, quelqu'un d'indispensable, qu'elle imagine avoir enfermé au-dedans d'elle et qui lui tient compagnie en permanence ? « Je ne vois pas qui cela peut être. Je vous ai déjà dit, je ne pense à personne, il n'y a pas d'autre pour moi, je ne vois personne autour de moi aussi loin que je me souvienne... J'ai oublié de vous dire, j'ai fait l'amour et j'ai eu une nausée. J'ai vomi et j'ai vu, comme si j'étais entre rêve et éveil, quelque chose comme la tête d'un enfant qui tombait dans la cuvette alors qu'une voix m'appelait au loin, mais en se trompant, du prénom de ma mère. » Hélène confirmait ainsi mon interprétation d'avoir enfermé un fantasme, la représentation de sa mère au-dedans de son corps. Et elle en partait chancelante, comme troublée d'avoir à se départir, ne serait-ce qu'en parole, de cet objet emprisonné en elle-même et qui, s'il venait à lui manquer, la plongerait dans un chagrin sans fond. Ponctuelle et extraordinairement régulière, elle oublie, pour la première fois de son analyse, l'heure de sa prochaine séance. A la séance d'après, elle avoue qu'elle ne se rappelle rien de la séance antérieure à celle qu'elle a manquée : tout est vide, blanc, elle se sent vidée et terriblement triste, rien n'a de sens, elle se retrouve de nouveau dans ces états de stupeur si pénibles... Avait-elle essayé de m'enfermer en elle, à la place de cette mère que nous avons débusquée ? De m'emprisonner dans son corps, de sorte que, mélangées l'une à l'autre, nous ne pouvions plus nous rencontrer, puisqu'elle m'avait pour quelque temps englobée, ingurgitée, ensevelie dans son corps-tombeau imaginaire, comme elle l'avait fait avec sa mère ?

Perverse et frigide

Hélène se plaint souvent du fait que ses paroles, avec lesquelles elle souhaite me « toucher », sont en réalité creuses, et sèches, « loin de la véritable émotion » : « On peut dire n'importe quoi, c'est peut-être une information, mais ça n'a pas de sens, en tout cas pas pour moi. » Cette description de son discours la fait penser à ce qu'elle appelle ses « orgies ». De l'adolescence jusqu'au début de son analyse, elle faisait alterner les états de prostration avec des « festins érotiques » : « Je fais tout et n'importe quoi, je suis l'homme, la femme, la bête, tout ce qu'on veut, cela épate les gens, et moi cela me faisait jouir, je crois, mais ce n'était pas vraiment moi. C'était agréable, mais c'était une autre. »

L'omnipotence et le déni de la perte conduisent Hélène à une quête fébrile de satisfaction : elle peut tout, la toute-puissante, c'est elle. Triomphe narcissique et phallique, cette attitude maniaque est apparue finalement épuisante parce qu'elle barrait toute possibilité de symbolisation aux affects négatifs — la peur, le chagrin, la douleur...

Toutefois, lorsque l'analyse de l'omnipotence a laissé ces affects accéder au discours, Hélène a connu une période de frigidité. L'objet maternel, forcément érotique, qui d'abord était capté pour être annihilé en Hélène, une fois retrouvé et nommé au cours de l'analyse, a sans doute, pour un temps, comblé la patiente. « Je l'ai en moi, semble dire la frigide, elle ne me quitte pas, mais personne d'autre ne peut en prendre la place, je suis impénétrable, mon vagin est mort. » La frigidité qui est essentiellement vaginale et que l'orgasme clitoridien peut en partie compenser trahit une captation imaginaire par la femme frigide d'une figure maternelle emprisonnée analement et transférée au vagin-cloaque. Beaucoup de femmes savent que, dans leurs rêves, leur mère représente l'amant ou le mari et vice versa, avec lequel/laquelle elles ne cessent de régler, sans satisfaction, des comptes de possession anale. Une telle mère imaginée indispensable, comblante, envahissante est, pour cela même, mortifère : elle dévitalise sa fille et lui bouche toutes les issues. Plus encore, puisqu'elle est imaginée comme s'accaparant la jouissance dont sa fille lui avait fait don, mais sans rien lui rendre à la place (sans lui faire un enfant), cette mère cloître la femme frigide dans une solitude imaginaire aussi bien affective que sensorielle. Il faudrait que le partenaire puisse être imaginé, à son tour, comme « plus-que-mère », pour à la fois remplir le rôle de la « Chose » et de l'« Objet », pour ne pas être en deçà de la demande narcissique, mais aussi et surtout pour la déloger et conduire la femme à investir son auto-érotisme en une jouissance de l'autre (séparé, symbolique, phallique).

Deux jouissances semblent ainsi possibles pour une femme. D'une part, la jouissance phallique — compétition ou identification avec le pouvoir symbolique du partenaire — qui mobilise le clitoris. D'autre part, une *autre jouissance* que le fantasme imagine et réalise en visant plus au fond l'espace psychique, mais aussi l'espace du corps. Cette autre jouissance exige que soit littéralement liquéfié l'objet mélancolique qui obstrue le dedans psychique et corporel. Qui peut le faire ? Un partenaire imaginé capable de dissoudre la mère emprisonnée en moi en me donnant ce qu'elle a pu et surtout ce qu'elle n'a pas pu me donner, tout en se maintenant cependant à une place différente qui n'est plus celle de la mère, mais de celui qui peut me procurer le don majeur qu'elle n'a jamais pu m'offrir — une nouvelle vie. Un partenaire qui n'a ni le rôle du père gratifiant idéalement sa fille ni celui de l'étalon symbolique qu'il s'agit d'atteindre dans une compétition virile. Le dedans féminin (au sens de l'espace psychique et, au niveau du vécu corporel, de l'association vagin-anus) peut cesser alors d'être la crypte qui englobe la morte et qui conditionne la frigidité. La mise à mort de la mère mortifère en moi confère au partenaire les charmes d'un donateur de vie, d'un « plus-que-mère » précisément. Il n'est pas une mère phallique, mais plutôt une réparation de la mère à travers une violence phallique qui détruit le mauvais, mais aussi donne et gratifie. La jouissance dite vaginale qui s'ensuit est symboliquement dépendante, on le voit, d'un rapport à l'Autre imaginé non plus dans une surenchère phallique, mais comme reconstituant de l'objet narcissique et comme capable d'assurer son déplacement *en dehors* —

en donnant un enfant, en devenant lui-même le trait d'union entre le lien mère-enfant et le pouvoir phallique, ou bien en favorisant la vie symbolique de la femme aimée.

Rien ne dit que cette autre jouissance soit absolument nécessaire pour l'accomplissement psychique d'une femme. Très souvent, la compensation phallique, professionnelle ou maternelle, ou bien le plaisir clitoridien sont le voile plus ou moins étanche de la frigidité. Pourtant, si hommes et femmes accordent une valeur quasi sacrée à la *jouissance autre*, c'est peut-être parce qu'elle est le langage du corps féminin qui a triomphé provisoirement de la dépression. Il s'agit d'un triomphe sur la mort, certes non pas comme destin ultime de l'individu, mais sur la mort imaginaire dont l'être humain prématuré est l'enjeu permanent si sa mère l'abandonne, le néglige ou ne le comprend pas. Dans le fantasme féminin, cette jouissance suppose le triomphe sur la mère mortifère, pour que le dedans devienne source de gratification tout en étant éventuellement source de vie biologique, d'enfantement et de maternité.

TUER OU SE TUER : LA FAUTE AGIE

L'acte ne serait que condamnable

La dépression féminine se cache parfois sous une activité fébrile qui donne à la déprimée l'apparence d'une femme pratique bien à l'aise et qui ne pense qu'à se dévouer. Marie-Ange ajoute à ce masque que portent sournoisement, ou sans le savoir, beaucoup de femmes, une vengeance froide, un véritable complot mortifère dont elle s'étonne elle-même d'être le cerveau et l'arme, et qui la fait souffrir parce qu'elle l'éprouve comme une grave faute. Ayant découvert que son mari la trompait, Marie-Ange réussit à identifier sa rivale et se livre à une série de machinations plus ou moins infantiles ou diaboliques pour tout simplement éliminer la gêneuse qui se trouve être une amie et collègue. Cela consiste surtout à verser des somnifères et des produits nuisibles pour la santé dans les cafés, thés et autres boissons que Marie-Ange lui offre généreusement. Mais va aussi jusqu'à crever les pneus de sa voiture, à scier les freins, etc.

Une certaine ivresse habite Marie-Ange lorsqu'elle entreprend ces représailles. Elle oublie sa jalousie et sa blessure et, tout en ayant honte de ses actes, en éprouve presque une satisfaction. Être en faute la fait souffrir parce qu'être en faute la fait jouir, et vice versa. Faire mal à sa rivale, lui donner le vertige ou même la tuer, n'est-ce pas aussi une façon de s'introduire dans la vie de l'autre femme, de la faire jouir jusqu'à la faire mourir ? La violence de Marie-Ange lui confère un pouvoir phallique qui compense l'humiliation et, plus encore, lui donne l'impression d'être plus puissante que son mari : plus décisive, si l'on peut dire, sur le corps de sa maîtresse. La récrimination contre l'adultère du mari n'est qu'une surface insignifiante. Tout en étant blessée par cette « faute » de son conjoint, ce n'est pas la réprobation morale ni la plainte contre la blessure narcissique infligée par son fautif de mari qui anime la souffrance et la vengeance de Marie-Ange.

De manière plus primaire, *toute possibilité d'acte* semble lui apparaître comme fondamentalement une transgression, comme une faute. Agir serait se compromettre, et lorsque le ralentissement dépressif sous-jacent à l'inhibition entrave toute autre possibilité de réalisation, le seul acte possible pour cette femme devient la faute majeure : tuer ou se tuer. On imagine une intense jalousie œdipienne par rapport à l'« acte originaire » des parents, perçu et pensé sans doute toujours comme condamnable. Une sévérité précoce du surmoi, une emprise féroce sur l'Objet-Chose du désir homosexuel archaïque... « Je n'agis pas, ou si j'agis, c'est abominable, ce doit être condamnable. »

Sur le versant maniaque, cette paralysie de l'action prend l'aspect de l'activité insignifiante (et pour cela même relativement peu coupable), donc possible, ou bien elle aspire à l'acte-faute majeur.

Une perversion blanche

La perte de l'objet érotique (infidélité ou abandon de la part de l'amant ou du mari, divorce, etc.) est ressentie par une femme comme une attaque contre sa génitalité et équivaut, de ce point de vue, à une castration. Immédiatement, une telle castration entre en résonance avec la menace de destruction de l'intégrité du corps et de son image ainsi que de la totalité de l'appareil psychique. Aussi la castration féminine est-elle non pas désérotisée, mais recouverte par l'angoisse narcissique qui domine et abrite l'érotisme comme un *secret honteux*. Une femme a beau ne pas avoir de pénis à perdre, c'est tout entière — corps et surtout âme — qu'elle se sent perdue sous la menace de castration. *Comme si son phallus, c'était sa psyché*, la perte de l'objet érotique morcelle et menace de vider sa vie psychique tout entière. La perte dehors est immédiatement et dépressivement vécue comme un vide dedans.

C'est-à-dire que le vide psychique[1] et l'affect douloureux qui est sa manifestation infime et cependant intense s'installent en lieu et place de la perte inavouable. L'agir dépressif s'inscrit à partir et dans ce vide. L'activité blanche, exempte de signification, peut indifféremment prendre un cours mortifère (tuer la rivale qui ravit le partenaire) ou un cours anodin (s'épuiser à faire le ménage ou à faire réviser les leçons aux enfants). Elle demeure toujours retenue par une enveloppe psychique endolorie, anesthésiée, comme « morte ».

Les premiers temps d'analyse des dépressives accueillent et respectent leur vide de mortes-vivantes. C'est seulement en établissant une complicité débarrassée de la tyrannie surmoïque que l'analyse permet à la honte de se dire et à la mort de retrouver son ressort de désir de mort. Le désir de Marie-Ange de faire mourir (l'autre) pour ne pas faire la morte (elle-même) peut alors se raconter comme un désir sexuel de jouir de sa rivale ou de la faire jouir. La dépression apparaît, de ce fait, comme le voile d'une *perversion blanche* : rêvée, désirée, pensée même, mais inavouable et à jamais impossible. L'agir dépressif fait précisément l'économie du passage à l'acte pervers : il évide la psyché douloureuse et fait barrage au sexe vécu comme honteux. L'activité débordante de la mélancolie, quelque peu hypnoïde, investit en secret la perversion dans ce que la loi a de plus implacable : dans la contrainte, le devoir, le destin, et jusque dans la fatalité de la mort.

De dévoiler le secret sexuel (homosexuel) de l'agir dépres-

1. On doit en particulier aux travaux d'A. Green d'avoir élaboré la notion de « vide psychique ». Cf. entre autres « L'analyste, la symbolisation et l'absence dans la cure analytique », rapport du XXIXe Congrès international de psychanalyse, Londres, 1975; *Narcissisme de vie, Narcissisme de mort*, éd. de Minuit, 1983.

sif qui fait *vivre* le mélancolique *avec la mort*, l'analyse redonne au désir sa place dans l'espace psychique du patient (la pulsion de mort n'est pas le désir de mort). Elle démarque ainsi l'espace psychique qui devient capable d'intégrer la *perte* au titre d'*objet* signifiable en même temps qu'érotisable. La séparation apparaît désormais non plus comme une menace de désintégration, mais comme un *relais* vers quelque autre — conflictuel, porteur d'Éros et de Thanatos, susceptible de sens et de non-sens.

La femme de Don Juan : triste ou terroriste

Marie-Ange a une sœur aînée et plusieurs frères plus jeunes qu'elle. Elle s'est toujours sentie jalouse de cette sœur aînée préférée par le père, mais elle retient de son enfance la certitude d'avoir été abandonnée par sa mère accaparée par de nombreuses grossesses successives. Aucune haine ne semble s'être manifestée dans le passé, pas plus que maintenant, à l'égard de sa sœur ou de sa mère. Marie-Ange, au contraire, se comportait comme une enfant sage, triste, toujours retirée. Elle avait peur de sortir et, lorsque sa mère faisait les courses, elle l'attendait anxieuse à la fenêtre. « J'habitais la maison comme si j'étais à sa place, je conservais son odeur, j'imaginais sa présence, je la gardais avec moi. » Sa mère trouvait que cette tristesse n'était pas normale : « Ce visage de nonne est faux, elle cache quelque chose », désapprouvait la matriarche, et ses mots refroidissaient encore plus la petite fille au fond de sa cachette intérieure.

Marie-Ange a mis longtemps avant de me parler de ses états dépressifs actuels. Sous la surface de l'institutrice toujours ponctuelle, affairée et impeccable, est apparue une femme qui prend parfois de longs congés de maladie parce qu'elle ne veut pas, ne peut pas, sortir de sa maison : pour emprisonner quelle présence fuyante ?

Toutefois, elle réussit à maîtriser ses états de déréliction et de paralysie totale en s'identifiant au personnage maternel : soit à la ménagère superactive, soit même — et c'est ainsi qu'elle arrive au passage à l'acte contre sa rivale — à une mère phallique désirée dont elle souhaiterait être la partenaire homosexuelle passive ou bien, inversement, dont elle souhaiterait embraser elle-même le corps par la mise à mort. Ainsi, Marie-Ange me rapporte un rêve qui lui a fait entrevoir de quelle passion se nourrissait sa haine pour sa rivale. Elle arrive à ouvrir la voiture de la maîtresse de son mari pour y cacher un explosif. Mais en fait, ce n'est pas une voiture, c'est le lit de sa mère, Marie-Ange est blottie contre elle, et s'aperçoit brusquement que cette mère, qui donnait si généreusement le sein à la ribambelle de petits garçons qui suivaient Marie-Ange, possédait un pénis.

Le partenaire hétérosexuel d'une femme, lorsque la relation s'avère pour elle satisfaisante, possède souvent les qualités de sa mère. La dépressive ne déroge qu'indirectement à cette règle. Son partenaire préféré ou son mari est une mère comblante, mais infidèle. La désespérée peut alors être dramatiquement, douloureusement attachée à son Don Juan. Car, par-delà le fait qu'il lui procure la possibilité de jouir d'une mère infidèle, Don Juan satisfait son appétit avide d'autres femmes. Ses maîtresses à lui sont ses maîtresses à elle. Ses passages à l'acte à lui comblent son érotomanie à elle et lui procurent un antidépresseur, une exaltation fébrile par-delà la douleur. Si le désir sexuel sous-jacent à cette passion était refoulé, le meurtre pourrait prendre la place de l'étreinte et la déprimée se muer en terroriste.

Apprivoiser le chagrin, ne pas fuir immédiatement la tristesse, mais la laisser quelque temps s'installer, s'épanouir même et ainsi seulement se vider : voilà ce que pourrait être une des phases, certes passagère mais indispensable, de l'analyse. La richesse de ma tristesse serait-elle ma façon de me protéger contre la mort — mort de l'autre désiré-rejeté, mort de moi-même ?

Marie-Ange avait étouffé en elle la désolation et la dévalorisation dans lesquelles la laissait l'abandon maternel, réel ou imaginaire. L'idée d'être laide, nulle et insignifiante ne la quittait pas, mais c'était plus une atmosphère qu'une idée, rien de clair, juste une couleur morne de jour gris. En revanche, le désir de mort, de sa propre mort (faute de se venger sur la mère) s'infiltrait dans ses phobies : peur de tomber de la fenêtre, de l'ascenseur, d'un rocher ou de la pente d'une montagne. Peur de se retrouver dans le vide, de mourir du vide. Vertige permanent. Marie-Ange s'en protège provisoirement en le déplaçant sur sa rivale, censée s'étourdir empoisonnée ou disparaître dans une voiture roulant à tombeau ouvert. Sa vie est sauve au prix de la vie sacrifiée de l'autre.

Le terrorisme de cette hystérie dépressive se manifeste souvent en visant la bouche. Maintes histoires de harem et autres jalousies féminines ont consacré l'image de l'empoisonneuse comme image privilégiée du satanisme féminin. Empoisonner le breuvage ou la nourriture révèle cependant, par-delà la sorcière déchaînée, une petite fille privée de sein. Et s'il est vrai que les garçons le sont aussi, chacun sait que l'homme retrouve son paradis perdu dans la relation hétérosexuelle, mais aussi et surtout dans divers détours qui lui prodiguent des satisfactions orales ou par l'oralité.

Le passage à l'acte d'une femme est plus inhibé, moins élaboré et par conséquent, il peut être, quand il a lieu, plus violent. Car la perte de l'objet semble irrémédiable pour une femme et son deuil plus difficile, sinon impossible. Alors, les objets de substitution, les objets pervers qui devraient la conduire au père, lui paraissent dérisoires. Elle accède souvent au désir hétérosexuel en refoulant les plaisirs archaïques, voire le plaisir lui-même : elle cède à l'hétérosexualité dans la frigidité. Marie-Ange veut son mari pour elle seule, pour elle-même et pour ne pas en jouir. L'accès à la jouissance s'opère alors seulement à travers l'objet pervers de l'homme : Marie-Ange jouit de la maîtresse, et lorsque son mari n'en a pas, il ne l'intéresse plus. La perversion de la dépressive est sournoise, elle a besoin de l'écran-intermédiaire de la femme-objet de l'homme pour chercher l'autre sexe. Mais, une fois installé dans cette voie, le désir exténué de la mélancolique n'a plus de freins : il veut tout, jusqu'au bout, jusqu'à la mort.

Le partage de ce secret mortifère avec l'analyste n'est pas seulement une mise à l'épreuve de sa fiabilité ou de la différence de son discours par rapport à l'univers de la loi, de la condamnation et de la répression. Cette confiance (« je vous fais partager mon crime ») est une tentative de capter l'analyste dans une jouissance commune : celle que la mère refusait, que la maîtresse vole. En relevant que cette confiance est une tentative d'emprise sur l'analyste comme objet érotique, l'interprétation maintient la patiente dans la vérité de son désir et de ses tentatives de manipulation. Mais en suivant une éthique qui ne se confond pas avec celle de la législation punitive, l'analyste reconnaît la réalité de la position dépressive et, en affirmant la légitimité symbolique de sa douleur, permet au patient de chercher d'autres moyens, symboliques ou imaginaires, d'élaborer sa souffrance.

UNE VIERGE MÈRE

« *Trou noir* »

Il lui semblait que ses conflits, abandons, séparations avec ses amants ne l'atteignaient pas, qu'elle n'en éprouvait aucune douleur. Pas plus qu'à la mort de sa mère... Ce n'était pas là une indifférence qui supposerait la maîtrise de soi et de la situation, ou bien (et c'est le cas le plus fréquent) un refoulement hystérique de la peine et du désir. Lorsqu'en séances Isabelle essayait de reconstituer ces états, elle parlait de « blessures anesthésiées », de « chagrin engourdi » ou d'« effacement qui contient tout ». J'avais l'impression qu'elle avait aménagé dans son espace psychique une de ces « cryptes » dont parlent Maria Torok et Nicolas Abraham, dans lesquelles il n'y avait rien, mais un rien autour duquel s'organisait toute l'identité dépressive. Ce rien était un absolu. La douleur, humiliante à force d'être tenue secrète, innommable et indicible, s'était muée en *silence psychique* qui ne refoulait pas la blessure, mais en tenait lieu et, plus encore, la condensant, lui rendait une intensité exorbitante, imperceptible aux sensations et aux représentations.

L'humeur mélancolique chez elle n'était qu'absences, esquives, contemplations hagardes et comme hallucinées de ce qui a pu être une peine, mais que la dignité surmoïque d'Isabelle a sur le champ transformé en une hypertrophie inabordable. Un rien qui n'est ni le refoulement ni la simple trace de l'affect, mais qui condense en un *trou noir* — comme l'antimatière cosmique invisible et écrasante — le mal-être sensoriel, sexuel, fantasmatique des abandons et des déceptions. Castration et blessures narcissiques, insatisfaction sexuelle et impasses fantasmatiques s'y télescopaient en un poids à la fois tuant et irréparable organisant sa subjectivité : dedans, elle n'était que meurtrie et paralysée ; dehors, il ne lui restait que le passage à l'acte ou des activismes de façade.

Isabelle avait besoin de ce « trou noir » de sa mélancolie pour échafauder en dehors sa maternité vivante et ses activités, comme d'autres personnes s'organisent autour du refoulement ou autour du clivage. C'était sa chose à elle, sa demeure, le foyer narcissique où elle s'abîmait autant qu'elle se ressourçait.

Isabelle a décidé d'avoir un enfant au moment le plus sombre d'une de ses périodes dépressives. Déçue par son mari, méfiante de ce qui lui semblait être l'« inconsistance infantile » de son amant, elle voulait avoir son enfant « pour elle-même ». Peu lui importait de savoir de qui était cet enfant. « J'ai envie de l'enfant, pas de son père », réfléchissait cette « vierge-mère ». Il lui fallait un « compagnon sûr » : « Quelqu'un qui aurait besoin de moi, avec lequel on serait complice, on ne se quitterait jamais, enfin, presque... »

L'enfant antidote de la dépression est destiné à porter une lourde charge. La placidité en effet virginale d'Isabelle enceinte — jamais période de sa vie ne lui avait semblé aussi euphorique que sa grossesse — cachait une tension corporelle perceptible à tout observateur attentif au début de cette analyse. Isabelle ne parvenait pas à se détendre sur le divan mais, la nuque tendue et les pieds par terre (« pour ne pas endommager vos biens », disait-elle), elle semblait prête à bondir à l'affût de quelque menace. Serait-ce d'être engrossée par l'analyste ? L'hyperkinésie de certains nourrissons traduit sans doute l'extrême tension physique et psychique innommée, inconsciente, de leurs mères.

L'angoisse de malformation du fœtus, courante chez la plupart des femmes enceintes, devint chez Isabelle d'un paroxysme suicidaire. Elle imaginait que son bébé mourrait au cours de l'accouchement ou bien naissait avec un grave défaut congénital. Elle le tuait alors, avant de se donner la mort, mère et enfant se retrouvant de nouveau réunis, inséparables dans la mort comme dans la grossesse. La naissance tant souhaitée se transformait en enterrement, et l'image de ses funérailles exaltait la patiente, comme si elle n'avait désiré son enfant que pour la mort. Elle accouchait pour la mort. L'arrêt brutal de la vie qu'elle se préparait à donner, ainsi que de la sienne propre, était destiné à lui épargner tout souci, à la soulager des ennuis de l'existence. La naissance détruisait avenir et projet.

Le désir d'enfant se révéla être un désir narcissique de fusion léthale : c'était une mort du désir. Grâce à son enfant, Isabelle allait se soustraire aux aléas des épreuves érotiques, aux surprises du plaisir, aux incertitudes du discours d'autrui. Une fois devenue mère, elle allait pouvoir rester vierge. Abandonnant le père de l'enfant pour vivre en célibataire seule avec ses rêveries, sans besoin ni menace de personne (ou bien en couple imaginaire avec son analyste ?), elle entrait en maternité comme on entre au couvent. Isabelle se préparait à se contempler avec complaisance dans cet être vivant promis à la mort que devait être son enfant, telle une ombre douloureuse d'elle-même qu'elle pourrait enfin soigner et enterrer, alors que personne ne saurait le faire « comme il faut » pour elle-même. L'abnégation de la mère dépressive n'est pas sans quelque triomphalisme paranoïde.

A la naissance de la petite Alice, Isabelle se trouva comme bombardée par la réalité. La jaunisse néonatale du bébé et les premières maladies infantiles qui furent d'une gravité peu ordinaire menaçaient de transformer le fantasme de mort en actualité insupportable. L'analyse aidant, sans doute, Isabelle ne sombra pas dans les heures bleues des accouchées. Sa disposition dépressive se mua en un combat acharné pour la vie de sa fille dont elle accompagne désormais la croissance avec beaucoup de délicatesse, mais non sans tentation de la « couver ».

L'abnégation triomphaliste

La mélancolie initiale fut dévorée par les « problèmes d'Alice ». Cependant, sans disparaître, elle se trouva un autre visage. Elle fut métamorphosée en emprise totale, orale et anale, sur le corps de la petite dont elle retardait ainsi le développement. Nourrir Alice, contrôler ses repas, la peser, repeser, compléter le régime prescrit par tel ou tel docteur en puisant dans les conseils de tel livre... Surveiller les selles d'Alice, jusqu'à l'âge scolaire et après, ses constipations, ses diarrhées, pratiquer des clystères... Veiller sur son sommeil : quelle est la durée normale de sommeil pour un enfant de deux ans ? Et de trois ans ? De quatre ans ? Et ce babil, n'est-ce pas plutôt un cri anormal ? L'inquiétude obsédée de la maman anxieuse « classique » fut multipliée par Isabelle. Fille-mère, n'était-elle la responsable de tout ? N'était-elle tout ce que cette « pauvre Alice » avait au monde ? Sa mère, son père, sa tante, son grand-père, sa grand-mère ? Les grands-parents, ayant trouvé cette naissance peu orthodoxe, avaient pris leurs distances vis-à-vis de la « vierge-mère » et fournissaient, sans le savoir, une occasion de plus au besoin d'omnipotence d'Isabelle.

L'orgueil de la déprimée est incommensurable, et il n'est pas question de ne pas en tenir compte. Isabelle est prête à se charger de tous les travaux, soucis, devoirs, ennuis, défauts même (si quelqu'un s'avisait de lui en trouver), plutôt que de dire sa souffrance. Alice est devenue un nouveau coupe-parole dans l'univers déjà peu bavard de sa mère. Au nom du bien-être de sa fille, il fallait que la mère « tienne le coup » : faire face, ne pas se montrer insuffisante ou perdante.

Combien de temps peut durer cet emprisonnement délicieux et triomphal de la tristesse d'être seule, du chagrin de *ne pas être* ? Chez certaines femmes, cela dure jusqu'à ce que l'enfant n'ait plus besoin d'elle, jusqu'à ce qu'il grandisse suffisamment et la quitte. Elles se retrouvent alors de nouveau abandonnées, effondrées, et cette fois sans le recours d'un nouvel enfantement. La grossesse et la maternité auront été une parenthèse dans la dépression, une nouvelle dénégation de cette perte impossible.

Isabelle, elle, n'a pas attendu jusque-là. Elle avait le recours verbal et érotique du transfert : pour pleurer et s'effondrer devant son analyste, en essayant de renaître non pas au-delà mais *à travers* le deuil de l'analyste cette fois, prête à entendre une parole blessée. La solitude nommée nous laisse moins seuls si les mots réussissent à s'infiltrer dans les spasmes des larmes — à condition de trouver un destinataire de ce trop-plein de chagrin qui s'était jusque-là dérobé aux paroles.

Père excité et père idéal

Les rêves et les fantasmes d'Isabelle pouvaient laisser entendre qu'elle avait été victime d'une séduction précoce de la part de son père ou d'un autre adulte parmi leurs connaissances. Aucun souvenir précis ne se détachait clairement du discours d'Isabelle pour confirmer ou infirmer cette hypothèse que suggérait telle image onirique, répétitive, d'une chambre close où Isabelle est seule avec un homme âgé la pressant irrationnellement contre le mur; ou telle scène dans le bureau de son père où ils sont encore seuls tous les deux, elle tremblant moins de peur que d'émotion, toute rouge et transpirante, cet état incompréhensible lui faisant honte. Séduction réelle ou désir d'être séduite ? Le père d'Isabelle semble avoir été un personnage hors du commun. Passé du paysan pauvre au chef d'entreprise, il suscitait l'admiration de ses employés, de ses amis, de ses enfants et d'Isabelle en particulier. Pourtant cet homme tendu vers la réussite avait des sautes d'humeur terribles, sous l'effet de l'alcool surtout, dont il abusait de plus en plus avec l'âge. Cette instabilité émotive, la mère d'Isabelle la cachait, l'équilibrait et la méprisait à la fois. Pour la jeune enfant, ce mépris signifiait que la mère désapprouvait la sexualité du père, son excitation excessive, son manque de contenance. Un père, en somme, à la fois désiré et condamné. Il pouvait être, dans une certaine mesure, une issue identificatrice pour sa fille, un appui dans sa rivalité et dans sa déception de la mère, génitrice toujours distraite par un autre bébé. Mais par-delà l'attrait intellectuel et social, ce père était aussi un personnage décevant : « Il a été tout de suite démystifié pour moi, je ne pouvais pas y croire, comme y croyaient les gens de l'extérieur, c'était une créature de ma mère, son plus grand bébé... »

L'existence symbolique de son père a sans doute aidé Isabelle à construire sa carapace professionnelle, mais l'homme érotique, père imaginaire, aimant, oblatif et gratifiant était devenu incrédible. Il montrait l'émotion, les passions, les plaisirs sous l'angle de la crise, de la colère, fascinante, mais combien dangereuse et destructrice. Le trait d'union entre le plaisir et la dignité symbolique qu'un père imaginaire assure, en conduisant son enfant d'une identification primaire à une identification secondaire, était pour Isabelle détruit.

Elle avait le choix alors entre une vie sexuelle paroxystique et... la « virginité » : entre la perversion et l'abnégation. L'expérience de la première l'avait retenue pendant ses années d'adolescence et de jeune femme. Violents, épuisants, ces « débordements », comme elle les appelle, ponctuaient la sortie des épisodes dépressifs. « J'étais comme ivre, et après je me retrouvais vide. Peut-être suis-je comme mon père. Mais son oscillation permanente entre le haut et le bas, je n'en veux pas. Je préfère la sérénité, la stabilité, le sacrifice si l'on veut. Mais le sacrifice à ma fille, est-ce vraiment un sacrifice ? C'est une joie modérée, une joie permanente... Enfin, un plaisir bien tempéré, comme le clavecin. »

Isabelle a donné un enfant à son père idéal : non pas à ce père qui exhibait un corps saoul, mais au père à corps absent, donc à un père digne, au maître, au chef. Le corps masculin, le corps excité et ivre, c'est l'objet de la mère : Isabelle le laissera à cette rivale abandonnique, car dans la compétition avec la perversion présumée de sa mère, la fille s'est reconnue d'emblée être une mineure, une perdante. Elle choisit, quant à elle, le nom glorieux, et c'est précisément comme fille-mère célibataire qu'elle va réussir à le préserver dans sa perfection intouchable, en le dissociant du corps masculin excité « outre mesure » et manipulé par l'autre femme.

S'il est vrai que cette paternité conditionne en grande partie la dépression d'Isabelle en la refoulant vers la mère dont elle ne saurait se détacher sans courir des risques (d'excitation, de déséquilibre), il est vrai aussi que, par sa partie idéale, par sa réussite symbolique, un tel père donne aussi quelques armes, certes ambiguës, à sa fille, pour s'en sortir. En devenant la mère *et* le père, Isabelle atteint enfin un absolu. Mais le père idéal existe-t-il ailleurs que dans l'abnégation de sa propre fille-mère célibataire ?

Toutefois et en définitive, et ne serait-ce qu'avec un seul enfant, Isabelle fait mieux que sa mère : car n'est-il pas vrai que si elle ne fait pas beaucoup d'enfants, elle fait tout pour un seul ? Cependant ce dépassement imaginaire de la mère n'est qu'une solution provisoire de la dépression. Le deuil reste toujours impossible, sous les apparences du triomphe masochique. Le véritable travail est à faire, à travers le détachement de l'enfant et, finalement, à travers le détachement de l'analyste, pour qu'une femme essaie d'affronter le vide dans le sens qui se fait et se défait avec toutes ses liaisons et avec tous ses objets...

IV

La beauté : l'autre monde du dépressif

L'au-delà réalisé ici-bas

Nommer la souffrance, l'exalter, la disséquer dans ses moindres composantes est sans doute un moyen de résorber le deuil. De s'y complaire parfois, mais aussi de le dépasser, de passer à un autre, moins brûlant, de plus en plus indifférent... Cependant les arts semblent indiquer quelques procédés qui contournent la complaisance et qui, sans renverser simplement le deuil en manie, assurent à l'artiste et au connaisseur une emprise sublimatoire sur la Chose perdue. Par la *prosodie* d'abord, ce langage au-delà du langage qui insère dans le signe le rythme et les allitérations des processus sémiotiques. Par la *polyvalence* des signes et des symboles aussi qui déstabilise la nomination et, accumulant autour d'un signe une pluralité de connotations, offre une chance au sujet d'imaginer le non-sens, ou le vrai sens, de la Chose. Par économie psychique du *pardon* enfin : identification du locuteur avec un idéal accueillant et bienveillant, capable de supprimer la culpabilité de la vengeance ou l'humiliation de la blessure narcissique qui sous-tendent le désespoir du déprimé.

Le beau peut-il être triste ? La beauté a-t-elle partie liée avec l'éphémère et donc avec le deuil ? Ou bien le bel objet est-il celui qui revient inlassablement après les destructions et les guerres pour témoigner qu'il existe une survivance à la mort, que l'immortalité est possible ?

Freud effleure ces questions dans un bref texte, *Éphémère destinée* (1915-1916)[1], inspiré par un débat avec deux amis mélancoliques, dont un poète, durant une promenade. Au pessimiste qui dévalorise le beau en raison de sa destinée éphémère, Freud réplique : « *Accroissement de valeur, bien au contraire!* » La tristesse que suscite en nous l'éphémère lui paraît cependant impénétrable. Il déclare : « *[...] pour le psychologue, le deuil est une grande énigme [...] mais pourquoi ce détachement de la libido de ses objets doit-il être un processus si douloureux, nous ne le comprenons pas et nous ne pouvons le déduire actuellement d'aucune hypothèse.* »

Peu de temps après, *Deuil et Mélancolie* (1917) proposera une explication de la mélancolie qui, selon le modèle du deuil, serait due à l'introjection de l'objet perdu, à la fois aimé et haï, que nous avons évoquée plus haut[2]. Mais, ici, dans *Éphémère destinée*, en liant les thèmes du deuil, de l'éphémère et du beau, Freud suggère que la sublimation serait le contrepoids de la perte à laquelle la libido s'attache si énigmatiquement. Énigme du deuil ou énigme du beau ? Et quelle parenté entre eux ?

Certes, invisible avant que le deuil de l'objet d'amour ne soit fait, cependant la beauté demeure et, plus encore, nous captive : « *La haute estime où nous tenons les biens culturels [...] n'aura pas souffert de l'expérience de leur fragilité.* » Quelque chose ne serait donc pas atteint par l'universalité de la mort : la beauté ?

Le beau serait-il l'objet idéal qui ne déçoit jamais la libido ? Ou bien le bel objet apparaît-il comme le réparateur absolu et indestructible de l'objet abandonnique, en se situant d'emblée sur un plan différent de ce terrain libidinal si énigmatiquement adhésif et déceptif où se déploie l'ambiguïté du « bon » et du « mauvais » objet ? A la place de la mort et pour ne pas mourir de la mort de l'autre, je produis — ou du moins j'estime — un artifice, un idéal, un « au-delà » que

1. *Résultats, Idées, Problèmes*, t. I, P.U.F., Paris, 1984, pp. 233-236 ; *S.E.*, t. XIV, pp. 305-307 ; *G.W.*, t. X, pp. 358-361.

2. Cf. *supra*, chap. I, p. 20 sq.

ma psyché produit pour se placer hors d'elle : *ex-tasis.* Beau de pouvoir remplacer toutes les valeurs psychiques périssables.

Depuis, l'analyste se pose cependant une question supplémentaire : par quel processus psychique, par quelle modification des signes et des matériaux, la beauté parvient-elle à traverser le drame qui se joue entre *perte* et *emprise* sur la perte-dévalorisation-mise à mort du soi ?

La dynamique de la sublimation, en mobilisant les processus primaires et l'idéalisation, tisse autour du vide dépressif et avec lui un *hyper-signe.* C'est l'*allégorie* comme magnificence de ce qui *n'est plus*, mais qui re-prend pour moi une signification supérieure parce que je suis apte à refaire le néant, en mieux et dans une harmonie inaltérable, ici et maintenant et pour l'éternité, en vue d'un tiers. Signification sublime en lieu et place du non-être sous-jacent et implicite, c'est l'artifice qui remplace l'éphémère. La beauté lui est consubstantielle. Telles les parures féminines voilant des dépressions tenaces, la beauté se manifeste comme le visage admirable de la perte, elle la métamorphose pour la faire vivre.

Un déni de la perte ? Elle peut l'être : une telle beauté est alors périssable et s'éclipse dans la mort, incapable d'endiguer le suicide de l'artiste ou bien s'effaçant des mémoires à l'instant même de son émergence. Mais pas seulement.

Lorsque nous avons pu traverser nos mélancolies au point de nous intéresser aux vies des signes, la beauté peut aussi nous saisir pour témoigner de quelqu'un qui a magnifiquement trouvé la voie royale par laquelle l'homme transcende la douleur d'être séparé : la voie de la parole donnée à la souffrance, jusqu'au cri, à la musique, au silence et au rire. Le magnifique serait même le rêve impossible, l'autre monde du dépressif, réalisé ici-bas. En dehors de l'espace dépressif, le magnifique est-il autre chose qu'un jeu ?

La sublimation seule résiste à la mort. Le bel objet capable de nous envoûter dans son monde nous paraît plus digne d'adhésion que toute cause aimée ou haïe de blessure ou de chagrin. La dépression le reconnaît et s'accorde à vivre en lui et pour lui, mais cette adhésion au sublime n'est plus libidinale. Elle est déjà détachée, dissociée, elle a déjà intégré en elle les traces de la mort signifiée comme insouciance, distraction, légèreté. La beauté est artifice, elle est imaginaire.

L'imaginaire serait-il allégorique ?

Il y a une économie spécifique du discours imaginaire tel qu'il s'est produit au sein de la tradition occidentale (héritière de l'Antiquité grecque et latine, du judaïsme et du christianisme) en intimité constitutive avec la dépression en même temps qu'en déplacement nécessaire de la dépression vers un sens possible. Comme un trait d'union tendu entre la Chose et le Sens, l'innommable et la prolifération des signes, l'affect muet et l'idéalité qui le désigne et le dépasse, l'*imaginaire* n'est ni la description objective qui culminera dans la science ni l'idéalisme théologique qui se contentera d'aboutir à l'unicité symbolique d'un au-delà. L'expérience de la *mélancolie nommable* ouvre l'espace d'une subjectivité nécessairement hétérogène, écartelée entre les deux pôles conécessaires et coprésents de l'opacité et de l'idéal. L'opacité des choses comme celle du corps déshabité de signification — corps déprimé prompt au suicide — se translate dans le sens de l'œuvre qui s'affirme à la fois absolu et corrompu, intenable, impossible, à refaire. Une subtile alchimie des signes s'impose alors — musicalisation des signifiants, polyphonie des lexèmes, désarticulation des unités lexicales, syntaxiques, narratives... — qui est *immédiatement* vécue comme une métamorphose psychique de l'être parlant entre les deux bords du non-sens et du sens, de Satan et de Dieu, de la Chute et de la Résurrection.

Toutefois, ces deux thématiques limites maintenues obtiennent une orchestration vertigineuse dans l'économie imaginaire. Tout en lui étant nécessaire, elles s'éclipsent dans les moments de crise des valeurs qui atteignent les fondements mêmes de la civilisation, et ne laissent comme lieu unique pour le déploiement de la mélancolie que la seule capacité du signifiant de se charger de sens tout autant que de se réifier en rien[3].

Quoique intrinsèque aux catégories dichotomiques de la métaphysique occidentale (nature/culture, corps/esprit, bas/haut, espace/temps, quantité/qualité...), l'univers imaginaire en tant que tristesse signifiée, mais aussi, à l'envers, comme jubilation signifiante nostalgique d'un non-sens fondamental et nourricier, est cependant l'univers même du *possible.* Possibilité du mal comme perversion et de la mort comme non-sens ultime. Mais encore, et à cause de la signification maintenue de cette éclipse, possibilité infinie de résurrections, ambivalentes, polyvalentes.

Selon Walter Benjamin, c'est l'*allégorie* puissamment utilisée par le baroque et en particulier par le *Trauerspiel* (littéralement : jeu du deuil, jeu avec le deuil; dans l'usage : drame tragique du baroque allemand), qui réalise au mieux la tension mélancolique[4].

3. Cf. *infra,* chap. V, pp. 131, 137 ; chap. VI, pp. 181 ; et chap. VIII, pp. 230, 250, 260. Voir, à propos de la mélancolie et de l'art, Marie-Claire Lambotte, *Esthétique de la mélancolie,* Aubier, Paris, 1984.

4. Cf. Walter Benjamin, *Origine du drame baroque allemand,* 1916-1925, trad. franç., Flammarion, 1985 : « La tristesse *(Trauer)* est la disposition d'esprit dans laquelle le sentiment donne une vie nouvelle, comme un masque au monde déserté, afin de jouir à sa vue d'un plaisir mystérieux. Tout sentiment est lié à un objet *a priori* et sa phénoménologie est la présentation de cet objet » (p. 150). On notera le lien établi entre la phénoménologie d'une part et l'objet retrouvé du sentiment mélancolique d'autre part. Il s'agit bien du sentiment mélancolique susceptible d'être nommé, mais que dire de la perte de l'objet et de l'indifférence au signifiant chez le mélancolique ? W. Benjamin n'en parle pas. « Pareille à ces corps qui se retournent dans leur chute, l'intention allégorique, rebondissant de symbole en symbole, deviendrait la proie du vertige devant son insondable profondeur, si précisément le plus extrême d'entre les symboles ne l'obligeait à faire un rétablissement tel que tout ce qu'elle a d'obscur, d'affecté, d'éloigné de Dieu n'apparaît plus que comme une auto-illusion. [...] Le caractère éphémère des choses y est moins signifié, présenté allégoriquement, qu'offert comme étant lui-même signifiant, comme allégorie. Comme allégorie de la résur-

En se déplaçant entre le *sens désavoué* mais toujours présent des restes de l'Antiquité par exemple (ainsi : *Vénus*, ou la « couronne royale ») et le *sens propre* que confère à toute chose le contexte spiritualiste chrétien, l'allégorie est une tension des significations entre leur dépression/dépréciation et leur exaltation signifiante (*Vénus* devient allégorie de l'amour chrétien). Elle confère un plaisir signifiant au signifiant perdu, une jubilation résurrectionnelle jusqu'à la pierre et au cadavre, en s'affirmant ainsi coextensive à l'expérience subjective d'une mélancolie nommée : de la jouissance mélancolique.

Cependant, l'allégorèse (la genèse de l'allégorie) — par son destin chez Calderón, Shakespeare et jusqu'à Goethe et Hölderlin, par son essence antithétique, par son pouvoir d'ambiguïté et par l'instabilité du sens qu'elle installe au-delà de sa visée de donner un signifié au silence et aux choses muettes (aux *daïmons* antiques ou naturels) — dévoile que la figure simple de l'allégorie est peut-être une fixation régionale, dans le temps et dans l'espace, d'une dynamique plus vaste : la dynamique imaginaire elle-même. Fétiche provisoire, l'allégorie ne fait qu'expliciter certains constituants historiques et idéologiques de l'imaginaire baroque. Cependant, par-delà son ancrage concret, cette figure rhétorique découvre ce que l'imaginaire occidental a d'essentiellement tributaire de la perte (du deuil) et de son renversement en un enthousiasme menacé, fragile, abîmé[5]. Qu'elle réapparaisse en tant que telle ou bien qu'elle disparaisse de l'imaginaire, l'allégorie s'inscrit dans la logique imaginaire elle-même, que son schématisme didactique a l'avantage de dévoiler lourdement. En effet, nous recevons l'expérience

rection. [...] Telle est justement l'essence de la profonde méditation mélancolique : ses objets ultimes où elle croit s'assurer le plus totalement du monde dépravé, se changeant en allégorie, ils comblent et nient le néant dans lequel ils se présentent, de même qu'à la fin l'intention ne se fige pas dans la contemplation fidèle des ossements, mais se retourne, infidèle, vers la résurrection » (*ibid.*, pp. 250-251).

5. Cf. *infra*, chap. VI et VII.

imaginaire, non pas comme un symbolisme théologique ou comme un engagement laïque, mais comme un embrasement du sens mort par un surplus de sens où le sujet parlant découvre d'abord l'abri d'un idéal, mais surtout la chance de le rejouer dans l'illusion et la désillusion...

La capacité imaginaire de l'homme occidental qui s'accomplit avec le christianisme est la capacité de transférer du sens au lieu même où il s'est perdu dans la mort et/ou dans le non-sens. Survivance de l'idéalisation : l'imaginaire est miracle, mais il est en même temps sa pulvérisation : une auto-illusion, rien que du rêve et des mots, des mots, des mots... Il affirme la toute-puissance de la subjectivité provisoire : celle qui sait dire jusqu'à la mort.

V

Le Christ mort, *de Holbein*

« Un croyant peut perdre la foi »

Hans Holbein le Jeune (1497-1543) peint en 1522 (la couche sous-jacente porte la date de 1521) un tableau troublant, Le *Christ mort*, visible au musée de Bâle et qui semble avoir fait une immense impression sur Dostoïevski. Le prince Mychkine essaie d'en parler en vain, dès le début de *L'Idiot*, mais c'est seulement par un rebondissement polyphonique de l'intrigue qu'il en aperçoit une copie chez Rogojine et s'écrie « sous le coup d'une subite inspiration » : « *Ce tableau!... ce tableau! Mais sais-tu qu'en le regardant* un croyant peut perdre la foi[1] ? » Un peu plus loin Hippolyte, un personnage secondaire et qui cependant apparaît à maints égards comme un double du narrateur et de Mychkine, en donne une description saisissante : « *Il représentait le Christ au moment de la descente de Croix. Si je ne me trompe, les peintres ont l'habitude de figurer le Christ sur la Croix, soit après la descente de Croix, avec un reflet de surnaturelle beauté sur son visage. Ils s'appliquent à Lui conserver cette beauté même au milieu des plus atroces moments. Il n'y avait rien de cette beauté dans le tableau de Rogojine; c'était la reproduction achevée d'un cadavre humain portant l'empreinte des souffrances sans nombre endurées même*

1. Cf. Dostoïevski, *L'Idiot*, La Pléiade, Gallimard, Paris, 1953, p. 266. Nous soulignons.

avant le crucifiement; on y voyait les traces des blessures des mauvais traitements et des coups qu'Il avait essuyés de ses gardes et de la populace quand Il portait la croix et tombait sous son poids; celles enfin du crucifiement qu'Il avait subi pendant six heures (du moins d'après mon calcul). C'était, en vérité, le visage d'un homme que l'on venait de descendre de croix; il gardait beaucoup de vie et de chaleur; la rigidité n'avait pas encore fait son œuvre en sorte que le visage du mort reflétait la souffrance comme s'il n'avait pas cessé de la ressentir (ceci a été très bien saisi par l'artiste). Par surcroît, ce visage était d'une impitoyable vérité : tout y était naturel; c'était bien celui de n'importe quel homme après de pareilles tortures.

Je sais que l'Église chrétienne a professé, dès les premiers siècles, que les souffrances du Christ ne furent pas symboliques, mais réelles, et que, sur la croix, son corps fut soumis, sans aucune restriction, aux lois de la nature. Le tableau représentait donc un visage affreusement défiguré par les coups, tuméfié, couvert d'atroces et sanglantes ecchymoses, les yeux ouverts et empreints de l'éclat vitreux de la mort, les prunelles révulsées. Mais le plus étrange était la singulière et passionnante question que suggérait la vue de ce cadavre de supplicié : si tous ses disciples, ses futurs apôtres, les femmes qui L'avaient suivi et s'étaient tenues au pied de la Croix, ceux qui avaient foi en Lui et L'adoraient, si tous ses fidèles ont eu un semblable cadavre sous les yeux (et ce cadavre devait être certainement ainsi), comment ont-ils pu croire, en face d'une pareille vision que le martyr ressusciterait ? Malgré soi, on se dit : si la mort est une chose si terrible, si les lois de la nature sont si puissantes, comment peut-on en triompher ? Comment les surmonter quand elles n'ont pas fléchi alors devant Celui même qui avait, pendant sa vie, subjugué la nature, qui s'en était fait obéir, qui avait dit "Talitha koumi !" et la petite fille s'était levée, "Lazare, sors !" et le mort était sorti du sépulcre ? Quand on contemple ce tableau, on se représente la nature sous l'aspect d'une bête énorme, implacable et muette. Ou plutôt, si inattendue que paraisse *la comparaison, il serait plus juste, beaucoup plus juste, de l'assimiler à une énorme machine de construction moderne, qui, sourde et insensible,* aurait stupidement happé, broyé et englouti un grand Être, un Être sans prix, *valant, à lui seul toute la nature, toutes les lois qui la régissent, toute la terre, laquelle n'a peut-être même été créée que pour l'apparition de cet Être!*

Or, ce que ce tableau m'a semblé exprimer, c'est cette notion d'une force obscure, insolente et stupidement éternelle, à laquelle tout est assujetti et qui vous domine malgré vous. Les hommes qui entouraient le mort, bien que le tableau n'en représentât aucun, durent ressentir une angoisse et une consternation affreuses dans cette soirée qui brisait d'un coup toutes leurs espérances et presque leur foi. *Ils durent se séparer en proie à une terrible épouvante, bien que chacun d'eux emportât au fond de lui une prodigieuse et indéracinable pensée. Et si le Maître avait pu voir sa propre image à la veille du supplice, aurait-il pu Lui-même marcher au crucifiement et à la mort comme Il le fit? C'est encore une question qui vous vient involontairement à l'esprit quand vous regardez ce tableau*[2]. »

L'homme de douleur

Le tableau de Holbein représente un cadavre allongé seul sur un socle couvert d'un linge à peine drapé[3]. De taille humaine, ce cadavre peint se présente de profil, la tête légèrement inclinée vers le spectateur, les cheveux répandus sur le drap. Le bras droit, visible, longe le corps décharné et

2. *Ibid.*, pp. 496-497. Nous soulignons.

3. En 1586, Basilius Amerbach, fils de Bonifacius Amerbach, ami de Holbein, avocat et collectionneur à Bâle, fait l'inventaire du tableau terminé quelque soixante-cinq ans plus tôt en écrivant : « *Cum titulo Jesus Nazarenus Rex.* » Le mot « *Judaeorum* » est ajouté et le texte collé sur le cadre actuel qui date probablement de la fin du XVIe siècle. Les anges portant les attributs de la passion et qui entourent l'inscription sont attribués fréquemment au frère de Holbein le Jeune, Ambrosius Holbein.

torturé et la main dépasse légèrement le socle. La poitrine rebondie esquisse un triangle à l'intérieur du rectangle très bas et allongé de la niche qui constitue le cadre du tableau. Cette poitrine porte la trace sanglante d'une lance, et l'on voit sur la main les stigmates de la crucifixion qui raidissent le majeur tendu. Les traces de clous marquent les pieds du Christ. Le visage du martyr porte l'expression d'une douleur sans espoir, le regard vide, le profil acéré, le teint glauque sont ceux d'un homme réellement mort, du Christ abandonné par le Père (« Père, pourquoi m'as-tu abandonné ? ») et sans promesse de Résurrection.

La représentation sans fard de la mort humaine, la mise à nu quasi anatomique du cadavre, communique aux spectateurs une angoisse insupportable devant la mort de Dieu, confondue ici avec notre propre mort, tant est absente la moindre suggestion de transcendance. Plus encore, Hans Holbein renonce ici à toute fantaisie architecturale et compositionnelle. La pierre tombale pèse sur la partie supérieure du tableau qui n'a que trente centimètres de hauteur[4] et accentue l'impression de mort définitive : ce cadavre ne se relèvera plus. Le drap mortuaire lui-même, réduit au minimum de plis, alourdit, par cette parcimonie du mouvement, l'impression de raideur et de froid pierreux.

Le regard du spectateur pénètre dans ce cercueil sans issue par en bas et suit le tableau de gauche à droite pour s'arrêter sur la pierre sous les pieds du cadavre, inclinée en angle ouvert vers le public.

Quelle était la destination de ce tableau aux dimensions si particulières ? Ce *Christ mort* appartient-il à l'autel que Holbein exécuta pour Hans Oberried en 1520-1521 et dont les deux volets extérieurs représentaient la Passion, l'intérieur étant réservé à la Nativité et à l'Adoration[5] ? Rien ne

4. La proportion hauteur : largeur est de 1 : 7, mais en comptant la plaque installée à la marge inférieure du tableau, nous observons une proportion hauteur : largeur de 1 : 9.

5. Cf. Paul Ganz, *The Paintings of Hans Holbein*, Phaidon Publishers Inc., 1950, pp. 218-220.

permet de maintenir cette hypothèse, qui cependant n'est pas invraisemblable compte tenu de quelques traits communs avec les volets externes de l'autel détruit partiellement pendant l'iconoclasme bâlois.

Des diverses interprétations émises par la critique, une semble se dégager, qui paraît aujourd'hui la plus vraisemblable. Le tableau aurait été fait pour une prédelle demeurée seule et qui devait occuper une place surélevée par rapport aux visiteurs défilant de face, de côté et de gauche (par exemple à partir de la nef centrale de l'église vers la nef sud). On trouve dans la région du Haut-Rhin des églises qui abritaient des niches tombales où se trouvent exposés des corps christiques *sculptés*. Le tableau de Holbein serait-il une transposition en peinture de ces gisants ? Selon une hypothèse, ce *Christ* aurait été un revêtement de niche de tombe sacrée ouverte uniquement le vendredi saint et fermée les autres jours de l'année. Finalement et à partir de la radiographie du tableau, F. Zschokke a établi que le *Christ mort* se trouvait initialement dans une niche en forme de demi-cercle comme un tuyau. De cette position date l'inscription de l'année à côté du pied droit avec la signature : *H.H. DXXI*. Une année plus tard, Holbein remplace cette niche voûtée par une niche rectangulaire et signe au-dessus des pieds : *MDXXII H.H.*[6].

Le contexte biographique et professionnel dans lequel se situe ce *Christ* au tombeau est également intéressant à rappeler. Holbein peint une série de Madones (de 1520 à 1522), parmi lesquelles la très belle *Vierge de Solothurn*. En 1521 naît son premier fils Philippe. C'est aussi l'époque d'une intense amitié avec Érasme dont Holbein exécutera le portrait en 1523.

La naissance d'un enfant — et la menace de mort pesant sur lui, mais surtout sur le peintre en tant que père que la nouvelle génération devrait un jour évincer. L'amitié

6. Cf. Paul Ganz, « Der Leichnam Christi im Grabe, 1522 », in *Die Malerfamilie Holbein in Basel*, Ausstellung im Kunstmuseum Basel zur Fünfhundertjahrfeier der Universität Basel, pp. 188-190.

d'Érasme et l'abandon non seulement du fanatisme mais, chez certains humanistes, de la foi elle-même. Un petit diptyque de la même période, d'inspiration gothique et réalisé en « fausses couleurs », représente le *Christ en homme de douleur,* et *Mater dolorosa* (Bâle, 1519-1520). Le corps de l'homme de douleur, étrangement athlétique, musclé et tendu, est assis sous une colonnade ; la main recroquevillée devant le sexe semble spasmée ; seule la tête penchée portant couronne d'épines et le visage endolori à bouche béante, expriment une souffrance morbide au-delà de l'érotisme diffus. Douleur de quelle passion ? Le Dieu-homme serait-il douloureux, c'est-à-dire hanté par la mort, *parce qu*'il est sexuel, en proie à une passion sexuelle ?

Une composition de l'isolement

L'iconographie italienne embellit, ou du moins ennoblit, le visage du Christ dans la Passion, mais surtout elle l'entoure de personnages plongés dans la douleur aussi bien que dans la certitude de la Résurrection, comme pour nous suggérer l'attitude que nous-mêmes devons adopter face à la Passion. Au contraire, Holbein laisse le cadavre étrangement seul. C'est peut-être cet isolement — *un fait de composition* — qui confère au tableau sa charge mélancolique majeure, plus que ne le font le dessin et le coloris. La souffrance du Christ est exprimée, il est vrai, par trois éléments internes au dessin et au chromatisme : la tête ployée en arrière, la crispation de la main droite portant les stigmates, la position des pieds, l'ensemble étant bâti dans une palette sombre gris-vert-marron. Cependant, ce réalisme poignant par sa parcimonie même est accentué au maximum par la composition et la position du tableau : corps allongé seul placé au-dessus des spectateurs et séparé d'eux.

Coupé de nous par le socle, mais sans aucune échappée vers le ciel car le plafond de la niche descend bas, le *Christ* de Holbein est un mort inaccessible, lointain, mais sans au-delà. Une manière de voir l'humanité à distance, jusque dans la mort. Comme Érasme a vu avec distance la folie. Cette vision débouche non pas sur la gloire, mais sur l'endurance. Une autre, une nouvelle morale repose dans cette peinture.

La déréliction du Christ est ici à son comble : abandonné du Père, il est séparé de nous tous. A moins que Holbein, esprit acide mais qui ne semble pas avoir franchi le seuil de l'athéisme, n'ait voulu nous inclure directement, nous — humains, étrangers, spectateurs —, dans ce moment crucial de la vie du Christ. Sans autre intermédiaire, suggestion ou endoctrinement pictural ou théologique que notre propre capacité d'imaginer la mort, nous sommes amenés à nous effondrer dans l'horreur de cette césure qu'est le trépas ou à rêver à un au-delà invisible. Holbein nous abandonne-t-il, comme le Christ s'est imaginé, un instant, abandonné ; ou nous invite-t-il, au contraire, à faire du tombeau christique un tombeau vivant, à participer à cette mort peinte et donc à l'inclure dans notre propre vie ? Pour vivre avec elle et pour la faire vivre, car si le corps vivant, contrairement au cadavre rigide, est un corps dansant, de s'identifier avec la mort, notre vie ne devient-elle pas une « danse macabre » selon l'autre vision bien connue de Holbein ?

Cette niche close, ce cercueil bien isolé, à la fois nous refuse et nous invite. En effet, le cadavre occupe tout le champ du tableau, sans qu'il y ait aucune référence appuyée à la Passion. Notre regard suit le moindre détail physique, il est comme cloué, crucifié et se fixe sur la main placée au centre de la composition. S'il essaie de fuir, il s'arrête vite bloqué au visage désolé ou aux pieds butant contre la pierre noire. Cependant, ce cloisonnement comporte deux échappées.

D'une part, l'insertion de la date et de la signature : *MDXXII H.H.* aux pieds du Christ. Cet emplacement du nom de l'artiste auquel on ajoutait souvent celui du donateur était habituel à l'époque. Il est toutefois possible qu'en se prêtant à ce code, Holbein se soit inséré lui-même dans le drame du

Mort. Signe d'humilité : l'artiste jeté aux pieds de Dieu ? Ou bien signe d'égalité ? Le nom du peintre n'est pas plus bas que le corps du Christ, ils sont à la même hauteur, coincés dans la niche, unis dans la mort de l'homme, dans la mort comme signe essentiel de l'humanité et dont seule survivra la création éphémère d'une image tracée ici et maintenant, en 1521 et 1522 !

Il y a, d'autre part, ces cheveux et cette main qui débordent du socle comme s'ils pouvaient basculer vers nous, comme si le cadre ne retenait pas le cadavre. Ce cadre, précisément, date de la fin du XVIe siècle et comprend un rebord étroit portant l'inscription *Jesus Nazarenus Rex (Judaeorum)* qui empiète sur le tableau. Le rebord qui semble toutefois avoir toujours fait partie du tableau de Holbein embrasse, entre les mots de l'inscription, cinq anges portant les instruments du martyre : la flèche, la couronne d'épines, le fouet, la colonne de flagellation, la croix. Intégré après coup dans ce cadre symbolique, le tableau de Holbein retrouve son sens évangélique qu'il ne porte pas avec insistance en lui-même et qui probablement l'a légitimé aux yeux de ses acquéreurs.

Même si le tableau de Holbein était originellement conçu comme une prédelle de retable, il est resté seul sans qu'aucun autre panneau n'y ait été ajouté. Cet isolement, splendide autant que lugubre, évite le symbolisme chrétien tout autant que la surcharge du gothique allemand qui combinait peinture et sculpture, mais aussi ajoutait des volets au retable dans une ambition de syncrétisme et de mise en mouvement des images. Face à cette tradition qui le précède immédiatement, Holbein isole, élague, condense, réduit.

L'originalité de Holbein réside donc dans une vision de la mort christique dépourvue de pathétisme et intimiste par sa banalité même. L'humanisation atteint ainsi son plus haut point : le point de l'effacement de la gloire dans l'image. Lorsque le lugubre frôle le quelconque, le signe le plus troublant est le signe le plus ordinaire. A l'encontre de l'enthousiasme gothique, la mélancolie s'inverse en humanisme et en parcimonie.

Cependant, cette originalité s'affilie à la tradition de l'iconographie chrétienne venue de Byzance[7]. De nombreuses représentations du Christ mort se répandent en Europe centrale, vers 1500, sous l'influence de la mystique dominicaine, dont les grands représentants en Allemagne sont Maître Eckart (1260-1327), Jean Tauler (1300-1361) et surtout Henri de Berg, dit Suso (1295-1366)[8].

Grünewald et Mantegna

On comparera aussi la vision de Holbein à celle du *Christ mort* de Grünewald du retable d'Issenheim (1512-1515) transporté à Colmar en 1794. La partie centrale représentant la *Crucifixion* montre un Christ qui porte les marques paroxystiques du martyre (la couronne d'épines, la croix, les blessures innombrables) jusqu'à la putréfaction de la chair. L'expressionnisme gothique atteint ici un apogée dans la manifestation de la douleur. Cependant, le Christ grünewaldien n'est pas réduit à l'isolement comme l'est celui de Holbein. Le monde humain auquel il appartient y est représenté par la Vierge qui tombe dans les bras de saint Jean l'Évangéliste, par Marie-Madeleine et par saint Jean-

7. Cf. plus loin, p. 222.
On trouve avant Holbein cette représentation du corps étendu dans toute sa longueur, par exemple chez Pietro Lorenzetti, *Descente de la Croix*, à Assise. Même position, mais orientée vers la droite, du Christ gisant sur les peintures murales de l'église Blansingen près de Bâle datant de 1450 environ. Vers 1440, le maître de *Heures de Rohan* présente une figure raide et ensanglantée du Christ mort, mais accompagné de la miséricorde de Marie. On rapprochera de cette série la *Pietà* de Villeneuve avec le Christ de profil. (Cf. Walter Ueberwasser, « Holbeins » « Christus in der "Grabnishe" », in *Festschrift für Werner Noack*, 1959, p. 125 sq.)
Notons aussi *le Christ dans le tombeau* sculpté dans la cathédrale de Fribourg, et une autre sculpture de 1430, dans la cathédrale de Freising, représentant le Christ gisant avec une position du corps et des proportions tout à fait semblables à celles du tableau de Holbein, à l'exception, bien entendu, de la connaissance anatomique du corps propre à l'artiste renaissant.
8. A propos du sentiment religieux en Allemagne à la fin du Moyen Age et de son influence sur la peinture, cf. Louis Réau, *Mathias Grünewald et le Retable de Colmar*, éd. Berger-Levrault, 1920.

Baptiste qui introduisent la commisération dans l'image[9].

Or, la prédelle du même retable de Colmar peint par Grünewald présente un Christ assez différent de celui de la *Crucifixion*. Il s'agit d'une *Mise au tombeau ou Lamentation*. Les lignes horizontales remplacent la verticalité de la *Crucifixion*, et le cadavre semble plutôt élégiaque que tragique : un corps lourd, apaisé, d'un calme lugubre. Holbein pourrait avoir simplement inversé ce corps du Christ grünewaldien agonisant en plaçant les pieds vers la droite et en éliminant les personnages des trois pleurants (Madeleine, la Vierge, saint Jean). Plus sobre que la *Crucifixion*, la *Lamentation* de Grünewald offre déjà la possibilité d'une transition de l'art gothique vers Holbein. Il est certain cependant que Holbein va encore plus loin que cet apaisement momentané du maître de Colmar. Faire plus poignant que Grünewald avec les seuls moyens du réalisme dépouillé, c'est d'autant plus un combat contre le peintre-père qu'il semble que Grünewald se soit beaucoup inspiré de Holbein le Vieux qui s'était installé à Issenheim, où il est mort en 1526[10]. Holbein calme totalement la tourmente gothique et, tout en frôlant le maniérisme naissant dont il est le contemporain, son art fait preuve d'un classicisme qui évite l'engouement pour une forme vide délestée. Il impose à l'image le poids de la douleur humaine.

Enfin, le célèbre *Cristo in scruto* de Mantegna (1480? musée Brera, Milan) peut être considéré comme l'ancêtre de cette vision quasi anatomique du Christ mort. La plante des pieds tournée vers les spectateurs et dans une perspective raccourcie, le cadavre s'impose chez Mantegna avec une brutalité aux limites de l'obscène. Cependant, les deux femmes qui apparaissent dans l'angle supérieur gauche du tableau de Mantegna introduisent la douleur et la compassion que précisément Holbein réserve en les bannissant du spectacle ou bien en les suscitant sans autre intermédiaire que l'appel

9. Cf. W. Pinder, *Holbein le Jeune et la Fin de l'art gothique allemand*, 2ᵉ éd., Cologne, 1951.

10. Cf. W. Ueberwasser, *op. cit.*

invisible à notre identification humaine, trop humaine, avec le Fils mort. Comme si Holbein avait intégré la douleur gothique d'inspiration dominicaine filtrée par le sentimentalisme de Suso, telle que la manifeste l'expressionnisme de Grünewald, en la délestant de ses outrances en même temps que de la présence divine qui pèse de tout son poids culpabilisant et expiatoire sur l'imaginaire de Grünewald. Comme si encore Holbein avait repris la leçon anatomique et pacifiante de Mantegna et du catholicisme italien moins sensible au péché de l'homme qu'à son pardon et plus influencé par l'extase bucolique et enjolivante des franciscains que par le dolorisme dominicain. Cependant, toujours attentif à l'esprit gothique, Holbein préserve la souffrance en l'humanisant, mais sans suivre la voie italienne de dénégation de la douleur et d'exaltation de la superbe de la chair ou de la beauté de l'au-delà. Holbein est dans une autre dimension : il banalise la passion du Crucifié pour nous la rendre plus accessible. Ce geste d'humanisation, qui n'est pas sans quelque *ironie* envers la transcendance, suggère une immense miséricorde pour *notre* mort. Selon la légende, ce serait le cadavre d'un Juif repêché dans le Rhin qui aurait servi de modèle à Holbein...

La même verve mi-macabre mi-ironique[11] trouvera son apogée cette fois-ci dans un franc grotesque lorsque, en 1524, Holbein séjourne dans le midi de la France et reçoit à Lyon la commande des éditeurs Melchior et Gaspard Treschel pour une *Danse macabre*, série de gravures sur bois. Cette danse de la Mort, dessinée par Holbein et gravée par Hans Lutzelburger, est éditée à Lyon en 1538. Elle sera copiée et diffusée

11. Le thème de la Mort traverse le Moyen Age et trouve un accueil particulier dans les pays nordiques. Dans le prologue du *Decameron*, par contre, Boccace proscrit tout intérêt pour le lugubre personnage et exalte la joie de vivre.

En revanche, Thomas More, que Holbein a connu par l'entremise d'Érasme, parle de la mort comme Holbein aurait pu le faire à partir de son *Christ mort* : « Nous plaisantons et nous croyons la mort bien loin. Elle est cachée au plus secret de nos organes. Car depuis le moment où tu fus mis au monde, la vie et la mort progressent d'un même pas. » (Cf. A. Lerfoy, *Holbein*, Albin Michel, Paris, 1943, p. 85.) Shakespeare excelle, on le sait, dans l'entrelacement tragique et féerique des thèmes de la mort.

dans toute l'Europe, offrant à l'humanité renaissante une représentation à la fois dévastatrice et grotesque d'elle-même, qui reprend en image le ton de François Villon. Des nouveau-nés au bas peuple et jusqu'aux papes, empereurs, archevêques, abbés, gentilhommes, bourgeois, amoureux... : l'espèce humaine tout entière est saisie par la mort. Enlacé avec la Mort, personne n'échappe à son étreinte, certes fatale, mais dont l'angoisse cache ici sa force dépressive pour montrer le défi dans le sarcasme ou la grimace d'un sourire qui s'en moque, sans triomphalisme, comme si l'on se savait perdu en riant.

La Mort en face de la Renaissance

Nous nous imaginons facilement l'homme renaissant tel que nous l'a laissé Rabelais : grandiose, peut-être un peu drôle à la Panurge, mais franchement lancé vers le bonheur et la sagesse de la dive bouteille. Holbein, en revanche, nous propose une autre vision : celle de l'homme sujet à la mort, de l'homme embrassant la Mort, l'absorbant dans son être même, l'intégrant non pas comme une condition de sa gloire ni comme une conséquence de sa nature pécheresse, mais comme l'essence ultime de sa réalité désacralisée qui est le fondement d'une nouvelle dignité. Pour cela même, l'image de la mort christique et humaine chez Holbein est l'intime complice de l'*Éloge de la folie* (1511) de Didier Érasme, dont Holbein devint, en 1523, l'ami, l'illustrateur et le portraitiste. C'est parce qu'il reconnaît sa folie et qu'il regarde en face sa mort — mais peut-être aussi ses risques mentaux, ses risques de mort psychique — que l'homme atteint une nouvelle dimension. Pas nécessairement celle de l'athéisme, mais à coup sûr celle d'une tenue désillusionnée, sereine et digne. Comme un tableau de Holbein.

L'affliction protestante

La Réforme a-t-elle influencé une telle conception de la mort, et plus particulièrement une telle mise en valeur de la mort du Christ au détriment de toute allusion à la Rédemption et à la Résurrection ? On sait que le catholicisme tend à accentuer une « vision béatifique » de la mort christique, en glissant sur les affres de la Passion et en privilégiant le savoir que Jésus aurait eu depuis toujours de sa Résurrection (Ps 22, 29 et suivants). Au contraire, Calvin insiste sur le *formidabilis abysis* dans lequel Jésus est plongé à l'heure de sa mort, descendant au fond du péché et de l'enfer. Luther déjà se décrivait personnellement comme un mélancolique dépendant de l'influence de Saturne et du diable : « *Moi, Martin Luther, je suis né sous les astres les plus défavorables, probablement sous Saturne* », dit-il en 1532. « *Où se trouve un mélancolique, le diable a préparé le bain [...]. J'ai appris par expérience comment on doit se conduire dans les tentations. Qui est assailli de tristesse, de désespoir et d'autres peines du cœur, qui a un ver dans la conscience, il doit d'abord se tenir à la consolation de la Parole divine, pour manger et boire, et rechercher la compagnie et la conversation de gens heureux en Dieu et chrétiens. Ainsi ça ira mieux*[12]. »

Dès ses *95 thèses contre les indulgences* (1517), Martin Luther formule un appel mystique pour la souffrance comme moyen d'accès au ciel. Et si l'idée de la génération de l'homme à travers la grâce est présente à côté de cette immersion dans la douleur, il ne reste pas moins que l'intensité de la foi se mesure à la capacité de contrition. Ainsi : « *C'est pourquoi l'expiation se continue, tant que dure la haine de soi-même (autrement dit la vraie pénitence intérieure), c'est à savoir jusqu'à l'entrée du royaume des cieux* » (thèse IV); « *Dieu ne remet jamais à l'homme la coulpe sans l'obliger en même temps à s'humilier en tout devant le prê-*

12. M. Luther, *Tischereden in der Mathesischen Sammlung*, t. I, n° 122, p. 51, cité par Jean Wirth, *Luther, étude d'histoire religieuse*, Droz, 1981, p. 130.

tre, son vicaire » (thèse VII); « *La contrition véritable cherche les peines et les aime. La largesse dans les indulgences les relâche et les rend odieuses, au moins momentanément* » (thèse XL); « *Il faut exhorter les chrétiens à suivre fidèlement leur chef, qui est le Christ, à travers les peines, la mort, l'enfer même* » (thèse XCIV).

Lucas Cranach devient le peintre officiel des réformés, alors que Dürer envoie à Luther une série de ses gravures religieuses. Mais un humaniste comme Érasme se montre au début prudent envers le Réformateur. Ensuite, il est de plus en plus réticent envers les changements radicaux proposés dans *Captivité à Babylone* et tout particulièrement vis-à-vis de la thèse de Luther selon laquelle la volonté humaine est esclave du diable et de Dieu. Érasme partageait la position occamiste du libre arbitre comme moyen d'accès au salut[13]. Très vraisemblablement, Holbein devait se sentir plus proche de son ami Érasme que de Luther.

L'iconoclasme et le minimalisme

Des théologiens de la Réforme comme Andreas Karlstadt, Ludwig Haetzer, Gabriel Zwilling, Huldreich Zwingli et d'autres, ainsi que Luther lui-même, quoique de manière plus ambiguë, partent dans une véritable guerre contre les images et toutes formes ou objets de représentation qui ne seraient pas la parole ou le son[14].

Ville bourgeoise, mais aussi ville religieuse florissante, Bâle fut envahie par l'iconoclasme protestant de 1521-1523.

13. Cf. Erasme, *De libero arbitrio (Du libre arbitre)*, et la réponse de Luther, *De servo arbitrio (Du serf arbitre)*. Cf. John M. Todd, *Martin Luther, a Biographical Study*, The Newman Press, 1964; et R. H. Fife, *The Revolt of Martin Luther*, Columbia University Press, 1957.

14. Cf. Carl C. Christensen, *Art and the Reformation in Germany*, Ohio Univ. Press, 1979; Charles Garside, Jr, *Zwingli and the Arts*, New Haven, Yale Univ. Press, 1966. Notons, dans la même tradition, l'iconoclasme étendu d'Henri Corneille Agrippa de Nettesheim, *Traité sur l'incertitude aussi bien que la vanité des sciences et des arts*, trad. française Leiden, 1726.

En réaction à ce qu'ils pensaient être les excès et les abus matérialistes et paganistes de la papauté, les réformateurs de Wittenberg saccagent les églises, pillent et détruisent les images et toute représentation matérielle de la foi. En 1525, la guerre des paysans est l'occasion de nouvelles destructions des œuvres d'art. Une grande « idolomachie » eut lieu à Bâle en 1529. Sans être un catholique fervent, Holbein en souffre en tant qu'artiste ayant, en outre, peint d'admirables Vierges : *La Vierge et l'Enfant* (Bâle, 1514), *La Vierge et l'Enfant sous un porche renaissant* (Londres, 1515), *Nativité et Adoration* (Fribourg, 1520-1521), *L'Adoration des mages* (Fribourg, 1520-1521), la *Madone de Solothurn* (1521), et, plus tard, la *Madone de Darmstadt* peinte pour le bourgmestre Meyer (1526-1530). Le climat iconoclaste de Bâle fait fuir le peintre : il part pour l'Angleterre muni d'une lettre d'Érasme (probablement en 1526), qui l'introduit auprès de Thomas More avec le célèbre passage : « *Ici les arts sont froids : il s'en va en Angleterre pour griffonner quelques angelots*[15]. »

On notera cependant que dans les deux camps — réformateur et humaniste — une tendance se manifeste à accentuer la confrontation de l'homme avec la souffrance et la mort, preuve de vérité et défi au mercantilisme superficiel de l'Église officielle.

Toutefois, plus encore que son illustre ami Érasme et contrairement au martyr de la foi catholique que deviendra Thomas More à la fin de sa vie, il est probable que Holbein a dû vivre une véritable révolution, voire une érosion, de la croyance. Tout en conservant ses apparences, cette résorption de la foi dans la sérénité stricte d'un métier semble l'avoir conduit à intégrer à sa manière personnelle divers aspects des courants religieux et philosophiques de son temps — du scepticisme au rejet de l'idolâtrie — et à se reconstruire, par les moyens de l'art, une nouvelle vision de l'humanité. Le sceau de la souffrance (ainsi le *Portrait de la femme du peintre avec ses deux enfants aînés*, 1528, musée de Bâle, ou le diptyque

15. Cf. Carl C. Christensen, *op. cit.*, p. 169.

Amerbach — *Christ de douleurs* et *Marie, Mère de douleurs* — de 1519-1520) et, plus encore, l'horizon inimaginable et invisible de la mort (*Les Ambassadeurs*, 1533, comportent l'anamorphose d'un immense crâne en bas du tableau) s'imposent à Holbein comme l'épreuve centrale de l'homme nouveau et sans doute de l'artiste lui-même. Rien ne vous paraît plus désirable, les valeurs s'écroulent, vous êtes morose ? Eh bien, on peut rendre beau cet état-là, on peut faire désirable le retrait du désir lui-même, de sorte que ce qui pouvait sembler une démission ou un effondrement mortifère sera perçu désormais comme une dignité harmonieuse.

Du point de vue pictural, nous sommes ici devant une épreuve majeure. Il s'agit de rendre forme et couleur à l'irreprésentable conçu non pas comme une profusion érotique (telle qu'elle apparaît dans l'art italien jusque dans la représentation de la passion du Christ et particulièrement en elle) mais de l'irreprésentable conçu comme éclipse des moyens de représentation au seuil de leur extinction dans la mort. L'ascétisme chromatique et compositionnel de Holbein traduit cette compétition de la forme avec la mort ni esquivée ni embellie mais fixée dans sa visibilité minimale, dans sa manifestation limite que constituent la douleur et la mélancolie.

En 1530, de retour à Bâle en 1528 après son voyage en Angleterre, Holbein se convertit à la religion réformée en demandant, comme en témoignent les registres du recrutement, « une meilleure explication de la Sainte Communion avant de s'engager ». Cette conversion fondée sur « la raison et l'information », comme le note F. Saxl [16], est exemplaire du lien qu'il entretient avec les luthériens. Certains de ses dessins manifestent une nette option pour un esprit de réforme dans l'Église, mais sans adhésion au fanatisme du Réformateur lui-même. Ainsi dans *Christus vera lux*, le diptyque sur Léon X, la couverture de la première Bible luthérienne parue à Bâle et les illustrations pour l'Ancien

16. Cf. F. Saxl, « Holbein and the Reformation », *Lectures*, vol. I., p. 278, London, Warburg Institute, Univ. of London, 1957.

Testament de Luther, Holbein exprime davantage une opinion personnelle qu'il n'illustre le dogme ambiant. Dans une gravure sur bois représentant Luther, le Réformateur apparaît comme un *Hercules Germanicus*, mais le peintre représente en réalité sa peur, son horreur et une *atrocitas* du fanatisme[17]. L'univers d'Érasme semble lui convenir plus que celui de Luther. On connaît le célèbre portrait (1523) que Holbein fait de l'auteur de l'*Éloge de la folie*, fixant pour la postérité l'image définitive de l'humaniste : quand nous songeons à Érasme, ne le voyons-nous pas toujours sous les traits que nous a laissés de lui Holbein le Jeune ? Plus près encore de notre propos, on évoquera la familiarité des deux hommes avec la mort.

« *Mors ultima linea rerum* »

La célèbre série déjà mentionnée de Holbein, la *Danse macabre*, explore avec une variété extraordinaire le thème apparemment limité d'une personne embrassant la Mort. Mais quelle diversité, quelle immensité d'espace à l'intérieur de ces miniatures et de ce sujet si réduits ! Holbein a repris le même thème sur un fourreau de dague en insérant les danseurs mortels dans un espace concave et clos. C'est aussi le cas des *Initiales illustrées de scènes de la danse macabre* où chaque caractère est accompagné d'une figure humaine aux prises avec la Mort. Comment ne pas lier cette présence obsédante et allégée de la Mort chez Holbein avec le fait que le patron de son ami Érasme fut le dieu romain *Terminus*, et que la devise de sa médaille portant l'image de ce dieu disait : « *Terminus concedo nulli* » ou « *Concedo nulli Terminus* », « Je ne bouge en rien », ainsi que « N'oublie pas qu'une longue vie se termine » (en grec) et « La mort est l'ultime limite de toute chose » (en latin) ? *Mors ultima linea rerum* pourrait être en effet la devise du *Christ mort*

17. *Ibid.*, p. 282.

de Bâle, si ce n'était la devise de... Horace et d'Érasme[18].

On a souvent insisté sur la froideur, la retenue, l'aspect artisanal même de l'art de Holbein[19]. Il est vrai que l'évolution du statut du peintre, à son époque, préside à ce changement de style que caractérisent le relâchement des liens d'atelier, le souci de faire carrière, un certain effacement biographique au profit du maniérisme naissant amoureux de l'affectation, des surfaces planes et des inclinaisons qu'il sait néanmoins lier à son sens de l'espace. L'iconoclasme des réformés est aussi passé par là. Holbein le réprouve, il le fuit même en quittant Bâle pour l'Angleterre, mais sans pour autant opter pour aucune exaltation, il absorbe en fait l'esprit de son temps — un esprit de dépouillement, d'érasement, de minimalisme subtil. Il serait inexact de réduire ce mouvement d'époque à une option personnelle pour la mélancolie, même si elle transparaît dans l'expression des personnages de pays ou de milieux sociaux diversifiés qu'il affectionne de peindre. Néanmoins, ces traits de caractère et d'époque convergent : ils aboutissent à situer la représentation au seuil ultime du représentable, saisi avec le maximun d'exactitude et le minimum d'enthousiasme, au bord de l'indifférence... En fait, en art comme en amitié, Holbein n'est pas un engagé. La disgrâce de son ami Thomas More ne le gêne pas, et il demeure auprès d'Henri VIII. Érasme lui-même est choqué par ce cynisme qui n'est peut-être qu'un détachement esthétique aussi bien que psychologique : froideur et paralysie émotive du mélancolique. Dans le complément à une lettre à Boniface Amerbach du 22 mars 1533, Érasme se plaint de ceux, parmi lesquels Holbein, qui abusent de son patronage, profitent de leurs hôtes et déçoivent les personnes auxquelles il les a recommandés[20].

18. Cf. Erwin Panofski « Erasmus and the visual arts », *Journal of the Warburg and Courtauld Institutes*, 32 (1969), pp. 220-227. Comme Terminus, Érasme ne cède devant rien; ou encore, selon une autre interprétation, c'est la Mort elle-même, comme Terminus, qui ne cède pas.

19. Cf. Pierre Vaisse, *Holbein le Jeune*, Rizzoli, 1971; Flammarion, Paris, 1972.

20. Cf. E. Panofski, « Erasmus and the visual arts », *op. cit.*, p. 220.

Cynique ou détaché

Holbein ennemi des iconoclastes, Holbein qui avait échappé à la destruction des images par la fureur des protestants à Bâle, était-il un iconoclaste des idéaux : le distancié, le détaché, l'ironiste accompli, une sorte d'a-moraliste par aversion pour toute forme de pression ? Un adepte de la dé-pression désabusée, jusqu'à l'extinction de tout artifice au sein même de l'artifice tristement, scrupuleusement maniéré ? Prisé au XIXe siècle, décevant pour les artistes du XXe, peut-être le découvrirons-nous plus proche de nous à la lumière mi-ironique mi-lugubre, mi-désespérée mi-cynique de son *Christ mort* ? Vivre avec la mort et en sourire pour la représenter n'ouvre sans doute pas la voie de la morale humaniste du Bien, pas plus que celle du martyr pour la foi réformée, mais annonce davantage l'a-moralisme du technicien sans au-delà, qui cherche une beauté entre le dépouillement et le profit. Paradoxalement, de ce lieu aride, de ce désert où toute beauté devrait être absente, il condense un trouble en chef-d'œuvre de couleurs, de formes, d'espaces...

En effet, ce minimalisme reste d'une gravité expressive puissante qu'on saisit bien en le comparant à la tristesse majestueuse mais hautaine, incommunicable et quelque peu artificielle, du *Christ mort* janséniste de Philippe de Champaigne au Louvre[21].

21. Le Christ mort couché sur le linceul de Philippe de Champaigne (avant 1654) rappelle l'œuvre de Holbein par la solitude du Sauveur. Le peintre a supprimé la Vierge présente dans la stampe de J. Bonasono d'après Raphaël, qui est la source de Champaigne. Cependant, tout en se rapprochant de Holbein aussi par la rigueur et la sobriété du coloris, Ph. de Champaigne reste à la fois plus fidèle aux textes sacrés (en montrant les plaies traditionnelles du Christ, la couronne d'épines, etc.) et plus froid, distant, voire desséché. L'esprit janséniste se lit dans cette vision, ainsi que les recommandations des théologiens de la fin du XVIe siècle (Borthini, Paleoti, Gilio) d'éviter l'expression de la douleur. (Cf. Bernard Dorival, *Philippe de Champaigne (1602-1674)*, 2 vol, Éd. Léonce Laguet, 1978.)

En somme, ni catholique ni protestant ni humaniste ? Ami d'Érasme et de Thomas More, mais très à l'aise par la suite avec Henri VIII, leur ennemi farouche et sanguinaire. Fuyant les protestants de Bâle, mais acceptant aussi leurs éloges au retour du premier voyage en Angleterre, et converti peut-être à la religion réformée. Prêt à rester à Bâle, mais repartant en Angleterre pour devenir peintre officiel d'un roi tyran ayant exécuté nombre de ses amis d'antan dont il avait fait attentivement le portrait. A suivre cette histoire dont Holbein ne nous a laissé aucun commentaire biographique, philosophique ou métaphysique (contrairement à Dürer, par exemple), à scruter les visages sévères de ses modèles, sombres et sans fard, traités sans aucune complaisance, on croit percevoir le caractère et la position esthétique d'un vériste désabusé.

Le désabusement peut-il être beau ?

Au sein d'une Europe bouleversée, la recherche de vérité morale s'accompagne d'excès de part et d'autre, alors que le goût réaliste d'une classe de marchands, d'artisans et de navigateurs fait advenir le règne d'une rigueur stricte mais déjà corruptible par l'or. Sur ce monde de vérités simples et fragiles, l'artiste se refuse de porter un regard embellissant. S'il embellit le décor ou le vêtement, il bannit l'illusion de la saisie du caractère. Une idée neuve naît en Europe, une idée picturale paradoxale : l'idée que la vérité est sévère, parfois triste, souvent mélancolique. Cette vérité peut-elle être aussi une beauté ? Le pari de Holbein, au-delà de la mélancolie, est de dire : oui.

Le désabusement métamorphosé en beauté est particulièrement sensible dans les portraits féminins. A la sérénité quelque peu chagrine de la *Madone de Solothurn* dont le prototype fut la femme du peintre succède la représentation franchement désolée et abattue de l'épouse dans *Portrait de la femme du peintre avec ses deux aînés* (Bâle, 1528). Les portraits féminins faits en Angleterre ne dérogent pas à ce principe du dépouillement jusqu'à la désolation. Certes, l'histoire tragique du royaume sous Henri VIII s'y prête, mais alors que le peuple craignait son roi en l'adorant, Holbein retient de son époque une vision maussade. Telle en effet la série des épouses dont la finesse des traits et la vigueur du caractère varient mais conservent la même rigidité quelque peu effrayée ou morne : *Anne Boleyn, Jane Seymour, Anne de Clèves, Catherine Howard.* Jusqu'au petit *Édouard, prince de Galles* (1539) dont les paupières baissées baignent de chagrin retenu les joues gonflées de l'innocence enfantine. Seule, peut-être, la légère malice — ou est-ce de l'ironie plus que du plaisir ? — de *Vénus et l'Amour* (1526) et de *Laïs de Corinthe* (Bâle, 1526), dont le prototype serait la femme illégitime du peintre, échappent à cette sévérité, sans pour autant conduire le pinceau de l'artiste bâlois au royaume de la sensualité joviale et insouciante. Parmi les portraits masculins, la douceur de l'intelligence chez *Érasme*, ou exceptionnellement l'élégance d'une beauté aristocratique et elle aussi toute intellectuelle chez *Bonifacius Amerbach* (Bâle, 1519), la sensualité chez *Benedikt von Hertenstein* (New York, Metropolitan Museum, 1517) coupent la vision continue d'une humanité toujours déjà au tombeau. Vous ne voyez pas la mort ? Cherchez bien, elle est dans le tracé du dessin, dans la composition, elle est métamorphosée dans le volume des objets, des visages, des corps : comme l'anamorphose d'un crâne aux pieds des *Ambassadeurs Jean de Dinteville et Georges de Selve* (Londres, 1533), quand ce n'est pas ouvertement comme les *Deux crânes dans une niche de fenêtre* (Bâle, 1517)[22].

Une dépense de couleurs et de formes composées

Il ne s'agit pas de soutenir que Holbein fut un mélancolique ni qu'il a peint des mélancoliques. Plus profondément,

22. Cf. Paul Ganz, *The Paintings of Hans Holbein, op. cit.*

il nous apparaît à partir de son œuvre (thèmes et facture picturale compris) qu'un *moment mélancolique* (une réelle ou imaginaire perte du sens, un désespoir réel ou imaginaire, un érasement réel ou imaginaire des valeurs symboliques et jusque la valeur de la vie) mobilise son activité esthétique qui triomphe de cette latence mélancolique tout en en gardant la trace. On a supposé une activité érotique secrète et intense au jeune Holbein, en se basant sur le fait que Magdalena Offenburg fut le prototype de sa *Vénus* de Bâle (avant 1526) et de sa *Laïs de Corinthe*, et sur les deux enfants illégitimes qu'il a laissés à Londres. Charles Patin fut le premier à insister sur la vie dissipée de Holbein dans son édition de l'*Éloge de la folie* d'Érasme, de 1676, à Bâle. Rudolf et Marie Wittkower prêtèrent foi à cette affirmation et firent de lui un « panier percé » : il aurait dépensé les sommes considérables qu'on lui suppose toucher à la cour d'Henri VIII dans l'achat de vêtements opulents et extravagants au point de ne laisser que des legs dérisoires à ses héritiers[23]... Aucun document sérieux ne permet d'infirmer pas plus que d'affirmer ces suppositions biographiques, sinon la légende de la vie dissipée de Magdalena Offenburg elle-même. R. et M. Wittkower se refusent, par ailleurs, à prendre en considération l'œuvre du peintre et tiennent pour négligeable le fait que ses tableaux ne reflètent rien de la dissipation érotique et monétaire qu'ils lui prêtent. Dans notre perspective, ce trait de caractère — à condition qu'il se confirme — n'invalide en rien le foyer dépressif que l'œuvre reflète et domine. L'économie de la dépression s'étaie d'un objet omnipotent, Chose accaparante plutôt que pôle du désir métonymique, qui « expliquerait » la tendance à s'en protéger *entre autres* par une dépense des sensations, des satisfactions, des passions aussi exaltée qu'agressive, aussi enivrante qu'indifférente. On notera cependant que le trait commun de ces dépenses est un *détachement* — s'en débarrasser, aller ail-

23. Cf. R. et M. Wittkower, *Les Enfants de Saturne, psychologie et comportement des artistes de l'Antiquité à la Révolution française*, trad. franç. Macula, 1985.

leurs, à l'étranger, vers d'autres... La possibilité de déployer avec spontanéité et contrôle, avec art, les processus primaires semble cependant être le moyen le plus efficace de triompher du deuil latent. En d'autres termes, la « dépense » contrôlée et maîtrisée de couleurs, de sons et de mots s'impose comme un recours essentiel au sujet-artiste, parallèle à la « vie de bohème », à la « criminalité » ou à la « dissipation » alter nant avec « l'avarice » qu'on constate dans le comportement de ces artistes joueurs. Parallèlement au comportement donc, le *style* artistique s'affirme comme un moyen de traverser la perte de l'autre et du sens : moyen plus puissant que tout autre parce que plus autonome (quel qu'en soit le mécène, le peintre n'est-il pas le maître de son œuvre ?) mais, en fait et fondamentalement, analogue ou complémentaire au comportement car répondant au même besoin psychique d'affronter la séparation, le vide, la mort. La vie de l'artiste n'est-elle pas considérée, à commencer par lui-même, comme une œuvre d'art ?

La mort de Jésus

Moment dépressif : tout meurt, Dieu meurt, je meurs.

Mais comment Dieu peut-il mourir ? Revenons brièvement sur le sens évangélique de la mort de Jésus. Nombreuses, complexes et contradictoires sont les représentations théologiques, hermétiques et dogmatiques du « mystère de la Rédemption ». L'analyste ne saura s'y conformer, mais il pourrait essayer, en les interrogeant, de déceler le sens du texte tel qu'il se révèle à sa propre écoute.

Certaines paroles de Jésus annoncent sa mort violente sans allusion au salut, d'autres au contraire semblent être d'emblée au service de la Résurrection[24].

24. Ainsi, d'un côté : « La coupe que je bois, vous la boirez, et le baptême dont je suis baptisé, vous en serez baptisés » (Mc, X, 39; Mtt, XX, 23); « Je suis venu jeter le feu sur la terre, et comme je voudrais qu'il fût déjà allumé. Mais j'ai à être baptisé d'un baptême, et comme je suis angoissé jusqu'à ce qu'il soit consommé » (Lc, XII, 49s); et surtout la célèbre phrase qui signe la mort de son

Le « service » qui, dans le contexte de Luc, est un « service de table », devient un « rachat », une « rançon » *(lytron)* chez Marc[25]. Ce glissement sémantique éclaire bien le statut du « sacrifice » christique. Celui qui donne à manger est celui qui paie de sa personne et disparaît pour faire vivre. Sa mort n'est pas un meurtre ni une déjection, mais une discontinuité vivifiante, plus proche de la nutrition que de la simple destruction d'une valeur ou de l'abandon d'un objet déchu. Un changement de la conception du sacrifice s'accomplit visiblement avec ces textes, qui prétend établir un lien entre les hommes et Dieu par l'intermédiaire d'un donateur. S'il est vrai que le don implique privation de la part de celui qui donne, qui *se* donne, l'accent est mis davantage sur le *lien*, sur l'assimilation (« servir à table ») et sur les bénéfices réconciliatoires de cette opération.

En effet, le seul rite que le Christ lègue à ses disciples et fidèles à partir de la Cène est celui, oral, de l'Eucharistie. Par elle, le sacrifice (et avec lui la mort et la mélancolie) est « *aufgehoben* » : détruit et dépassé[26]. Nombre de commentaires discutent la thèse de René Girard[27] qui postule une abolition du sacrifice par Jésus et dans le christianisme, mettant ainsi fin au sacré lui-même.

Dans le sens de ce dépassement va la signification que l'on peut tirer du mot « expier » : *expiare*, du grec *hilaskomaï*, de l'hébreu *kipper*, impliquant plus une réconciliation (« se montrer favorable à quelqu'un, se laisser réconcilier par Dieu ») que le fait de « subir un châtiment ». On peut en effet faire

espérance. « *Eli, Eli, lema sabaqthani* » : « Mon Dieu, Mon Dieu, pourquoi m'astu abandonné ? » (Mtt, XXVII, 26; Mc, XV, 35).

D'un autre côté, l'annonce de la bonne nouvelle : « Car le fils de l'homme est venu non pour être servi, mais pour servir, et donner sa vie en rançon pour la multitude » (Mc, X, 42-45). « Je suis au milieu de vous à la place de celui qui sert » (Lc, XXII, 25-27).

25. Cf. X-Léon Dufour, « La mort rédemptrice du Christ selon le Nouveau Testament », in *Mort pour nos péchés*, Publ. des Facultés Universitaires Saint-Louis, Bruxelles, 1979, pp. 11-45.

26. Cf. A Vergote, « La mort rédemptrice du Christ à la lumière de l'anthropologie », *ibid*, p. 68.

27. *Des Choses cachées depuis le commencement du monde*, Grasset, Paris, 1983.

remonter le sens de « réconcilier » au grec *allassô* (« rendre autre », « se changer à l'égard de quelqu'un »). Ceci conduit à voir dans le « sacrifice » chrétien expiatoire plutôt l'offrande d'un don acceptable et accepté que la violence du sang versé. Cette altération généreuse de la « victime » en « offrande » salvatrice et médiatrice sous l'emprise d'un Dieu aimant en son principe est sans doute spécifiquement chrétienne. Elle représente une nouveauté que les mondes grec et juif ont ignorée, quand ils ne l'ont pas considérée, à la lumière de leurs propres cultes, comme scandaleuse.

Cependant, on ne saurait oublier que toute une tradition chrétienne ascétique, martyrisante et sacrificielle, a magnifié l'aspect victimaire de ce don, en érotisant au maximum la douleur et la souffrance aussi bien physique que morale. Cette tradition serait-elle une simple déviation médiévale trahissant le « vrai sens » des Évangiles ? Ce serait faire peu de cas de l'angoisse énoncée par le Christ même selon les évangélistes. Comment la comprendre, lorsqu'elle s'affirme massivement à côté de l'assurance oblative d'un don oblatif à un père oblatif lui aussi, également présente dans le texte évangélique ?

Hiatus et identification

L'interruption, fût-elle momentanée, du lien qui unit le Christ à son Père et à la vie, introduit dans la représentation mythique du Sujet une discontinuité fondamentale et psychiquement nécessaire. Cette césure, certains ont parlé de « hiatus »[28], donne une image, en même temps qu'un récit, à maintes séparations qui construisent la vie psychique de l'individu. Elle donne image et récit à certains cataclysmes psychiques qui guettent plus ou moins fréquemment l'équilibre présumé des individus. Ainsi, la psychanalyse reconnaît

28. Cf. Urs von Balthasar, *La Gloire et la Croix*, t. III, 2, La Nouvelle Alliance, Aubier, Paris, 1975.

et remémore, comme condition *sine qua non* de l'autonomisation, une série de séparations (Hegel parlait d'un « travail du négatif ») : naissance, sevrage, séparation, frustration, castration. Réelles, imaginaires ou symboliques, ces opérations structurent nécessairement notre individuation. Leur inaccomplissement ou forclusion conduit à la confusion psychotique ; leur dramatisation est, au contraire, source d'angoisse exorbitante et destructive. D'avoir mis en scène cette rupture au cœur même du sujet absolu qu'est le Christ ; de l'avoir représentée comme une Passion en envers solidaire de sa Résurrection, de sa gloire et de son éternité, le christianisme conduit à la conscience les drames essentiels internes au devenir de chaque sujet. Il se donne ainsi un immense pouvoir cathartique.

Outre cette mise en image d'une diachronie dramatique, la mort du Christ offre un appui imaginaire à l'angoisse catastrophique irreprésentable propre aux mélancoliques. Nous savons combien la phase dite « dépressive » est essentielle pour l'entrée de l'enfant dans l'ordre des symboles et dans celui des signes linguistiques. Cette dépression — tristesse de la séparation comme condition pour la représentation de toute chose absente — fait retour et accompagne nos activités symboliques quand ce n'est pas l'exaltation, son envers, qui les recouvre. Une suspension du sens, une nuit sans espoir, l'éclipse des perspectives et jusqu'à celle de la vie, rallument alors dans la mémoire le souvenir des séparations traumatiques et nous plongent dans un état d'abandon. « Père, pourquoi m'as-tu abandonné ? » Par ailleurs, la dépression grave ou la mélancolie clinique paroxystique représentent un véritable enfer pour l'homme, et plus encore, peut-être, pour l'homme moderne convaincu de devoir et de pouvoir réaliser tous ses désirs d'objets et de valeurs. La déréliction christique offre une élaboration imaginaire à cet enfer. Elle fait écho pour le sujet de ses instants insupportables de perte de sens, de perte de sens de la vie.

Le postulat selon lequel le Christ est mort « pour nous

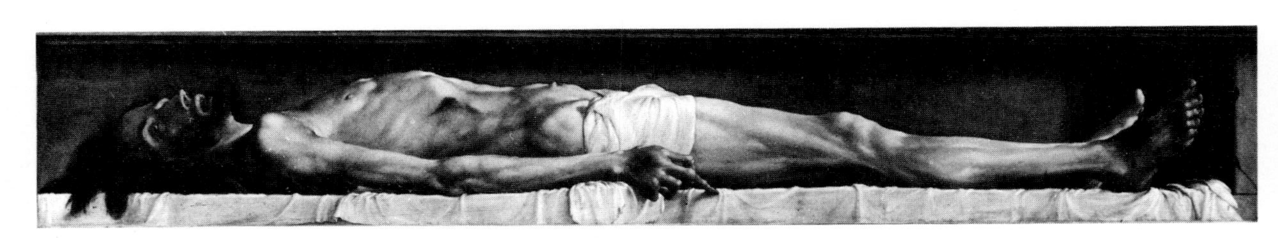

Holbein le Jeune, *Le Christ mort*. Kunstmuseum, Bâle. Photo © Giraudon.

Claude Lorrain, *Paysage avec Acis et Galatée.* Gemäldegalerie, Dresde. Photo © collection Viollet.

tous » apparaît souvent dans les textes[29]. *Hyper, peri, anti* : les formules signifient non seulement « à cause de nous », mais « en faveur de nous », « à la place de nous[30] ». Elles remontent aux chants du Serviteur de Iahvé (IVe chant d'Isaïe dans la Bible), et plus anciennement à la notion hébraïque de « *gâ'al* » : « délivrer en rachetant biens et personnes devenus propriété étrangère ». Ainsi la *rédemption* (rachat, délivrance) implique-t-elle une substitution entre le Sauveur et les fidèles, qui a pu prêter aussi à de nombreuses interprétations. Une d'entre elles s'impose cependant à la lecture littérale de l'analyste : celle qui invite à une *identification* imaginaire. L'identification ne signifie pas délégation ou délestation des péchés sur la figure du Messie. Au contraire, elle invite à une implication totale des sujets dans les souffrances du Christ, dans le hiatus qu'il subit et bien entendu dans l'espoir de son salut. A partir de cette identification, certes trop anthropologique et psychologique aux yeux de la théologie stricte, l'homme est cependant doté d'un puissant dispositif symbolique qui lui permet de vivre sa mort et sa résurrection jusque dans son corps physique, grâce à la puissance de l'unification imaginaire — et de ses effets réels — avec le Sujet absolu (le Christ).

Une véritable initiation se construit ainsi, au cœur même du christianisme, qui reprend le sens intrapsychique profond des rites initiatiques antérieurs ou étrangers à son orbe et leur donne une signification nouvelle. Ici comme là, la *mort* — celle de l'ancien corps pour faire place au nouveau, la mort à soi pour la gloire, la mort du vieil homme pour le corps pneumatique — est au centre de l'expérience. Mais, si initiation chrétienne il y a, elle est d'abord entièrement du registre de l'imaginaire. Tout en ouvrant la gamme entière des indentifications complètes (réelles et symboliques), elle

29. Cf. Rom, V, 8 : « Le Christ est mort pour nous, alors que nous étions encore pécheurs. » Et aussi : Rom, VIII, 32; Ep, V, 2; Mc, X, 45 : « Le Fils de l'homme est venu donner sa vie en rançon *(lytron)* pour *(anti)* la multitude. » Cf. aussi Mtt, XX, 28; Mtt, XXVI, 28; Mc, XIV, 24; Lc, XXII, 19; 1 P, II, 21-24.

30. Cf. X.-Léon Dufour, *op. cit.*

ne comporte aucune épreuve rituelle autre que la parole et les signes de l'Eucharistie. De ce point de vue, les manifestations paroxystiques et réalistes de l'ascétisme et du dolorisme sont en effet des extrêmes. En outre, et surtout, l'implicite de l'amour et par conséquent de la réconciliation et du pardon transforment complètement la portée de l'initiation chrétienne en l'auréolant d'une gloire et d'une espérance inébranlables pour ceux qui croient. La foi chrétienne apparaît alors comme un antidote au hiatus et à la dépression, avec le hiatus et la dépression et à partir d'eux.

Serait-ce le volontarisme surmoïque qui maintient cette image de Père oblatif, ou la commémoration d'une figure paternelle archaïque sortie du paradis des identifications primaires ? Le pardon inhérent à la Rédemption condense *mort et résurrection* et se présente comme une des occurrences les plus intéressantes et les plus novatrices de la logique trinitaire. Le levier de ce nœud semble être l'identification primaire : le don oblatif, oral et déjà symbolique, entre le Père et le Fils.

Pour des raisons individuelles, ou bien par l écrasement historique de l'autorité politique ou métaphysique qui est notre paternité sociale, cette dynamique de l'identification primaire au fondement de l'idéalisation peut être mise en difficulté : elle peut paraître privée de signification, illusoire et fausse. Seul perdure alors le sens du mécanisme plus profond représenté par la croix : celui de la césure, de la discontinuité, de la dépression.

Holbein s'est-il fait le peintre de ce christianisme décapé de son onde porteuse antidépressive qu'est l'identification à un au-delà gratifiant ? Il nous conduit en tout cas au bord ultime de la croyance, au seuil du non-sens. Seule la *forme* — l'art — redonne une sérénité à cette éclipse du pardon, l'amour et le salut se réfugiant dans la performance de l'œuvre. La rédemption serait simplement la rigueur d'une technique stricte.

Représenter la « scission »

Hegel a mis en évidence le double mouvement de la mort dans le christianisme : d'une part, il y a une mort naturelle du corps naturel ; de l'autre, elle est le « plus grand amour », la « renonciation suprême à soi pour l'Autre ». Il y voit une « victoire sur la tombe, le *sheol* », une « mort de la mort » et insiste sur la dialectique propre à cette logique : « *Ce mouvement négatif qui ne convient qu'à l'Esprit comme tel est* sa conversion intérieure, sa transformation [...] *la fin se résolvant dans la splendeur, dans la fête qu'est l'accueil de l'être humain dans l'Idée divine*[31]. » Hegel souligne quelles ont été les conséquences de ce mouvement sur la représentation. Puisque la mort est représentée comme naturelle mais ne se réalisant qu'à condition de s'identifier avec son altérité qu'est l'Idée divine, nous assistons à « *une prodigieuse union des extrêmes absolus* », à « *une aliénation suprême de l'Idée divine* [...] *"Dieu est mort, Dieu lui-même est mort" est une représentation prodigieuse, terrible,* qui présente à la représentation l'abîme le plus profond de la scission[32] ».

Conduire la représentation au cœur de cette scission (mort naturelle *et* amour divin) est un pari qu'on ne saurait tenir sans basculer vers l'un ou l'autre bord : l'art gothique sous influence dominicaine favorisera la représentation pathétique de la mort naturelle, l'art italien sous influence franciscaine exaltera, dans la beauté sexuelle des corps lumineux et des compositions harmonieuses, la gloire de l'au-delà rendue visible dans la gloire du sublime. Le *Christ mort* de Holbein est l'une des rares, sinon l'unique, réalisation qui se tient au lieu même de cette scission de la représentation dont parle Hegel. L'érotique gothique de la douleur paroxystique en est absente, comme en est absente la promesse de l'au-delà où l'exaltation renaissante de la nature. Demeure la

31. Cf. Hegel, *Leçons sur la philosophie de la religion*, IIIe partie, Vrin, Paris, 1964, p. 153-157.
32. *Ibid.*, p. 152. Nous soulignons.

corde raide — comme le cadavre représenté — d'une mise en image économique, parcimonieuse, de la douleur retenue dans le recueillement solitaire de l'artiste et du spectateur. A cette tristesse sereine, désabusée, aux limites de l'insignifiant, correspond un art pictural d'une sobriété et d'un dépouillement maximal. Aucune fête chromatique ou compositionnelle mais une maîtrise de l'harmonie et de la mesure.

Peut-on encore peindre lorsque les liens se brisent qui nous attachaient au corps et au sens ? Peut-on encore peindre lorsque le *désir* qui est un *lien* s'effondre ? Peut-on encore peindre lorsqu'on s'identifie non pas avec le désir mais avec la *scission* qui est la vérité de la vie psychique humaine, scission que la mort représente pour l'imaginaire et que la mélancolie véhicule en tant que symptôme ? La réponse de Holbein est : oui. Entre le classicisme et le maniérisme, son minimalisme est la métaphore de la scission : entre vie et mort, sens et non-sens, une réplique intime et ténue de nos mélancolies.

Pascal confirme, avant Hegel et Freud, cette invisibilité du sépulcre. Pour lui, le tombeau serait le lieu caché du Christ. Tous le regardent sur la croix mais, dans le tombeau, il se dérobe aux yeux des ennemis, et seuls les saints le voient pour l'accompagner dans une agonie qui est un repos. « Sépulcre de Jésus-Christ — *Jésus-Christ était mort, mais vu sur la croix. Il est mort et caché dans le sépulcre.*

Jésus-Christ n'a été enseveli que par les saints.
Jésus-Christ n'a fait aucun miracle au sépulcre.
Il n'y a que les saints qui y entrent.
C'est là où Jésus prend une nouvelle vie, non sur la croix.
C'est le dernier mystère de la Passion et de la Rédemption.
Jésus-Christ n'a point eu où se reposer sur la terre qu'au [sépulcre.
Ses ennemis n'ont cessé de le travailler qu'au sépulcre[33]. »

Voir la mort de Jésus est donc une manière de lui donner

33. Cf. Pascal, *Pensées*, « Jésus-Christ », 735.

sens, de la rendre à la vie. Mais dans le tombeau de Bâle, le *Christ* de Holbein est seul. Qui le voit ? Il n'y a pas de saints. Il y a, bien entendu, le peintre. Et nous-mêmes. Pour sombrer dans la mort, ou, peut-être, pour la voir dans sa beauté minimale et terrible, limite inhérente à la vie. « *Jésus dans l'ennui* [...] *Jésus étant dans l'agonie et dans les plus grandes peines, prions plus longtemps*[34]. »

La peinture à la place de la prière ? La contemplation du tableau remplace, peut-être, la prière au lieu critique de son émergence : là où le non-sens devient signifiant, tandis que la mort apparaît visible et vivable.

Tel ce tombeau pascalien invisible, la mort est irreprésentable dans l'inconscient freudien. Elle s'y marque cependant, nous l'avons dit, par l'intervalle, le blanc, la discontinuité ou la destruction de la représentation[35]. En conséquence, à la capacité imaginaire du moi, la mort se signale telle quelle par l'isolement des signes ou par leur banalisation jusqu'à l'extinction : c'est le minimalisme de Holbein. Mais aux prises avec le vitalisme érotique du moi et avec la profusion jubilatoire des signes exaltants ou morbides qui traduisent la présence d'Éros, la mort se fait réalisme distant ou, mieux, ironie grinçante : c'est la « danse macabre » et la dissipation désabusée infuses dans le style du peintre. Le moi érotise et signifie l'obsédante présence de la Mort en marquant d'isolement, de vide ou de rire absurde sa propre assurance imaginaire qui le tient vivant, c'est-à-dire ancré dans le jeu des formes. A rebours, les images et les identités — calques de ce moi triomphant — s'en trouvent marquées d'une tristesse inaccessible.

Les yeux pleins de cette vision de l'invisible, regardons encore une fois l'humanité que Holbein a créée : héros des temps modernes, ils se tiennent stricts, sobres et droits. Secrets aussi : vrais au possible et cependant indéchiffra-

34. Cf. Pascal, *Pensées*, « Le mystère de Jésus », 736.
35. Cf. *supra*, chap. I., p. 36 sq.

bles. Aucun mouvement trahissant la jouissance. Aucune élévation exaltée vers l'au-delà. Rien que la sobre difficulté d'être debout ici-bas. Ils restent simplement droits autour d'un vide qui les rend étrangement seuls. Sûrs. Et proches.

VI

Nerval, El Desdichado

EL DESDICHADO

1 Je suis le ténébreux, le veuf, l'inconsolé,
2 Le prince d'Aquitaine à la tour abolie;
3 Ma seule étoile est morte, et mon luth constellé
4 Porte le soleil noir de la mélancolie.

5 Dans la nuit du tombeau, toi qui m'as consolé,
6 Rends-moi le Pausilippe et la mer d'Italie,
7 La fleur qui plaisait tant à mon cœur désolé,
8 Et la treille où le pampre à la vigne s'allie.

9 Suis-je Amour ou Phœbus, Lusignan ou Biron ?
10 Mon front est rouge encor des baisers de la reine;
11 J'ai dormi dans la grotte où verdit la sirène,

12 Et j'ai deux fois vivant traversé l'Achéron,
13 Modulant et chantant sur la lyre d'Orphée
14 Les soupirs de la sainte et les cris de la fée.

Texte conforme à la version parue dans Le Mousquetaire *du 10 décembre 1853.*

EL DESDICHADO

1 Je suis le ténébreux, — le veuf, — l'inconsolé,
2 Le prince d'Aquitaine à la tour abolie;
3 Ma seule *étoile* est morte, — et mon luth constellé
4 Porte le *Soleil noir* de la *Mélancolie*.

5 Dans la nuit du tombeau, toi qui m'as consolé,
6 Rends-moi le Pausilippe et la mer d'Italie,
7 La *fleur* qui plaisait tant à mon cœur désolé,
8 Et la treille où le pampre à la rose s'allie.

9 Suis-je Amour ou Phébus ?... Lusignan ou Biron ?
10 Mon front est rouge encor du baiser de la reine;
11 J'ai rêvé dans la grotte où nage la sirène...

12 Et j'ai deux fois vainqueur traversé l'Achéron :
13 Modulant tour à tour sur la lyre d'Orphée
14 Les soupirs de la sainte et les cris de la fée.

Texte conforme à l'édition des Filles du feu *(1854).*

« Je suis seul, je suis veuf et sur moi le soir tombe. »

Victor Hugo,
Booz.

« ... c'est la mélancolie qui devient sa muse. »

Gérard de Nerval,
A Alexandre Dumas.

El Desdichado et *Artémis*, écrits à l'encre rouge, furent envoyés à Alexandre Dumas par une lettre de Nerval du 14 novembre 1853. La première publication de *El Desdichado* parut dans *Le Mousquetaire*, le 10 décembre 1853, présentée par un article de Dumas. Une deuxième variante en est connue par l'édition des *Filles du feu* en 1854. Le manuscrit du même texte, appartenant à Paul Eluard, porte le titre *Le Destin* et ne se distingue pas essentiellement de la variante des *Filles du feu*.

Après sa crise de folie en mai 1853, Gérard de Nerval (1808-1855) part pour son Valois natal (Chaalis, Senlis, Loisy, Mortefontaine) pour chercher refuge nostalgique et apaisement[1]. Cet errant infatigable qui ne se lasse pas de sillonner le Midi, l'Allemagne, l'Autriche et l'Orient, se replie pour un temps dans la crypte d'un passé qui le hante. En août, les symptômes reprennent : nous le retrouvons, archéologue menacé, visitant la galerie d'ostéologie du Jardin des plantes et persuadé, sous la pluie, d'assister au déluge. Le tombeau, le squelette, l'afflux de la mort, décidément, ne cessent de le hanter. Dans ce contexte, *El Desdichado* est son arche de Noé. Si elle est provisoire, elle lui assure cependant une identité fluide, énigmatique, incantatoire. Orphée demeure, cette fois encore, vainqueur du Prince Noir.

1. Cf. Jeanne Moulin, « *Les Chimères* », *Exégèses*, Droz, Paris. En été 1854, quelques mois avant son suicide, Nerval fait, semble-t-il, un pèlerinage sur la tombe de sa mère à Glogau, en Allemagne, suivi d'une rechute.

Le titre *El Desdichado* signale d'emblée l'étrangeté du texte qui suit, mais sa sonorité espagnole, aiguë et claironnante par-delà le sens chagrin du mot, tranche avec le vocalisme ombragé et discret de la langue française et semble annoncer quelque triomphe au cœur même des ténèbres.

Qui est El Desdichado ? D'une part, Nerval a pu emprunter le nom à *Ivanhoë* de Walter Scott (chap. VIII) : il désigne un des chevaliers du roi Jean qui fut dépossédé par celui-ci du château que lui avait légué Richard Cœur de Lion. Le malheureux déshérité choisit alors d'orner son bouclier d'un chêne déraciné et de la devise « El Desdichado ». On a indiqué, d'autre part, une « source française au Desdichado » : don Blaz Desdichado, personnage du *Diable boiteux* de Lesage, devenu fou d'avoir dû, faute de descendants, rendre sa fortune à sa belle-famille après le décès de sa femme[2]. S'il est vrai que pour nombre de lecteurs français l'espagnol « el desdichado » se traduit par « déshérité », la lexicographie stricte maintiendra que le terme signifie plus précisément « infortuné », « malheureux », « misérable ». Nerval semble cependant, tenir à « déshérité » — c'est d'ailleurs le choix que fait Alexandre Dumas dans sa traduction d'*Ivanhoë*. C'est aussi le terme par lequel le poète se désigne lui-même dans un autre contexte *(« Ainsi, moi, le brillant comédien naguère, le prince ignoré, l'amant mystérieux, le déshérité, le banni de liesse, le beau ténébreux* [...][3] *»).*

« Chose » ou « objet » perdus

Déshérité de quoi ? Une privation initiale est ainsi indiquée d'emblée : privation cependant non pas d'un « bien » ou d'un « objet » qui constituent un héritage matériel et transmissible, mais d'un territoire innommable, que l'on pourrait évo-

2. Cf. Kier, cité par Jacques Dhaenens, *Le Destin d'Orphée, « El Desdichado » de Gérard de Nerval*, Minard, Paris, 1972.

3. Cf. « A Alexandre Dumas », in *Œuvres complètes*, t. I, La Pléiade, Gallimard, Paris, 1952, pp. 175-176.

quer ou invoquer, étrangement, de l'étranger, d'un exil constitutif. Ce « quelque chose » serait antérieur à l'« objet » discernable : horizon secret et intouchable de nos amours et de nos désirs, il prend pour l'imaginaire la consistance d'une mère archaïque que cependant aucune image précise ne réussit à englober. La quête infatigable de maîtresses ou, au plan religieux, l'accumulation de divinités féminines ou de déesses mères que les religions orientales et en particulier l'Égypte lui prodiguent indiquent l'insaisissable de cette *Chose* nécessairement perdue pour que le « sujet » séparé de l'« objet » devienne un être parlant.

Si le mélancolique ne cesse d'exercer une emprise aussi amoureuse que haineuse sur cette Chose, le poète trouve le moyen énigmatique d'être à la fois sous sa dépendance et... ailleurs. Déshérité, privé de ce paradis perdu, il est infortuné; cependant, l'écriture est l'étrange moyen de dominer cette infortune en y installant un « je » qui maîtrise les deux côtés de la privation : les ténèbres de l'inconsolé aussi bien que le « baiser de la reine ».

« Je » s'affirme alors sur le terrain de l'artifice : il n'y a de place pour le « je » que dans le jeu, le théâtre, sous le masque des identités possibles, aussi extravagantes, prestigieuses, mythiques, épiques, historiques, ésotériques qu'incroyables. Triomphantes, mais aussi incertaines.

Ce « je » qui épingle et assure le premier vers : « *Je suis le ténébreux, — le veuf, — l'inconsolé* » désigne, d'un savoir aussi sûr qu'illuminé par une nescience hallucinatoire, la condition nécessaire de l'acte poétique. Prendre la parole, se poser, s'établir dans la fiction légale qu'est l'activité symbolique, c'est en effet perdre la Chose.

Le dilemme désormais sera le suivant : les traces de cette Chose perdue emporteront-elles celui qui parle, ou bien réussira-t-il à les emporter : à les intégrer, à les incorporer dans son discours devenu chant à force de prendre la Chose. En d'autres termes : sont-ce les bacchantes qui dévorent Orphée ou bien est-ce Orphée qui emporte les bacchantes dans son incantation comme en une anthropophagie symbolique ?

Je suis ce qui n'est pas

L'oscillation sera permanente. Après cette incroyable affirmation de présence et de certitude rappelant l'assurance hugolienne d'un patriarche que la solitude ne trouble pas mais pacifie *(« Je suis seul, je suis veuf et sur moi le soir tombe »),* nous voici de nouveau dans l'infortune. Les attributs de ce « Je » triomphal sont des attributs négatifs : privé de lumière, privé d'épouse, privé de consolation, il est ce qui *n'est pas.* Il est « ténébreux », « veuf », « inconsolé ».

L'intérêt de Nerval pour l'alchimie et l'ésotérisme rend parfaitement vraisemblable l'interprétation de Le Breton selon lequel les premiers vers de *El Desdichado* suivent l'ordre des cartes du tarot (cartes XV, XVI, XVII). Le ténébreux serait le grand démon de l'enfer (la XVe carte du tarot est la carte du diable), il pourrait aussi fort bien être ce Pluton alchimiste mort célibataire dont la difformité faisait fuir les déesses (d'où veuf), représentant la terre au fond d'un vase où s'origine toute opération alchimique[4].

4. On a pu établir une correspondance assez exacte et frappante entre les trois premiers vers de *El Desdichado* et le tome VIII du *Monde primitif, analysé et comparé avec le monde moderne* de Court de Gebelin (1781). On trouve de même des sources aux cinq sonnets des *Chimères* (« El Desdichado », « Myrtho », « Horus », « Antéros », « Artémis ») dans *Les Fables égyptiennes et grecques* (1758) de dom Antoine-Joseph Pernety, religieux bénédictin de la congrégation de Saint-Maur. Nerval a dû lire aussi le *Dictionnaire mytho-hermétique* de dom Pernety. On rapportera à l'œuvre de Nerval ces passages de Pernety : « La véritable clef de l'œuvre est cette noirceur au commencement de ses opérations [...] La noirceur est le vrai signe d'une parfaite solution. Alors la matière se dissout en poudre plus menue [...] que les atomes qui voltigent, aux rayons du soleil, et ses atomes se changent en eau permanente.

« Les Philosophes ont donné à cette dissolution les noms de mort [...] enfer, tartares, *ténèbres, nuit [...] tombeau* [...] *mélancolie* [...] *soleil éclipsé* ou *éclipse du soleil* et de la lune [...]. Ils l'ont enfin désignée par tous les noms qui peuvent exprimer ou désigner la corruption, la dissolution et la noirceur. C'est elle qui a fourni aux Philosophes la matière à tant d'allégories sur les morts et les tombeaux... » (*F.E.G.*, t. I, pp. 154-155, nous soulignons). Pernety rapporte ces propos de Raymond Lulle au sujet de la noirceur : « Faites putréfier le corps

Toutefois, ces références qui constituent l'idéologie de Nerval sont insérées dans une trame poétique : déracinées, transposées, elles obtiennent une multivalence et des connotations souvent indécidables. La polyvalence du symbolisme à l'intérieur de ce nouvel ordre symbolique qu'est le poème, jointe à la rigidité des symboles au sein des doctrines ésotériques, confère au langage de Nerval un double privilège : d'une part, assurer un sens stable aussi bien qu'une communauté secrète où l'inconsolé est entendu, accepté et, en somme, consolé ; d'autre part, fausser compagnie à ce sens monovalent et à cette communauté même, pour aller au plus près de l'objet spécifiquement nervalien du chagrin, à travers l'incertitude de la nomination. Avant d'atteindre ce niveau d'éclipse du sens où le langage poétique accompagne l'éclipse du sujet mélancolique sombrant dans l'objet perdu, suivons les opérations logiquement repérables du texte nervalien.

Inversions et double

L'attribut « ténébreux » consonne aussi bien avec le Prince des ténèbres déjà évoqué par le tarot qu'avec la nuit privée

du soleil pendant treize jours, au bout desquels la dissolution deviendra noire comme de l'encre : mais son intérieur sera rouge comme un rubis, ou comme une pierre d'escarboucle. Prenez donc ce soleil ténébreux et obscurci par les embrassements de sa sœur ou de sa mère, et mettez-le dans une cucurbite... » (*F.E.G.*, t. II, p. 136). Sa définition de la mélancolie est la suivante : « Mélancolie signifie la putréfication de la matière [...] On a donné ce nom à la matière au noir, sans doute parce que la couleur noire a quelque chose de triste, et que l'humeur du corps humain, appelée mélancolie, est regardée comme une bile noire et recuite, qui cause des vapeurs tristes et lugubres » (*Dictionnaire mytho-hermétique*, p. 289). « La tristesse et la mélancolie [...] est aussi un des noms que les Adeptes donnent à leur matière parvenue au noir » (*F.E.G.*, t. II, p. 300).

Ces correspondances entre le texte de Nerval et le corpus alchimique ont été établies par Georges Le Breton, « La clé des *Chimères* : l'alchimie », in *Fontaine*, n° 44, 1945, pp. 441-460. Cf. aussi du même auteur « L'alchimie dans *Aurélia* : "Les Mémorables" », *ibid.*, n° 45, pp. 687-706. De nombreux ouvrages ont été consacrés à Nerval et l'ésotérisme, parmi lesquels Jean Richer, *Expérience et Création*, Paris, Hachette, 1963 ; François Constant, « Le soleil noir et l'étoile ressuscitée », *La Tour Saint-Jacques*, n°s 13-14, janvier-avril 1958, etc.

de clarté. Il évoque la complicité du mélancolique avec le monde de l'ombre et du désespoir.

Le « soleil noir » (vers 4) reprend le champ sémantique de « ténébreux », mais le retourne comme un gant : l'ombre jaillit en une clarté solaire qui demeure néanmoins éblouissante d'invisibilité noire.

Le « veuf » est le premier signe qui indique le deuil : l'humeur ténébreuse serait donc la conséquence de la perte de l'épouse ? Le manuscrit Eluard ajoute à cet endroit une note : « olim : Mausole ? » qui remplace une inscription raturée : « le Prince/mort/ » ou « le poème » ? Mausole fut ce roi grec du IVe siècle qui épousa sa sœur Artémise et mourut avant elle. Si le veuf était Mausole, il serait incestueux : époux de sa sœur, de sa mère..., d'une Chose érotique familière et familiale. L'ambivalence de ce personnage se brouille plus encore par l'usage qu'en fait Nerval : mort le premier, il ne peut être veuf, mais laisse *une veuve*, sa sœur Artémise. Nerval masculinise, dans le sonnet *Artémis*, le nom d'Artémise en Artémis et joue peut-être avec les deux protagonistes du couple comme s'ils étaient des *doubles* l'un de l'autre : interchangeables, mais aussi, et par conséquent, d'une sexualité imprécise, quasi androgynale. Nous voici en un point extrêmement condensé du processus poétique chez Nerval : la veuve Artémise s'identifie à son double (frère + mari) mort, *elle* est *il*, donc « veuf », et cette identification, l'encryptage de l'autre, l'installation du caveau de l'autre en soi, serait l'équivalent du poème. (Certains croient lire en effet sous la rature le mot « poème ».) Le texte comme mausolée ?

Le terme « inconsolé » plutôt qu'« inconsolable » suggère une temporalité paradoxale : celui qui parle n'a pas été consolé dans le passé et l'effet de cette frustration dure jusqu'à présent. Alors qu'« inconsolable » nous installerait au présent, « inconsolé » vire ce présent au passé où le trauma a eu lieu. Le présent est irréparable, sans espoir aucun de consolation.

Le « prince d'Aquitaine » est, sans doute, Maifre d'Aquitaine qui, poursuivi par Pépin le Bref, se cache dans les forêts du Périgord. Dans sa généalogie mythique, partiellement publiée par Aristide Marie, puis intégralement par Jean Richer[5], Nerval s'identifie à une lignée prestigieuse et fait descendre sa famille Labrunie des chevaliers d'Othon : une de ses branches serait originaire du Périgord, tout comme le prince d'Aquitaine. Il précise aussi que Broun ou Brunn signifie tour et touraille. Les armoiries des Labrunie qui posséderaient trois châteaux au bord de la Dordogne porteraient trois tours d'argent, mais aussi des étoiles et des croissants évoquant l'Orient, de la même manière que l'« étoile » et le « luth constellé » cités plus loin dans le texte.

A la polyvalence du symbole d'Aquitaine — pays des eaux —, on ajoutera une note de Nerval à George Sand (citée par Richer) où l'on lit : GASTON PHŒBUS D'AQUITAINE, dont le sens ésotérique serait celui d'un initié solaire. On notera plus simplement, avec Jacques Dhaenens[6], qu'Aquitaine est le pays des troubadours et qu'ainsi, en évoquant le Prince Noir, le veuf amorce sa métamorphose, à travers le chant courtois, en Orphée... Nous sommes encore toutefois dans le domaine du constat chagrin : « abolie » confirme le sens de destruction, de privation et de manque qui se tisse depuis le début du texte. Comme l'a remarqué Émilie Noulet[7], le syntagme « à la tour abolie » fonctionne comme « un seul groupe mental » et confère au prince d'Aquitaine un attribut complexe où les mots se fondent et les syllabes se détachent dans une litanie : « à-la-tour-a-bo-lie », à entendre aussi comme anagramme de Labrunie. On trouve trois occurren-

5. Cf. Jean Richer, *Expérience et Création, op. cit.*, pp. 33-38.
6. Cf. *Le Destin d'Orphée, op. cit.*
7. Cf. Émilie Noulet, *Études littéraires, l'hermétisme de la poésie française moderne*, Mexico, 1944.

ces du mot « abolie » chez Nerval et E. Noulet remarque que ce mot rare s'est imposé à Mallarmé qui l'emploie au moins six fois dans ses poèmes.

Prince dépossédé, sujet glorieux d'un passé détruit, El Desdichado appartient à une histoire, mais à une histoire déchue. Son passé sans avenir n'est pas un passé historique : il n'est qu'une *mémoire* d'autant plus présente qu'elle est sans avenir.

Le vers suivant renoue avec le trauma personnel : la « tour abolie », cette hauteur désormais manquante, fut une « étoile », aujourd'hui morte. L'astre est image de la muse, d'un univers élevé aussi, du cosmos plus haut encore que la tour médiévale ou du destin désormais brisé. On retiendra, avec Jacques Geninasca[8], l'espace altier, élevé, stellaire de ce premier quatrain où se tient le poète avec son luth également constellé, comme s'il était la version négative du céleste et artiste Apollon. Probablement, l'« étoile » est-elle aussi ce que nous appelons une « star » — Jenny Colon, morte en 1842, catalysa plusieurs crises chez Nerval. C'est de s'identifier avec cette « étoile morte », de la disperser dans son chant, comme en réplique sonore de la dévoration d'Orphée par les bacchantes, que se constitue le « luth constellé ». L'art poétique s'affirme comme la mémoire d'une harmonie posthume, mais aussi, par une résonance pythagoricienne, comme la métaphore de l'harmonie universelle.

Au seuil de l'invisible et du visible

De cette absorption de l'« étoile morte » dans le « luth » résulte le « soleil noir de la mélancolie ». Par-delà ses portées alchimiques déjà citées, la métaphore du « soleil noir » résume bien la force aveuglante de l'humeur chagrine : un affect accablant et lucide impose l'inéluctable de la mort qui

8. Cf. Jacques Geninasca, « *El Desdichado* », in *Archives nervaliennes*, n° 59, Paris, pp. 9-53.

est la mort de l'aimée et de soi-même identifié avec la disparue (le poète est « veuf » de l'« étoile »).

Cependant, cet affect envahissant qui irrigue l'univers céleste d'un Apollon caché, ou s'ignorant comme tel, essaie de trouver sa manifestation. Le verbe « porte » indique cette éclosion, cette arrivée aux signes des ténèbres, alors que le terme savant de « *mélancolie* » vient témoigner de l'effort de maîtrise consciente et de signification précise. Annoncée dans sa lettre à Alexandre Dumas, évoquée dans *Aurélia* (« *Un être d'une grandeur démesurée, — homme ou femme, je ne sais —, voltigeait péniblement au-dessus de l'espace* [...] *Il était coloré de teintes vermeilles et ses ailles brillaient de mille reflets changeants. Vêtu d'une robe longue à plis antiques, il ressemblait à l'Ange de la* Mélancolie, *d'Albrecht Dürer*[9] »), la *Mélancolie* appartient à l'espace céleste. Elle métamorphose les ténèbres en vermeil ou en soleil qui demeure noir certes, mais n'est pas moins soleil, source de clarté éblouissante. L'introspection de Nerval semble indiquer que *nommer la mélancolie* le situe au seuil d'une expérience cruciale : à la crête entre apparition et disparition, abolition et chant, non-sens et signes. On peut lire la référence nervalienne à la métamorphose alchimique comme une métaphore désignant davantage cette expérience frontière du psychisme en lutte (luth ?) avec l'asymbolie ténébreuse que comme une description para-scientifique de la réalité physique ou chimique.

Qui es-tu ?

La deuxième strophe conduit le lecteur des hauteurs célestes et constellées à la « nuit du tombeau ». Cet univers souterrain et nocturne reprend l'humeur sombre du ténébreux, mais il se métamorphose au fur et à mesure du quatrain en un univers de consolation, d'alliance lumineuse et vitale. Le « je » altier et princier de l'espace cosmique inerte (l'« étoile »,

9. In *O.C.*, La Pléiade, Gallimard, 1952, p. 366.

le « soleil » de la première strophe) rencontre, dans la seconde strophe, son partenaire : un « toi » apparaît pour la première fois, amorçant la consolation, la lumière et l'apparition d'une vie végétale. L'*étoi*le du toit céleste est désormais un interlocuteur : un *toi* qui gît au-dedans.

L'ambiguïté constante, les inversions permanentes de l'univers nervalien méritent d'être soulignées : elles ajoutent à l'instabilité de son symbolisme et révèlent l'ambiguïté de l'objet, mais aussi de la position mélancolique.

Qui est ce « toi » ? se demandent les spécialistes et les réponses affluent : Aurélia, la sainte, Artémise-Artémis, Jenny Colon, la mère morte... L'indécidable enchaînement de ces figures, réelles et imaginaires, fuit de nouveau vers la position de la « Chose » archaïque — pré-objet insaisissable d'un deuil endémique pour tout être parlant et attraction suicidaire pour le dépressif.

Cependant — et ce n'est pas la moindre des ambiguïtés — ce « toi », que le poète ne retrouve que dans la « nuit du tombeau », est consolateur seulement et précisément en ce lieu. De la retrouver dans sa tombe, de s'identifier à son corps mort, mais peut-être aussi de la retrouver réellement par l'intermédiaire du suicide, « je » trouve une consolation. Le paradoxe de ce mouvement (seul le suicide me permet de me réunir à l'être perdu, seul le suicide me pacifie) peut être appréhendé au travers de la placidité, de la sérénité et de cette forme de bonheur qui enveloppe certains suicidaires une fois prise la décision fatale. Une complétude narcissique semble se construire imaginairement, qui supprime l'angoisse catastrophique de perte et comble enfin le sujet consterné : il n'a plus lieu de se désoler, il est consolé par la réunion avec l'être cher dans la mort. La mort devient alors l'expérience fantasmatique d'un retour au paradis perdu — on notera le passé dans « toi qui m'as consolé ».

Désormais, le tombeau s'éclaire : le poète y retrouve la baie lumineuse de Naples, qui s'appelle Pausilippe (en grec *pausilypon* signifie « cessation de la tristesse »), et un espace aquatique, ondulant, maternel (« la mer d'Italie »). On ajoutera à la polyvalence de cet univers liquide, lumineux, italien — en opposition avec l'univers apollinien ou médiéval, interstellaire et minéral de la première strophe — d'abord le fait que Nerval a essayé de se suicider sur le Pausilippe par amour pour Jenny Colon[10]. En outre, la relation établie par Hoffman entre « Aurélie et le tableau de sainte Rosalie » se trouve confirmée par Nerval, qui a contemplé pendant son séjour à Naples (octobre 1834) la « figure de sainte Rosalie » ornant le logis d'une maîtresse anonyme[11].

Une fleur, une sainte : la mère ?

La vierge Rosalie joint le symbolisme d'une pureté féminine chrétienne aux connotations ésotériques déjà mentionnées du texte. Ce train de pensées semble confirmé par la note « Jardins du Vatican » que Nerval insère au manuscrit Eluard au vers 8 : « *où le pampre à la rose s'allie* » (Rosalie).

La connotation florale du nom de la sainte devient explicite au vers 7 : « *La* fleur *qui plaisait tant à mon cœur désolé.* » L'*étoile* morte de la strophe précédente (vers 3) ressuscite en *fleur* au sein de l'identification entre le poète et la morte. Cette identification est évoquée dans la métaphore de la « treille », réseau grimpant, interpénétration de branches et de feuilles, qui « allie » le pampre et la rose et évoque en outre Bacchus ou Dionysos, dieu d'une ivresse amoureuse végétale opposé à l'Apollon noir astral de la première strophe. Notons que, pour certains commentateurs modernes, Dionysos est moins une divinité phallique que celui qui, dans son corps et dans son ivresse dansante, traduit une complicité, voire une identification intime, avec la féminité[12].

Le « pampre » bacchique et la « rose » mystique, Dionysos

10. Cf. « Lettres à Jenny Collon », in *O.C.*, t. I, *op. cit.*, p. 726 sq.

11. Cf. Jean Guillaume, *Aurélia, prolégomène à une édition critique*, Presses Universitaires de Namur, 1972.

12. Cf. M. Détienne, *Dionysos à ciel ouvert*, Hachette, Paris, 1986.

et Vénus, Bacchus et Ariane... on peut imaginer une série de couples mystiques implicitement évoqués dans cette réunion tombale *et* résurrectionnelle. Rappelons la désignation par Nerval de la Vierge Marie comme « Rose blanche » et, entre autres, *Les Cydalises : « Où sont les amoureuses ?/ Elles sont au tombeau :/ elles sont plus heureuses, / dans un séjour plus beau!* [...] *ô blanche fiancée! / ô jeune vierge en fleur*[13]*!* »

La « *fleur* » peut être lue comme la fleur en quoi se métamorphosa Narcisse mélancolique enfin consolé par sa noyade dans la source-image. Elle est aussi « *myosotis*[14] » : la consonance étrangère de ce mot évoque l'artifice du poème *(« une réponse s'est fait entendre dans un doux langage »)* en même temps qu'il invoque la mémoire de ceux qui aimeront l'écrivain *(« Ne m'oubliez pas! »)*. Indiquons enfin une possible sémantique de cet univers floral appendu à l'évocation de l'autre : la mère de Nerval, morte lorsqu'il avait deux ans, se nommait Marie-Antoinette-*Marguerite Laurent*, appelée couramment Laurence : une sainte et une fleur (marguerite, laurier), alors que le vrai prénom de Jenny Colon était... Marguerite. De quoi nourrir une « rose mystique ».

Ancolie et hésitation : qui suis-je ?

Fusion consolante, mais aussi fusion léthale; complétude lumineuse obtenue par l'alliance à la rose, mais aussi nuit du tombeau; tentation du suicide, mais aussi résurrection florale... Cette conjonction de contraires apparaît-elle à Nerval, lorsqu'il relit son texte, comme une « folie » ?

Il note au vers 7 (en renvoi à « fleur ») dans le manuscrit Eluard : « ancolie » — symbole de la tristesse pour les uns, emblème de la folie pour les autres. *Mélancolie/ancolie*. Cette rime invite une fois de plus à lire la similitude et l'opposition entre les deux premières strophes : la tristesse minérale

13. In *O.C.*, t. I, *op. cit.*, p. 57.
14. *Aurélia*, in *O.C.*, t. I, *op. cit.*, p. 413.

(1re strophe) se superpose à une fusion mortifère mais aussi follement attirante comme la promesse d'une autre vie, par-delà le tombeau (2e strophe).

Le premier tercet explicite l'incertitude du « je ». Triomphal d'abord, allié à « tu » ensuite, il s'interroge maintenant : « Suis-je ? » Point tournant du sonnet, moment de doute et de lucidité. Le poète cherche, entre deux, son identité spécifique, sur un registre qu'on peut supposer tiers, ni apollinien ni dionysiaque, ni consterné ni ivre. La forme interrogative nous extraie, pour un temps, de l'univers quasi hallucinatoire des deux quatrains, de leurs connotations et symbolismes versatiles et indécidables. C'est l'heure du choix : s'agit-il d'Amour, c'est-à-dire Eros, amant de Psyché (rappel du deuxième quatrain), ou bien de Phébus-Apollon (rappel du premier quatrain) qui, selon *Les Métamorphoses* d'Ovide, poursuit la nymphe Daphné ? Celle-ci lui échappe pour se transformer en laurier et l'on se rappellera la transformation florale évoquée dans le deuxième quatrain. S'agit-il d'un amant comblé ou bien d'un amant frustré ?

Quant à Lusignan d'Agenais, il serait un ancêtre des Labrunie, selon la filiation imaginaire de Nerval, brisé par la fuite de sa femme-serpent Mélusine. Biron nous fait remonter à un ancêtre des ducs de Biron, le croisé Elie de Gontaut de la Troisième Croisade ; ou peut-être à Lord Byron — Nerval confond l'orthographe Biron/Byron[15].

Quelle est la relation logique exacte à l'intérieur des deux dyades (Amour et Phébus, Lusignan et Biron), mais aussi entre elles ? S'agit-il d'une énumération d'amants plus ou moins malheureux dans la quête d'une maîtresse toujours insaisissable ; ou bien de deux types d'amants : l'un comblé, l'autre désespéré ? Les exégèses s'accumulent et divergent, les uns optant pour l'énumération, les autres pour le chiasme.

Cependant, la polyvalence essentielle de la sémantique nervalienne (ainsi entre autres : « *Soit brune ou blonde/Faut-il*

15. Cf. Jacques Dhaenens, *op. cit.*, p. 49.

choisir ?/Le Dieu du Monde, /C'est le Plaisir[16] ») conduit à penser qu'ici aussi les relations logiques sont incertaines. A l'image, peut-être, de ce papillon dont l'écrivain trace ainsi l'incertitude fascinante : « *Le papillon, fleur sans tige, /Qui voltige, /Que l'on cueille en un réseau; /Dans la nature infinie, /Harmonie /Entre la plante et l'oiseau*[17] *!...* »

En définitive, les noms propres accumulés dans ce tercet[18] fonctionnent peut-être davantage comme des indices d'identités diverses. Si ces « personnes » nommées appartiennent au même univers de l'amour et de la perte, elles suggèrent — à travers l'identification du poète avec elles — une dispersion du « je », amoureux aussi bien que poétique, en une « constellation » d'identités insaisissables. Il n'est pas certain que ces personnages aient eu pour Nerval l'épaisseur sémantique de leur origine mythologique ou médiévale. L'accumulation litanique, hallucinatoire de leurs noms propres laisse supposer qu'ils pouvaient avoir seulement valeur d'indices, morcelés et impossibles à unifier, de la Chose perdue.

Une violence sous-jacente

A peine cette interrogation sur l'identité propre esquissée, le vers 10 rappelle la dépendance de celui qui parle vis-à-vis de sa reine : le « je » interrogateur n'est pas souverain, il a une souveraine *(« Mon front est rouge encor du baiser de la reine »)*. Évocation alchimique du roi et de la reine et de leur union, rougeur signe d'infamie et du meurtre *(« J'ai parfois de Caïn l'implacable rougeur! »)*, nous voici à nouveau plongés dans un univers ambigu : le front porte le souvenir du baiser de l'aimée et signifie ainsi la joie amoureuse, en même temps que le rouge rappelle le sang d'un meurtre et,

16. *Chanson gothique*, in *O.C.*, t. I, *op. cit.*, p. 59.
17. *Les Papillons*, in *O.C.*, t. I, *op. cit.*, p. 53.
18. Cf. aussi plus loin, p. 173 sq.

par-delà Abel et Caïn, signifie la violence destructrice de l'amour archaïque, la haine sous-jacente à la passion des amants, la vengeance et la persécution qui sous-tendent leur idylle. L'Antéros puissant du mélancolique bouillonne sous un Éros fringant : « *Tu demandes pourquoi j'ai tant de rage au cœur* / [...] *Oui, je suis de ceux-là qu'inspire le Vengeur, / Il m'a marqué le front de sa lèvre irritée, / Sous la pâleur d'Abel, hélas! ensanglantée, / J'ai parfois de Caïn l'implacable rougeur*[19] *!* »

La pâleur du désespéré cache-t-elle la colère vengeresse et inavouable pour lui-même de sa violence meurtrière envers son amoureuse ? Si cette agressivité est annoncée au vers 10, elle n'est pas assumée par celui qui parle. Elle est projetée : ce n'est pas moi mais le baiser de la reine qui blesse, coupe, ensanglante. Puis, immédiatement, cette irruption de la violence est suspendue, et le rêveur apparaît dans un havre protégé, refuge utérin ou berceau balançant. La reine rouge se métamorphose en sirène qui nage ou « verdit » (version du *Mousquetaire*). On a noté la valeur florale, vitale, résurrectionnelle du deuxième quatrain ainsi que les fréquentes oppositions chez Nerval du rouge et du vert. Le rouge s'affirme comme métaphore de la révolte, du feu insurrectionnel. Il est caïnien, diabolique, infernal, alors que le vert est saint et les verreries gothiques l'attribuent à saint Jean[20]. Faut-il insister une fois de plus sur la fonction royale de la maîtresse, d'autant plus dominatrice que non dominée, occupant toute la place de l'autorité et de la paternité et pour cela même jouissant d'une infranchissable emprise sur le ténébreux : elle est la reine de Saba, Isis, Marie, reine de l'Église... ? Face à elle, seul l'acte de l'écriture est implicitement maître et vengeur : rappelons que le sonnet est écrit à l'*encre rouge*.

Nous ne trouvons donc qu'une simple et mince allusion de désir sexuel et à son ambivalence. Le lien érotique

19. *Antéros*, in *O.C.*, t. I, *op. cit.*, p. 34.
20. Cf. Jacques Dhaenens, *op. cit.*, p. 59.

conduit, il est vrai, à leur paroxysme les conflits du sujet qui ressent comme destructeurs aussi bien la sexualité que le discours qui peut la désigner. On comprend que le retrait mélancolique soit une fugue face aux dangers de l'érotisme.

Un tel évitement de la sexualité et de sa nomination confirme l'hypothèse selon laquelle l'« étoile » de *El Desdichado* est plus proche de la Chose archaïque que d'un objet de désir. Toutefois, et bien qu'un tel évitement semble nécessaire à l'équilibre psychique de certains, on peut se demander si, de se barrer ainsi la voie vers l'*autre* (certes menaçant, mais assurant aussi les conditions de la mise en place des limites du moi), le sujet ne se condamne pas au tombeau de la Chose. La sublimation seule, sans élaboration des contenus érotiques et thanatiques, semble être d'un faible recours devant les tendances régressives qui dissolvent les liens et conduisent à la mort.

La voie freudienne, au contraire, vise à aménager (en toutes circonstances et quelles que soient les difficultés chez les personnalités dites narcissiques) l'avènement et la formulation du désir sexuel. Cette visée, souvent décriée comme réductionniste par les détracteurs de la psychanalyse, s'impose — dans l'optique de ces considérations sur l'imaginaire mélancolique — comme une option éthique, car le désir sexuel *nommé* assure l'arrimage du sujet à l'autre et, en conséquence, au sens — au sens de la vie.

Je raconte

Le poète revient cependant de sa descente aux enfers. Il traverse « deux fois » l'Achéron en restant « vivant » (version *Le Mousquetaire*) et « vainqueur » (version *Les Filles du feu*), et les deux traversées évoquent les deux grandes crises antérieures de folie chez Nerval.

D'avoir absorbé une Eurydice innommée dans son chant et dans les accords de sa lyre, il reprend à son compte le pronom « je ». Moins rigide qu'au premier vers et au-delà de l'incertitude du vers 9, ce « je » est, à la fin du sonnet, un « je » qui raconte une histoire. Le passé intouchable et violent, noir et rouge, mais aussi le rêve verdoyant d'une résurrection léthale se sont modulés en un artifice qui comporte la distance temporelle (« j'ai... traversé ») et appartient à une autre réalité, celle de la lyre. L'au-delà de l'enfer mélancolique serait ainsi un récit modulé et chanté, une intégration de la prosodie dans la narration ici seulement amorcée.

Nerval ne précise pas la cause, le mobile ou la raison qui l'a conduit à cette miraculeuse modification (« *J'ai deux fois vainqueur traversé l'Achéron* »), mais il dévoile l'économie de sa métamorphose qui consiste à transposer dans sa mélodie et son chant « *les soupirs de la sainte et les cris de la fée* ». Le personnage de l'aimée est d'abord dédoublé : idéale *et* sexuelle, blanche et rouge, Rosalie et Mélusine, la vierge et la reine, la spirituelle et la charnelle, Adrienne et Jenny, etc. En outre et plus encore, ces femmes sont désormais des *sons* portés par des personnages dans une *histoire* qui raconte un passé. Ni êtres innommables gisant au fond d'un symbolisme polyvalent ni objets mythiques d'une passion destructrice, elles essaient de se muer en protagonistes imaginaires d'un récit cathartique qui s'efforce de nommer, en les différenciant, les ambiguïtés et les plaisirs. Les « soupirs » et les « cris » connotent la jouissance, et on distingue l'amour idéalisant (la « sainte ») de la passion érotique (la « fée »).

Par un saut dans l'univers orphique de l'artifice (de la sublimation), le ténébreux ne retient de l'expérience et de l'objet traumatique du deuil qu'une sonorité lugubre ou passionnelle. Il touche ainsi, par les composantes mêmes du langage, à la Chose perdue. Son discours s'identifie à elle, l'absorbe, la modifie, la transforme : il sort Eurydice de l'enfer mélancolique et lui redonne une existence nouvelle dans son chant-texte.

La re-naissance des deux, du « veuf » et de l'« étoile »-« fleur » n'est rien d'autre que le poème fortifié par le début d'une position narrative. Cet imaginaire-là possède l'économie d'une résurrection.

Cependant, le récit nervalien est simplement suggéré dans

El Desdichado. Dans les autres poèmes, il reste dispersé et toujours lacunaire. Dans les textes en prose, pour maintenir son difficile mouvement linéaire vers un but et un message limité, il recourt au subterfuge du voyage ou de la réalité biographique d'un personnage littéraire dont il reprend les aventures. *Aurélia* est l'exemple même de cette dispersion narrative, tissée de songes, de dédoublements, de réflexions, d'inachèvements...

On ne saurait parler d'« échec » devant cet éblouissant kaléidoscope narratif préfigurant les expériences modernes de décomposition romanesque. Cependant, l'enchaînement narratif qui, par-delà la certitude de la syntaxe, construit l'espace et le temps et dévoile la maîtrise d'un jugement existentiel sur les aléas et les conflits, est loin d'être le lieu favori de Nerval. Tout récit suppose déjà une identité stabilisée par l'Œdipe et qui, ayant fait son deuil de la Chose, peut enchaîner ses aventures à travers les échecs et les conquêtes sur les « objets » du désir. Si telle est la logique interne du récit, on comprend que la narration semble trop « secondaire », trop schématique, trop inessentielle pour capter l'incandescence du « soleil noir » chez Nerval.

La prosodie sera alors le filtre premier et fondamental qui tamisera dans le langage la peine et la joie du « prince noir ». Filtre fragile mais, souvent, unique. N'entend-on pas, par-delà les significations multiples et contradictoires des mots et des constructions syntaxiques, le geste vocal en définitive ? Dès les premières allitérations, rythmes, mélodies, la transposition du corps parlant s'impose dans sa présence glottique et orale. T : *t*énébreux, Aqui*t*aine, *t*our, é*t*oile, mor*t*e, lu*t*h, cons*t*ellé, por*t*e ; BR-PR-TR : téné*br*eux, *pr*ince, *t*ou*r*, mor*t*e, po*rt*e ; S : *s*ui*s*, incon*s*olé, prin*c*e, *s*eul, con*s*tellé, *s*oleil ; ON : inc*on*solé, m*on*, *con*stellé, mél*an*colie...

Répétitive, souvent monotone, cette prosodie[21] impose à la fluidité affective une grille aussi stricte à déchiffrer (elle

21. Cf. M. Jeanneret, *La Lettre perdue, écriture et folie dans l'œuvre de Nerval*, Flammarion, Paris, 1978.

suppose des connaissances exactes en mythologie ou en ésotérisme) que souple et indécise par son allusivité même. Qui sont le prince d'Aquitaine, la « seule étoile morte », Phébus, Lusignan, Biron... ? On peut le savoir, on le sait, les interprétations s'amoncellent ou divergent... Mais le sonnet peut aussi se lire sans que le lecteur ordinaire sache rien de ces référents, en se laissant simplement saisir par la cohérence phonique et rythmique seule, qui limite tout en les permettant les associations libres inspirées par chaque mot ou nom propre.

On comprend ainsi que le triomphe sur la mélancolie est tout autant dans la constitution d'une famille symbolique (ancêtre, personnage mythique, communauté ésotérique), que dans la construction d'un objet symbolique indépendant : le sonnet. Construction due à l'auteur, elle se substitue à l'idéal perdu au même titre qu'elle inverse les ténèbres chagrines en chant lyrique absorbant « *les soupirs de la sainte et les cris de la fée* ». Le pôle nostalgique — « *ma seule étoile est morte* » — se mue en voix féminines incorporées dans cette anthropophagie symbolique qu'est la composition du poème, dans la prosodie créée par l'artiste. On interprétera dans un sens analogue la présence massive de noms propres dans les textes et, en particulier, dans les poésies de Nerval.

Noms-indices : c'est

La série des noms propres essaie de prendre la place laissée vide par le manque d'un seul nom. Nom paternel ou Nom de Dieu. « *Ô mon père ! est-ce toi que je sens en moi-même ?/ As-tu pouvoir de vivre et de vaincre la mort ?/ Aurais-tu succombé sous un dernier effort / De cet ange des nuits que frappa l'anathème... / Car je me sens tout seul à pleurer et souffrir, / Hélas ! et, si je meurs, c'est que tout va mourir*[22] *!* »

22. *Le Christ des Oliviers*, in *O.C.*, t. I, *op. cit.*, p. 37.

Cette complainte christique à la première personne ressemble fort à la plainte biographique d'un orphelin ou de celui qui manque d'appui paternel (Mme Labrunie meurt en 1810, le père de Nerval, Étienne Labrunie, est blessé à Wilna en 1812). Le Christ abandonné par son père, la passion du Christ descendant seul aux enfers, attire Nerval et il l'interprète comme un signal, au sein même de la religion chrétienne, de la « mort de Dieu » proclamée par Jean-Paul que Nerval cite en exergue. Délaissé par son père qui déroge de ce fait à sa toute-puissance, le Christ meurt et entraîne toute créature dans cet abîme.

Le mélancolique nervalien s'identifie au Christ abandonné par le Père, il est un athée qui ne semble plus croire au mythe de « *ce fou, cet insensé sublime... Cet Icare oublié qui remontait les cieux*[23] ». S'agit-il, chez Nerval, de ce nihilisme qui secoue l'Europe de Jean-Paul à Dostoïevski et à Nietzsche, et qui fait retentir, jusqu'à l'exergue du *Christ des Oliviers*, la célèbre parole de Jean-Paul : « *Dieu est mort! le ciel est vide... / Pleurez! enfants, vous n'avez plus de père!* » ? Le poète identifié au Christ semble le suggérer : « *"Non, Dieu n'existe pas!" Ils dormaient. Mes amis, savez-vous* la nouvelle ? *J'ai touché de mon front à la voûte éternelle; / Je suis sanglant, brisé, souffrant pour bien des jours! / Frères, je vous trompais : Abîme! abîme! abîme! / Le Dieu manque à l'autel où je suis la victime... / Dieu n'est pas! Dieu n'est plus!" Mais ils dormaient toujours!...*[24] »

Mais peut-être sa philosophie est-elle plus encore un christianisme immanent couvert d'ésotérisme. Au Dieu mort, il substitue le Dieu caché, non pas du jansénisme, mais d'une spiritualité diffuse, refuge ultime d'une identité psychique catastrophiquement angoissée : « *Souvent dans l'être obscur habite un Dieu caché; / Et, comme un œil naissant couvert par ses paupières, / Un pur esprit s'accroît sous l'écorce des pierres*[25]. »

23. *Ibid.*, p. 38.
24. *Ibid.*, p. 36.
25. *Ibid.*, p. 39.

L'accumulation des noms propres (qui réfèrent à des personnages historiques, mythiques et surtout ésotériques) réalise cette nomination impossible de l'Un, sa pulvérisation ensuite, son revirement enfin vers la région obscure de la Chose innommable. C'est dire que nous ne sommes pas ici dans le débat interne au monothéisme juif ou chrétien, sur la possibilité ou non de nommer Dieu, sur l'unicité ou la multiplicité de ses noms. Dans la subjectivité nervalienne, la crise de la nomination et de l'autorité garante de l'unicité subjective est plus profonde.

L'Un ou Son Nom étant considéré mort ou nié, la possibilité s'offre de le remplacer par des séries de filiations imaginaires. Ces familles ou fraternités ou doubles mythiques, ésotériques ou historiques que Nerval impose fébrilement à la place de l'Un semblent avoir cependant et en définitive une valeur incantatoire, conjuratoire, rituelle. Plus que leur référent concret, ces noms propres indiquent, plutôt qu'ils ne signifient, une présence massive, incontournable, innommable, comme s'ils étaient l'anaphore de l'objet unique : non pas l'« équivalent symbolique » de la mère, mais le déictique « ceci », vide de signification. Les noms propres sont les gestes qui pointent l'être perdu dont s'échappe d'abord « le soleil noir de la mélancolie », avant que ne s'installe l'*objet* érotique séparé du sujet endeuillé, en même temps que l'*artifice des signes* langagiers qui transpose cet objet au plan symbolique. En fin de compte et par-delà leur valeur idéologique, le poème intègre ces anaphores au titre de signes sans signifié, d'*infra-*, de *supra-*signes qui, par-delà la communication, essaient de toucher l'objet mort ou intouchable, de s'approprier l'être innommable. Ainsi donc, la sophistication d'un savoir polythéiste a pour fonction ultime de nous conduire au seuil de la nomination, au bord de l'insymbolisé.

De se représenter cet insymbolisé comme un objet maternel, source de chagrin et de nostalgie, mais aussi de vénération rituelle, l'imaginaire mélancolique le sublime et se dote d'une protection contre l'effondrement dans l'asymbolie. Nerval formule ainsi le triomphe provisoire de cette véritable treille de noms propres hissés de l'abîme de la « Chose » perdue : *« Je criai longtemps, invoquant ma mère sous les noms donnés aux divinités antiques*[26]. »

Commémorer le deuil

Ainsi le passé mélancolique ne passe-t-il pas. Celui du poète non plus. Il est l'historien permanent non pas tellement de son histoire réelle, mais des événements symboliques qui ont conduit son corps à la signification ou qui menacent sa conscience de sombrer.

Le poème nervalien a ainsi une fonction hautement mnémotique *(« une prière à la déesse Mnémosyne »*, écrit-il dans *Aurélia*[27]*)*, au sens d'une commémoration de la genèse des symboles et de la vie fantasmatique en des textes qui deviennent la seule vie « réelle » de l'artiste : « *Ici a commencé pour moi ce que j'appellerai l'épanchement du songe dans la vie réelle. A dater de ce moment, tout prenait parfois un aspect double*[28]... » On suivra par exemple, dans un passage d'*Aurélia*, l'enchaînement des séquences suivantes : mort de la femme (mère) aimée, identification avec celle-ci et avec la mort, mise en place d'un espace de solitude psychique soutenu par la perception d'une forme bi-sexuelle ou a-sexuelle, et enfin éclatement de la tristesse que résume la mention de la *Mélancolie* de Dürer. Le passage suivant peut être interprété comme une commémoration de la « position dépressive » chère aux kleiniens[29] : « ... *je vis devant moi une femme au teint blême, aux yeux caves, qui me semblait avoir les traits d'Aurélia. Je me dis : "C'est* sa mort *ou la mienne qui m'est annoncée !"* [...] *J'errais dans un vaste édifice composé de plusieurs salles* [...] *Un être d'une grandeur démesurée, — homme*

26. *« Fragments du manuscrit d'Aurélia »*, in *O.C.*, t. I, *op. cit.*, p. 423.
27. *Aurélia*, *op. cit.*, p. 366.
28. *Ibid.*, p. 367.
29. Cf. *supra*, chapitre I., pp. 28 sq, 33 sq.

ou femme, je ne sais — voltigeait péniblement au-dessus de l'espace [...] *Il ressemblait à l'Ange de la* Mélancolie, *d'Albrecht Dürer. — Je ne pus m'empêcher de pousser des cris d'effroi, qui me réveillèrent en sursaut*[30]. » La symbolique du langage et, plus fortement, du texte prend le relais de l'effroi et triomphe pour un temps sur la mort de l'autre ou de soi-même.

Variations du « double »

Veuf ou poète, être stellaire ou tombal, identifié à la morte ou vainqueur orphique — ce ne sont que quelques-unes des ambiguïtés que nous révèle la lecture de *El Desdichado* et qui imposent le *dédoublement* comme figure centrale de l'imaginaire nervalien.

Loin de refouler le désagrément que provoque la perte de l'objet (perte archaïque ou perte actuelle), le mélancolique installe la Chose ou l'objet perdus en soi, s'identifiant d'une part aux aspects bénéfiques et d'autre part aux aspects maléfiques de la perte. Nous voici face à une première condition du dédoublement de son moi, amorçant une série d'identifications contradictoires que le travail de l'imaginaire essaiera de concilier : juge tyrannique et victime, idéal inaccessible ou malade irrécupérable, etc. Les figures vont se succéder, se rencontrer, se poursuivre ou s'aimer, se soigner, se rejeter. Frères, amis ou ennemis, les doubles pourront engager une véritable dramaturgie de l'homosexualité.

Toutefois, lorsqu'un des personnages se sera identifié avec le sexe féminin de l'objet perdu, la tentative de conciliation par-delà le clivage débouchera sur une féminisation du locuteur ou sur l'androgynie : « *A dater de ce moment, tout prenait parfois un aspect double*[31]... » Aurélia, « *une dame que j'avais aimée longtemps* », est morte. Mais « je me dis : "*C'est*

30. *Aurélia, op. cit.*, p. 366.
31. *Ibid.*, p. 367.

sa mort *ou la mienne qui m'est annoncée*[32] *!* » Ayant trouvé le buste funéraire d'Aurélia, le narrateur retrace l'état mélancolique provoqué en lui par la nouvelle de sa maladie : « *Je croyais moi-même n'avoir que peu de temps à vivre* [...] *D'ailleurs, elle m'appartenait bien plus dans sa mort que dans sa vie*[33]. » Elle et lui, la vie et la mort, sont ici des entités qui se reflètent en miroir, interchangeables.

Après une évocation de la création en gestation, d'animaux préhistoriques et de cataclysmes divers *(« Partout mourait, pleurait ou languissait l'image souffrante de la Mère éternelle*[34] *»),* vient un autre double. Il s'agit d'un prince d'Orient dont le visage est celui du locuteur : « *C'était toute ma forme idéalisée et grandie*[35]. »

N'ayant pu s'unir à Aurélia, le narrateur la métamorphose en double idéal et, cette fois-ci, masculin : « *"L'homme est double", me disais-je. — "Je sens deux hommes en moi*[36]*."* » Spectateur et acteur, locuteur et répondant, retrouvent cependant la dialectique projective du bon et du mauvais : « *En tout cas, l'*autre *m'est hostile.* » L'idéalisation vire à la persécution, et entraîne un « sens double » à tout ce que le narrateur entend... D'être habité par ce mauvais double, par un « *mauvais génie qui avait pris ma place dans le monde des âmes* », l'amant d'Aurélia redouble de désespoir. Comble de malheur, il imagine que son double « *devait épouser Aurélia* » — « *aussitôt un transport insensé s'empara de moi* », alors que tout autour on se moque de son impuissance. Conséquence de ce dramatique dédoublement, des cris féminins et des mots étrangers — autres indices du dédoublement, cette fois-ci sexuel et verbal — déchirent le rêve nervalien[37]. La rencontre, sous une treille, d'une femme qui est le double physique d'Aurélia, le plonge à nouveau dans l'idée qu'il doit

32. *Ibid.*, p. 365.
33. *Ibid.*, p. 378.
34. *Ibid.*, p. 383.
35. *Ibid.*, P. 384.
36. *Ibid.*, p. 385.
37. *Ibid.*, p. 388.

mourir pour la rejoindre, comme s'il était l'alter ego de la morte[38].

Les épisodes de dédoublement s'enchaînent et varient, mais convergent tous vers la célébration de deux figures fondamentales : vers la Mère universelle, Isis ou Marie, et vers l'apologie du Christ dont le narrateur se veut le double ultime. « *Une sorte de chœur mystérieux arrive à mon oreille; des voix enfantines répétaient en chœur : Christe! Christe! Christe!* [...] *"Mais le Christ n'est plus", me disais-je*[39]. » Le narrateur descend aux enfers comme le Christ et le texte s'arrête sur cette image, comme s'il n'était pas sûr du pardon et de la résurrection.

Le thème du pardon s'impose en effet dans les dernières pages d'*Aurélia* : fautif de n'avoir pas pleuré ses vieux parents aussi vivement qu'il a pleuré « cette femme », le poète ne peut espérer le pardon. Cependant, « *le pardon du Christ a été aussi prononcé pour toi*[40] *!* ». Ainsi l'aspiration au pardon, une tentative d'adhérer à la religion qui promet la survie, hantent ce combat contre la mélancolie et le dédoublement. Face au « *soleil noir de la mélancolie* », le narrateur d'Aurélia affirme « *Dieu c'est le Soleil*[41] ». S'agit-il d'une métamorphose résurrectionnelle ou d'un envers par rapport à un avers solidaire qu'est le « soleil noir » ?

Dire le morcellement

Par moments, le dédoublement devient un morcellement « moléculaire » que métaphorise des courants sillonnant un « jour sans soleil » : « *Je me sentais emporté sans souffrance dans un courant de métal fondu, et mille fleuves pareils, dont les teintes indiquaient les différences chimiques, sillonnaient le sein de la terre comme des vaisseaux et les veines qui*

38. *Ibid.*, p. 399.
39. *Ibid.*, p. 401-402.
40. *Ibid.*, p. 415.
41. *Ibid.*, p. 398.

serpentent parmi les lobes du cerveau. Tous coulaient, circulaient et vibraient ainsi, et j'eus le sentiment que ces courants étaient composés d'âmes vivantes, à l'état moléculaire, que la rapidité de ce voyage m'empêchait seule de distinguer[42]. »

Étrange perception, admirable connaissance de la dislocation accélérée qui sous-tend le processus mélancolique et la psychose sous-jacente. Le langage de cette accélération vertigineuse prend un aspect combinatoire, polyvalent et totalisant, que dominent les processus primaires. Cette activité symbolique souvent rebelle à la représentation, « non figurative », « abstraite », est génialement perçue par Nerval : « *Le langage de mes compagnons avait des* tours mystérieux *dont je comprenais le sens, les objets* sans forme *et sans vie se prêtaient eux-mêmes aux* calculs *de mon esprit ; — des* combinaisons *de cailloux, des* figures d'angles, *de* fentes *ou d'ouvertures, des* découpures *de feuilles, des couleurs, des odeurs et des sons, je voyais ressortir des harmonies jusqu'alors inconnues. Comment, me disais-je, ai-je pu exister si longtemps hors de la nature et sans m'identifier à elle ? Tout vit, tout agit, tout se correspond* [...] *C'est un* réseau *transparent qui couvre le monde* [...][43]. »

Le cabalisme ou les théories ésotériques des « correspondances » apparaissent ici. Toutefois, le passage cité est aussi une extraordinaire allégorie du polymorphisme prosodique propre à cette écriture dans laquelle Nerval semble privilégier le réseau des intensités, des sons et des significations plutôt que la communication d'une information univoque. En effet, ce « réseau transparent » indique le texte nervalien lui-même, et nous pouvons le lire comme une métaphore de la sublimation : transposition des pulsions et de leurs objets dans des signes déstabilisés et recombinés qui rendent l'écrivain capable de « *prendre part à mes joies et à mes douleurs*[44] ».

42. *Ibid.*, p. 370.
43. *Ibid.*, p. 407. Nous soulignons. Cf. *supra* chap. I, pp. 36-38, à propos de la représentation de la mort.
44. *Ibid.*, p. 407.

Quelles que soient les allusions à la maçonnerie et à l'initiation, et peut-être parallèlement à elles, l'écriture de Nerval évoque (comme dans une analyse) des expériences psychiques archaïques que peu de personnes atteignent par leur discours conscient. Que les conflits psychotiques de Nerval aient pu favoriser un tel accès aux limites de l'être du langage et de l'humanité, cela semble évident. Chez Nerval la mélancolie n'est qu'un des versants de ces conflits qui pouvaient aller jusqu'au morcellement schizophrénique. Cependant, par sa place charnière dans l'organisation et la désorganisation de l'espace psychique, aux limites de l'affect et du sens, de la biologie et du langage, de l'asymbolie et de la signification vertigineusement rapide ou éclipsée, c'est bien la mélancolie qui domine la représentation nervalienne. La création d'une prosodie et d'une polyphonie indécidables des symboles autour du « point noir » ou du « soleil noir » de la mélancolie est ainsi l'antidote de la dépression, un salut provisoire.

La mélancolie sous-tend la « crise des valeurs » qui secoue le XIXe siècle et qui s'exprime dans la prolifération ésotérique. L'héritage du catholicisme se trouve mis en cause, mais ses éléments relatifs aux états de crise psychique sont repris et insérés dans un syncrétisme spiritualiste polymorphe et polyvalent. Le Verbe est vécu moins comme incarnation et euphorie que comme *quête d'une passion* demeurant innommable ou secrète, et comme *présence d'un sens absolu* paraissant aussi omnivalent qu'insaisissable et abandonnique. Une véritable expérience mélancolique des ressources symboliques de l'homme est vécue alors, à l'occasion de la crise religieuse et politique ouverte par la Révolution. Walter Benjamin a insisté sur le substrat mélancolique de cet imaginaire privé de la stabilité classique ainsi que catholique, et cependant soucieux de se doter d'une nouveau sens (tant que nous parlons, tant que les artistes créent) qui demeure cependant essentiellement déçu, déchiré par la noirceur ou l'ironie du Prince des ténèbres (tant que nous vivons orphelins mais créateurs, créateurs mais abandonnés...).

Toutefois, *El Desdichado*, comme toute la poésie nervalienne et sa prose poétique, tente une formidable *incarnation* de cette signification débridée qui bondit et vacille dans la polyvalence des ésotérismes. En assumant la dissipation du sens — réplique dans le texte d'une identité morcelée —, les thèmes du sonnet retracent une véritable archéologie du deuil affectif et de l'épreuve érotique, surmontés par l'assimilation de l'archaïque dans le langage de la poésie. En même temps, cette assimilation se fait en outre par l'oralisation et la musicalisation des signes eux-mêmes, rapprochant ainsi le sens du corps perdu. Au sein même de la crise des valeurs, l'écriture poétique mime une résurrection. « *J'ai deux fois vainqueur traversé l'Achéron...* » Il n'y aura pas de troisième fois.

La sublimation est un allié puissant du Desdichado, mais à condition qu'il puisse recevoir et accepter la parole de quelqu'un d'autre. Or, l'autre ne fut pas au rendez-vous de celui qui est allé rejoindre — sans lyre cette fois-ci, mais seul sous la nuit d'un réverbère — « *les soupirs de la sainte et les cris de la fée* ».

VII

Dostoïevski, l'écriture de la souffrance et le pardon

Apologie de la souffrance

L'univers tourmenté de Dostoïevski (1821-1881) est sans doute dominé davantage par l'épilepsie que par une mélancolie au sens clinique du terme[1]. Si Hippocrate identifiait les deux mots, si Aristote les différenciait tout en les comparant, l'actualité clinique les considère comme des entités foncièrement séparées. Toutefois, on retiendra, dans les écrits de Dostoïevski, l'abattement qui précède, ou surtout suit, la crise telle que l'écrivain la décrit lui-même, ainsi que l'hypostase de la souffrance qui, sans rapport explicite et immédiat avec l'épilepsie, s'impose tout au long de son œuvre comme le trait essentiel de l'anthropologie dostoïevskienne.

Curieusement, l'insistance de Dostoïevski à pointer l'existence d'une souffrance précoce ou au moins primordiale, à l'orée de la conscience, rappelle la thèse freudienne d'une « pulsion de la mort » originaire, porteuse des désirs, et d'un « masochisme primaire[2] ». Tandis que chez Melanie Klein

1. Le texte canonique de Freud sur Dostoïevski envisage l'écrivain du point de vue de l'épilepsie, de l'amoralisme, du parricide et du jeu, et n'aborde qu'allusivement le « sado-masochisme » sous-jacent à la souffrance. Cf. « Dostoïevski et le parricide », 1927, traduction française in *Résultats, Idées, Problèmes*, t. II, P.U.F., Paris, 1985, pp. 161-179; *S.E.*, t. XXI, p. 175 sq.; *GW*, t. XIV, p. 173 sq. Pour une discussion de cette thèse, cf. Philippe Sollers, « Dostoïevski, Freud, la roulette », in *Théorie des Exceptions*, Folio, Gallimard, Paris, 1986.

2. Cf. *supra* chap. I, p. 26-31.

la projection le plus souvent précède l'introjection, l'agression devance la souffrance et la position paranoïdo-schizoïde sous-tend la position dépressive, Freud insiste sur ce que l'on pourrait appeler un degré-zéro de la vie psychique où la souffrance (« masochisme primaire », « mélancolie ») non érotisée serait l'inscription psychique primordiale d'une rupture (mémoire du saut entre matière inorganique et matière organique ; affect de la séparation entre le corps et l'éco-système, l'enfant et la mère, etc. ; mais aussi effet mortifère d'un surmoi permanent et tyrannique).

Dostoïevski semble très proche d'une telle vision. Il envisage la souffrance comme un affect précoce et primaire, réagissant à un traumatisme certain, mais en quelque sorte pré-objectal, auquel on ne saurait assigner un agent séparé du sujet et susceptible, en conséquence, d'attirer vers l'extérieur des énergies, des inscriptions psychiques, des représentations ou des actes. Comme sous l'impact d'un surmoi lui aussi précoce et qui rappelle le surmoi mélancolique envisagé chez Freud comme « une culture de la pulsion de la mort », les pulsions des héros dostoïevskiens se retournent sur leur espace propre. Au lieu de devenir des pulsions érotiques, elles s'inscrivent comme une humeur de souffrance. Ni dedans ni dehors, entre deux, au seuil de la séparation moi/autre et avant même que celle-ci soit possible, s'érige la souffrance dostoïevskienne.

Les biographes signalent que Dostoïevski préférait fréquenter des gens enclins au chagrin. Il le cultivait en soi et l'exaltait dans ses textes comme dans sa correspondance. Citons une lettre à Maïkov, du 27 mai 1869, écrite à Florence : « *Le principal c'est la tristesse, mais si on en parle ou explique davantage, il faudrait en dire beaucoup plus. Pourtant le chagrin est tel que si j'étais seul, je serais peut-être devenu malade de chagrin... De toute façon la tristesse est terrible, et pire encore en Europe, je regarde tout ici comme une bête. Quoi qu'il arrive, j'ai décidé de rentrer le printemps prochain à Petersbourg...* »

La crise épileptique et l'écriture sont parallèlement les

hauts lieux d'une tristesse paroxystique qui s'inverse en une jubilation mystique hors du temps. Ainsi, dans les *Carnets des Possédés* ou *Démons* (le roman paraît en 1873) : « *Crise à 6 heures du matin (le jour et presque l'heure du supplice de Tropmann). Je ne l'ai pas entendue, me suis réveillé à 8 heures avec la conscience d'une crise. La tête faisait mal, le corps était brisé. En général, les suites de la crise, c'est-à-dire nervosité, affaiblissement de la mémoire, état brumeux et en quelque sorte contemplatif se prolongent maintenant davantage que les années précédentes. Avant cela se passait en trois jours, et maintenant, pas avant six jours. Le soir surtout, aux bougies, une* tristesse hypocondriaque sans objet et comme une nuance rouge, sanglante *(non pas une teinte) sur tout*[3]... » Ou : « *rire nerveux et tristesse mystique*[4] », répète-t-il en référence implicite à l'*acedia* des moines du Moyen Age. Ou encore : Comment écrire ? « *Souffrir, beaucoup souffrir...* »

La souffrance ici semble être un « en trop », une puissance, une volupté. Le « point noir » de la mélancolie nervalienne a cédé à un torrent passionnel, à un affect hystérique si l'on veut, dont le débordement fluide emporte les signes placides et les compositions apaisées de la littérature « monologique ». Celui-ci confère au texte dostoïevskien une polyphonie vertigineuse, et impose comme vérité ultime de l'homme dostoïevskien une chair rebelle qui jouit de ne pas se soumettre au Verbe. Volupté de la souffrance qui n'a « *aucune froideur et aucun désenchantement, rien de ce qui a été mis à la mode par Byron* », mais a « *soif de voluptés, démesurée et insatiable* », « *soif de vie inextinguible* », y compris « *volupté du vol, du banditisme, volupté du suicide*[5] ». Cette exaltation de l'humeur, qui peut s'inverser de la souffrance en une jubilation incommensurable, est admirablement décrite par Kirilov dans les moments qui précèdent le suicide ou la crise : « *Il y a des instants, ils durent cinq ou*

3. Nous soulignons. *Carnet des Démons*, in *Les Démons*, La Pléiade, Gallimard, Paris, 1955, pp. 810-811.
4. *Ibid.*, p. 812.
5. *Ibid.*, p. 1154.

six secondes, quand vous sentez soudain la présence de l'harmonie éternelle, vous l'avez atteinte. Ce n'est pas terrestre : je ne veux pas dire que ce soit une chose céleste, mais que l'homme sous son aspect terrestre est incapable de la supporter. Il doit se transformer physiquement ou mourir. C'est un sentiment clair, indiscutable, absolu [...]. Ce n'est pas de l'attendrissement [...] ce n'est même pas de l'amour; oh! c'est supérieur à l'amour. Le plus terrible, c'est que c'est si épouvantablement clair. Et une joie si immense avec ça! Si elle durait plus de cinq secondes, l'âme ne la supporterait pas et devrait disparaître [...]. Pour supporter cela dix secondes, il faudrait se transformer physiquement [...].

— Vous n'êtes pas épileptique ?

— Non.

— Vous le deviendrez. Faites attention, Kirilov : j'ai entendu dire que c'était précisément ainsi que débutait l'épilepsie [...]. » Et à propos de la courte durée de cet état : « *Rappelez-vous la cruche de Mahomet, qui n'avait pas eu le temps de se vider tandis que Mahomet faisait à cheval le tour du paradis. La cruche, ce sont vos cinq secondes, et cela ne ressemble que trop à votre harmonie; or, Mahomet était épileptique. Faites attention à l'épilepsie Kirilov*[6]. »

Irréductible aux sentiments, l'affect dans son double aspect de flux énergétique *et* d'inscription psychique — lucide, clair, harmonieux, quoique hors langage — est ici traduit avec une extraordinaire fidélité. L'affect ne passe pas par le langage et lorsque le langage s'y réfère, celui-ci ne s'y lie pas comme il se lie à une idée. La verbalisation des affects (inconscients ou non) n'a pas la même économie que celle des idées (inconscientes ou non). On peut supposer que la verbalisation des affects inconscients ne les rend pas conscients (le sujet ne sait pas plus qu'avant d'où et comment vient sa joie ou sa tristesse et ne les modifie pas), mais les fait opérer doublement. D'une part, les affects *redistribuent l'ordre du langage* et donnent naissance à un style. D'autre part, ils

6. *Les Démons, op. cit.*, pp. 619-620.

montrent l'inconscient en des personnages et des actes qui représentent les motions pulsionnelles les plus interdites et transgressives. La littérature, comme l'hystérie qui pour Freud est une « œuvre d'art déformée », est une *mise en scène* des affects au niveau intersubjectif (les personnages) comme au niveau intralinguistique (le style).

C'est probablement une telle intimité avec l'affect qui a conduit Dostoïevski à cette vision selon laquelle l'humanité de l'homme réside moins dans la recherche d'un plaisir ou d'un bénéfice (idée qui sous-tend jusqu'à la psychanalyse freudienne malgré la prédominance finalement accordée à un « au-delà du principe du plaisir »), que dans l'aspiration à une souffrance voluptueuse. Différente de l'animosité ou de la rage, moins objectale, plus repliée sur la personne propre, en deçà de cette souffrance il n'y aurait que la perte de soi dans la nuit du corps. C'est une pulsion de mort inhibée, un sadisme entravé par le vigile de la conscience, et retourné sur le moi désormais douloureux et inactif : « *Ma rage est soumise à une sorte de décomposition chimique, en vertu justement de ces mêmes maudites lois de la conscience. A peine ai-je distingué l'objet de ma haine, le voilà qui s'évanouit, les motifs se dissipent, le responsable est disparu, l'insulte n'est plus une insulte, mais un coup du destin, quelque chose comme un mal de dents, dont personne n'est fautif*[7]. » Enfin, cette plaidoirie pour la souffrance digne de l'*acedia* médiévale, voire de Job : « *Et pourquoi êtes-vous donc si inébranlablement, si solennellement convaincu que seul est nécessaire le normal, le positif, le bien-être en un mot? La raison ne se trompe-t-elle pas dans ses estimations? Il se peut que l'homme n'aime pas que le bien-être. Ne se peut-il pas qu'il aime tout autant la souffrance? Ne se peut-il pas que la souffrance lui soit tout aussi avantageuse que le bien-être? L'homme se met parfois à aimer passionnément la souffrance : c'est un fait [...].* » Très dostoïevskienne, la définition de la souffrance comme liberté affirmée, comme *caprice:*

7. *Le Sous-sol*, La Pléiade, Gallimard, Paris, 1955, p. 699.

« Ce n'est pas précisément la souffrance que je défends ici ou le bien-être : c'est mon caprice, et j'insiste pour qu'il me soit garanti, s'il le faut. Dans les vaudevilles par exemple, les souffrances ne sont pas admises, je le sais; on ne peut non plus les admettre dans un palais de cristal : il y a doute, il y a négation dans la souffrance [...]. La souffrance! mais c'est l'unique cause de la conscience! [...]. La conscience, à mon avis, est un des plus grands maux de l'homme; mais je sais que l'homme l'aime et ne l'échangera contre nulle satisfaction, quelle qu'elle soit[8]. »

Le transgresseur, ce « surhomme » dostoïevskien qui se cherche, par exemple, à travers l'apologie du crime en Raskolnikov, n'est pas un nihiliste, mais un homme de valeurs[9]. Sa souffrance en est la preuve qui résulte d'une permanente recherche du sens. Celui qui a la conscience de son acte transgresseur en est par là même puni car il en souffre : « *en reconnaissant son erreur. C'est son châtiment indépendamment du bagne*[10] »; « *la souffrance, la douleur sont inséparables d'une*

8. *Ibid.*, pp. 713-714.

9. Nietzsche associe Napoléon et Dostoïevski dans une réflexion sur « le criminel et ceux qui lui ressemblent » : les deux génies dévoileraient la présence d'une « existence catilinaire » au fondement de toute expérience exceptionnelle porteuse d'une transmutation des valeurs. « Pour le problème qui nous intéresse, le témoignage de Dostoïevski est d'un grand poids. (Dostoïevski est, soit dit en passant, le seul psychologue qui ait eu quelque chose à m'apprendre. Je le compte au nombre des plus belles aubaines de ma vie, plus encore que ma découverte de Stendhal.) Cet homme profond, qui avait mille fois raison de tenir en piètre estime les superficiels Allemands, a longtemps vécu parmi les forçats de Sibérie [...]. » Et selon la version W. II. 6. : « Le type du criminel, c'est le type de l'homme fort placé dans des conditions défavorables : de sorte que tous les instincts, frappés de mépris, de peur, de déshonneur, habituellement se mêlent inextricablement de sentiments *dépressifs*, c'est-à-dire, physiologiquement parlant, *dégénèrent* » (F. Nietzsche, *Œuvres complètes, Le Crépuscule des idoles*, Gallimard, Paris, 1974, p. 140 et 478). Tout en appréciant l'apologie du « génie esthétique » et « criminel » chez Dostoïevski, Nietzsche s'insurge souvent contre ce qui lui paraît être la psychologie maladive du christianisme pris dans les rets de l'amour, et que déploie l'écrivain russe : il y aurait un « idiotisme infantile » dans l'Évangile comme dans un « roman russe », selon *l'Antéchrist*. On ne saurait souligner la fascination qu'exerce Dostoïevski sur Nietzsche qui y voit le précurseur de son surhomme, sans relever surtout le malaise que suscite chez le philosophe allemand le christianisme dostoïevskien.

10. *Crime et Châtiment*, La Pléiade, Gallimard, Paris, 1967, p. 317.

haute intelligence, d'un grand cœur. Les vrais grands hommes doivent, me semble-t-il, éprouver une immense tristesse sur terre[11] ». Ainsi, lorsque Nicolas s'accusera d'avoir commis un crime alors qu'il est innocent, Porphyre croira déceler dans cette accusation zélée la vieille tradition mystique russe qui exalte la souffrance comme indice d'humanité : « *Savez-vous [...] ce que l'expiation est pour certains de ces gens-là? Ils ne pensent pas expier pour quelqu'un, non, mais ils ont tout simplement soif de souffrir et si cette souffrance leur est imposée par les autorités, ce n'en est que mieux*[12]. » « *Souffrez donc! Mikolka a peut-être raison de vouloir souffrir*[13]*!* »

La souffrance serait un fait de la conscience, la conscience (pour Dostoïevski) dit : souffre. « *Conscient et par conséquent souffrant, or je ne veux pas souffrir, car à quelle fin consentirais-je à souffrir? La nature, par le canal de ma conscience, me notifie je ne sais quelle harmonie du Tout. La conscience humaine a bâti des religions sur cette notification [...], me soumettre, accepter la souffrance en vue de l'harmonie du Tout et consentir à vivre [...]. Et pourquoi devrais-je prendre tant de souci de sa conversation (du Tout) après moi, je vous le demande! Il aurait mieux valu que je fusse créé pareil à tous les animaux, c'est-à-dire vivant mais non rationnellement conscient de moi-même : ma conscience est précisément non pas une harmonie mais au contraire une discordance, puisque je suis malheureux par elle. Voyez qui est heureux au monde, et quelles gens* consentent *à vivre! Justement, ceux qui sont semblables à des animaux et, par le peu de développement de leur conscience, plus proches de la condition animale*[14]. » Dans cette optique, le suicide nihiliste lui-même serait un accomplissement de la condition de l'homme doué de conscience mais... dépourvu d'amour-pardon, de sens idéal, de Dieu.

11. *Ibid.*, p. 318.
12. *Ibid.*, pp. 514-515
13. *Ibid.*, p. 520.
14. *Une sentence*, in *Journal d'un écrivain*, La Pléiade, Gallimard, Paris, 1972, pp. 725-726.

Une souffrance antérieure à la haine

Ne nous hâtons pas d'interpréter ces propos comme un aveu de masochisme pathologique. N'est-ce pas de *signifier* la haine, la destruction de l'autre et peut-être avant tout sa propre mise à mort, que l'être humain survit comme animal symbolique ? Une violence exorbitante, mais freinée, débouche sur la mise à mort du moi par lui-même pour que naisse le sujet. D'un point de vue diachronique, nous sommes là au seuil inférieur de la subjectivité, avant que ne se détache un *autre* qui soit *objet* d'attaque haineuse ou amoureuse. Or, ce même freinage de la haine permet aussi la maîtrise des signes : je ne t'attaque pas, je *parle* (ou j'écris) *ma* peur ou *ma* douleur. Ma souffrance est la doublure de ma parole, de ma civilisation. On imagine les risques masochistes de cette civilité. L'écrivain, quant à lui, peut en tirer une jubilation par la manipulation qu'il saura, sur cette base, infliger aux signes et aux choses.

La souffrance et son envers solidaire, la jouissance ou la « volupté » au sens de Dostoïevski, s'imposent comme l'indice ultime d'une rupture précédant de peu l'autonomisation (chronologique et logique) du sujet et de l'Autre. Il peut s'agir d'une rupture bioénergétique interne ou externe, ou bien d'une rupture symbolique due à un abandon, à un châtiment, à un bannissement. On ne rappellera jamais assez la sévérité du père de Dostoïevski honni par ses moujiks et peut-être même mis à mort par eux (selon certains biographes, aujourd'hui réfutés). La souffrance est la première ou la dernière tentative du sujet d'affirmer son « propre » au plus près de l'unité biologique menacée et du narcissisme mis à l'épreuve. Aussi cette exagération humorale, cette enflure prétentieuse du « propre » dit-elle une donnée essentielle du psychisme en train de se constituer ou de s'effondrer sous la loi d'un Autre déjà dominant quoique encore méconnu dans son altérité toute-puissante, sous l'œil de l'idéal du moi soudé au moi idéal.

L'*érotisation* de la souffrance paraît secondaire. Elle n'advient en effet qu'en s'intégrant dans le courant d'une agressivité sadomasochique orientée vers l'autre qui la colore de volupté et de caprice, l'ensemble pouvant être alors rationalisé comme une expérience métaphysique de liberté ou de transgression. Cependant, à un degré logiquement et chronologiquement antérieur, la souffrance apparaît comme le seuil ultime, l'affect primaire, de la distinction ou de la séparation. On ajoutera, dans cette optique, les observations récentes selon lesquelles le sentiment d'harmonie ou de joie provoquées par l'approche de la crise épileptique ne serait qu'un après-coup de l'imaginaire qui, à la suite de la crise, essaie de s'approprier positivement le moment blanc, disruptif, de cette souffrance provoquée par la discontinuité (décharge énergétique violente, rupture de la séquentialité symbolique dans la crise). Dostoïevski aurait ainsi abusé les médecins qui, après lui, ont cru observer, chez les épileptiques, des périodes euphoriques précédant la crise, alors que ce moment de rupture serait en réalité marqué seulement par l'expérience douloureuse de la perte et de la souffrance, et ceci selon l'expérience secrète de Dostoïevski lui-même[15].

On pourrait soutenir que, dans l'*économie masochique*, l'inscription psychique de la discontinuité est vécue comme un trauma ou une perte. Le sujet refoule ou forclôt la violence paranoïde-schizoïde qui, dans cette perspective, serait postérieure à l'inscription psychique douloureuse de la discontinuité. Il régresse alors logiquement ou chronologiquement au registre où les séparations ainsi que les liens (sujet/objet, affect/sens) sont menacés. Cet état se manifeste chez le *mélancolique* par la dominance de l'humeur sur la possibilité même de verbalisation, avant une éventuelle paralysie affective.

Cependant, on pourrait envisager le *symptôme épileptique* comme une autre variante de ce retrait du sujet qui, menacé

15. Cf. J. Catteau, *La Création littéraire chez Dostoïevski*, Institut d'études slaves, Paris, 1978, pp. 125-180.

de se trouver dans la position paranoïde-schizoïde, retrouve par la décharge motrice une mise en acte muette de la « pulsion de mort » (rupture de la conductibilité neurologique, interruption des liens symboliques, mise en échec de l'homéostase de la structure vivante).

Dans cette perspective, la *mélancolie* comme humeur brisant la continuité symbolique, mais aussi l'*épilepsie* comme décharge motrice sont des dérobades du sujet vis-à-vis de la relation érotique avec l'autre et notamment vis-à-vis des potentialités paranoïdes-schizoïdes du désir. En revanche, on peut interpréter l'idéalisation et la sublimation comme une tentative d'échapper à la même confrontation mais en signifiant la régression et ses ambivalences sadomasochiques. Dans ce sens, le *pardon*, coextensif la sublimation, désérotise au-delà d'Éros. Au couple Éros/Thanatos se substitue le couple Éros/Pardon qui permet à la mélancolie potentielle de ne pas se figer en retrait affectif du monde, mais de *traverser la représentation* des liens agressifs et menaçants avec l'autre. C'est dans la représentation, pour autant qu'elle s'étaie sur l'économie idéale et sublimatoire du pardon, que le sujet peut, non pas agir, mais former — *poïein* — sa pulsion de mort aussi bien que ses liens érotiques.

Dostoïevski et Job

L'être souffrant chez Dostoïevski rappelle l'aventure paradoxale de Job qui avait d'ailleurs tant frappé l'écrivain : « *Je lis le livre de Job qui me procure une exaltation maladive : j'arrête ma lecture et me promène dans ma chambre une heure durant, en pleurant presque* [...]. *Fait étrange, Anna, ce livre est un des premiers qui m'ait frappé... et j'étais alors presque un nourrisson*[16]. » Job, homme prospère et fidèle à Iahvé,

16. Dostoïevski, *Lettres à sa femme*, t. II, 1875-1880, Plon, Paris, 1927, p. 61, lettre du 10 juin 1875.

A propos de l'intérêt de Dostoïevski pour Job, B. Boursov, *La Personnalité de Dostoïevski* (en russe), in *Zvezda*, 1970, n° 12, p. 104 : « Il souffrait de Dieu et

se voit brusquement frappé — par Iahvé ou par Satan ? — de diverses infortunes... Mais ce « déprimé », objet de railleries *(« T'adresserons-nous la parole ? Tu es déprimé[17] ! »)*, n'est triste en somme que parce qu'il tient à Dieu. Que ce Dieu soit impitoyable, injuste avec les fidèles, généreux avec les impies ne le conduit pas à rompre son contrat divin. Au contraire, il se vit constamment sous l'œil de Dieu, et constitue un aveu saisissant de la dépendance du déprimé vis-à-vis de son surmoi mêlé au moi idéal : « *Qu'est-ce qu'un homme pour que tu (Dieu) en fasses tant de cas*[18] ? » ; « *Retire-toi de moi pour que je sois un peu gai*[19] ». Pourtant, Job n'apprécie pas Dieu à sa vraie puissance *(« s'il passe près de moi, je ne le vois pas*[20] *»)*, et il faudra enfin que Dieu lui-même récapitule devant son déprimé toute la Création, qu'il affirme sa position de Législateur ou de surmoi susceptible d'idéalisation, pour que Job reprenne de l'espoir. Le souffrant serait-il un narcissique, un homme trop intéressé à lui-même, attaché à sa propre valeur et près de se prendre pour une immanence de la transcendance ? Cependant, après l'avoir puni, Iahvé finalement le gratifie et le met au-dessus de ses détracteurs. « *Vous n'avez pas dit*, leur objecte-t-il, *à mon sujet, la vérité comme mon serviteur Job* [21]. »

De même, chez le chrétien Dostoïevski, la souffrance — indice majeur d'humanité — est-elle la marque de la dépendance de l'homme vis-à-vis d'une Loi divine, aussi bien que de sa différence irrémédiable par rapport à cette Loi. La simultanéité du lien et de la faute, de la fidélité et de la transgression se retrouvent dans l'ordre éthique lui-même où

de l'univers, car il ne voulait pas défendre des lois éternelles de la nature et de l'histoire au point qu'il refusait parfois de reconnaître que ce qui s'accomplissait était accompli. Aussi allait-il comme à l'encontre de tout. » (Repris en livre, éd. Sovietskii Pissatel, 1979.)

17. Job, IV. 2.
18. Job, VII, 17.
19. Job, X, 27.
20. Job, IX, 11.
21. Job, XLII, 8.

l'homme dostoïevskien est idiot par sainteté, révélateur par criminalité.

Cette logique d'interdépendance nécessaire entre loi et transgression ne saurait être étrangère au fait que le déclencheur de la crise épileptique est très souvent une contradiction forte entre amour et haine, désir de l'autre et rejet de l'autre. On peut se demander, d'un autre côté, si la célèbre *ambivalence* des héros de Dostoïevski qui a conduit Bakhtine[22] à postuler un « dialogisme » à la base de sa poétique, n'est pas une tentative de *représenter*, par l'agencement des discours et par les conflits entre les personnages, cette opposition sans solution synthétique des deux forces (positive et négative) propres à la pulsion et au désir.

Cependant, si l'on rompait le lien symbolique, notre Job deviendrait Kirilov, un terroriste suicidaire. Merejkovski[23] n'a pas tout à fait tort de voir dans le grand écrivain le précurseur de la révolution russe. Il la redoute certes, il la rejette et la stigmatise, mais c'est lui qui en connaît l'avènement sournois dans l'âme de son homme souffrant, prêt à trahir l'humilité de Job pour l'exaltation maniaque du révolutionnaire se prenant pour Dieu (telle est, selon Dostoïevski, la foi socialiste des athées). Le narcissisme du déprimé s'inverse en la manie du terrorisme athée : Kirilov est l'homme sans Dieu qui a pris la place de Dieu. La souffrance cesse pour que s'affirme la mort : la souffrance était-elle un barrage contre le suicide et contre la mort ?

Suicide et terrorisme

On se souviendra d'au moins deux solutions, toutes les deux fatales, de la souffrance dostoïevskienne — voile ultime du chaos et de la destruction.

Kirilov est persuadé que Dieu n'existe pas, mais, en adhé-

22. Cf. M. Bakhtine, *La Poétique de Dostoïevski*, Seuil, Paris, 1970.
23. Cf. D. Merejkovski, *Prophète de la révolution russe*, 1906 (en russe).

rant à l'instance divine, il veut hisser la liberté humaine à la hauteur de l'absolu par l'acte négateur et libre par excellence qu'est pour lui le suicide. *Dieu n'existe pas — Je suis Dieu — Je n'existe pas — Je me suicide*, telle serait la logique paradoxale de cette négation d'une paternité ou divinité absolue, néanmoins maintenue pour que je m'en empare.

Raskolnikov, en revanche, et comme dans une défense maniaque contre le désespoir, reporte sa haine non pas sur soi, mais sur un autre dénié, dénigré. Par son crime gratuit qui consiste à tuer une femme insignifiante, il brise le contrat chrétien (« Tu aimeras ton prochain comme toi-même »). Il dénie son amour pour l'objet originaire (« Puisque je n'aime pas ma mère, mon prochain est insignifiant, ce qui me permet de le supprimer sans gêne », semble-t-il dire) et, à partir de cet implicite, il s'autorise à réaliser sa haine contre un entourage et une société ressentis comme persécuteurs.

Le sens métaphysique de ces comportements est, on le sait, la négation nihiliste de la valeur suprême qui révèle aussi une incapacité à symboliser, penser, assumer la souffrance. Le nihilisme suscite chez Dostoïevski la révolte du croyant contre l'érasement transcendantal. Le psychanalyste relèvera la fascination, au moins ambiguë, de l'écrivain aussi bien pour certaines défenses maniaques mises en place contre cette souffrance que pour la dépression exquise qu'il cultive par ailleurs comme doublures nécessaires et antinomiques de son écriture. Que ces remparts soient abjects, l'abandon de la morale, la perte du sens de la vie, le terrorisme ou la torture, si fréquents dans notre actualité, ne cessent de nous le rappeler. L'écrivain, quant à lui, a choisi l'adhésion à l'orthodoxie religieuse. Cet « obscurantisme », si violemment dénoncé par Freud, est, tout compte fait, moins néfaste pour la civilisation que le nihilisme terroriste. Reste, avec et par-delà l'idéologie, l'écriture : combat douloureux et permanent pour composer une œuvre en bord à bord avec les voluptés innommables de la destruction et du chaos.

La religion ou bien la manie, fille de la paranoïa, sont-elles

les seuls contre-poids au désespoir ? La création artistique les intègre et les dépense. Ainsi les œuvres d'art nous conduisent-elles à établir des rapports moins destructeurs, plus apaisants, avec nous-mêmes et avec les autres.

Une mort sans résurrection. Le temps apocalyptique

Devant le *Christ mort* de Holbein, Mychkine aussi bien qu'Hypolite dans *L'Idiot* (1869) doutent de la Résurrection. La mort si naturelle, si implacable, de ce cadavre ne semble laisser aucune place à la rédemption : « *Le spectacle de ce visage tuméfié, couvert de blessures sanguinolentes est effrayant,* écrit Anna Grigorievna Dostoïevskaïa dans ses souvenirs[24], *aussi, trop faible pour regarder plus longtemps, dans la situation où je me trouvais alors, je m'en allais dans une autre salle. Mais mon mari semblait anéanti. On peut trouver dans* L'Idiot *un reflet de l'impression très forte que ce tableau fit sur lui. Quand je revins au bout de vingt minutes, il était encore là, à la même place, enchaîné. Son visage ému portait cette expression de frayeur que j'avais déjà remarquée très souvent au début des crises d'épilepsie. Je le pris doucement par le bras, l'emmenai de la salle et le fis asseoir sur un banc, attendant d'une minute à l'autre la crise, qui, par bonheur, n'eut pas lieu. Il se calma peu à peu, mais en sortant du musée il n'insista pas pour revoir une fois encore ce tableau*[25]. »

24. Cf. A.G. Dostoïevskaïa, *Dostoïevski*, Gallimard, Paris, 1930, p. 173 ; le texte se rapporte à leur voyage en Suisse en 1867.

25. Dans les notes sténographiques de son *Journal*, datées du 24/12 août 1867, l'épouse de l'écrivain marque : « Dans le musée de la ville de Bâle, Fiodr Mihaïlovitch a vu le tableau de Hans Holbein. Celui-ci l'a terriblement impressionné et il m'a dit alors qu'"un tel tableau peut vous faire perdre la foi". » Selon L.P. Grossman, Dostoïevski aurait connu l'existence de ce tableau depuis son enfance à partir des *Lettres du voyageur russe* de Karamzine qui considère qu'il n'y a « rien de divin » dans ce *Christ* de Holbein. Le même critique suppose vraisemblable la lecture par Dostoïevski de *la Mare au diable* de George Sand qui insiste sur l'impact de la souffrance dans l'œuvre de Holbein. (Cf. L.P. Grossman, *F.M. Dostoïevski*, Molodaïa Gvardia, 1962, et *Séminaire sur Dostoïevski*, 1923, en russe.)

Un temps aboli pèse sur ce tableau, l'inéluctable de la mort effaçant toute promesse de projet, de continuité ou de résurrection. Un temps apocalyptique que Dostoïevski connaît bien : il l'évoque devant la dépouille mortelle de sa première femme Maria Dmitrievna (« Il n'y aura plus de temps »), en référence à l'Apocalypse (X, 6), et le prince Mychkine en parle dans les mêmes termes à Rogojine *(« A ce moment j'ai l'impression de comprendre la singulière parole :* Il n'y aura plus de temps *»),* mais en envisageant, comme Kirilov, une version bienheureuse, à la Mahomet, de cette suspension temporelle. Pour Dostoïevski, suspendre le temps, c'est suspendre la foi dans le Christ : « *Donc tout dépend de ceci : accepte-t-on le Christ comme l'idéal définitif sur la terre. Cela revient à dire que tout dépend de la foi dans le Christ. Si l'on croit au Christ on croit aussi qu'on vivra éternellement*[26]. » Et pourtant quel pardon, quel salut face au néant irrémédiable de cette chair sans vie, de cette solitude absolue dans le tableau de Holbein ? L'écrivain est troublé, comme il le fut devant le cadavre de sa première femme en 1864.

Qu'est-ce que le tact ?

Le sens de la mélancolie ? Rien qu'une souffrance abyssale qui ne parvient pas à se signifier et qui, ayant perdu le sens, perd la vie. Ce sens est l'affect insensé que l'analyste ira chercher avec un maximum d'empathie, par-delà le ralentissement moteur et verbal de ses déprimés, dans le ton de leur voix ou bien en découpant leurs mots dévitalisés, banalisés, usés, mots desquels a disparu tout appel à l'autre, pour essayer précisément de joindre l'autre dans les syllabes, dans les fragments et dans leur recomposition[27]. Une telle écoute analytique suppose du *tact.*

26. *Héritage littéraire*, éd. Nauka, n° 83, p. 174, cité par J. Catteau, *op. cit.*, p. 174.
27. Cf. *supra*, chap. II, pp. 66-69.

Qu'est-ce que le tact ? Entendre vrai avec le pardon. *Pardon* : donner en plus, miser sur ce qui est là pour renouveler, pour faire repartir le déprimé (cet étranger replié sur sa blessure), et lui donner la possibilité d'une nouvelle rencontre. La gravité de ce pardon apparaîtra au mieux dans la conception qu'en développe Dostoïevski à propos du sens de la mélancolie : entre la souffrance et le passage à l'acte, l'activité esthétique est un pardon. Ici se marque le christianisme orthodoxe de Dostoïevski qui imprègne de fond en comble l'œuvre de l'artiste. Ici se noue aussi — plus qu'au lieu de sa complicité imaginaire avec le criminel — le malaise que suscitent ses textes chez le lecteur moderne pris dans le nihilisme.

En effet, toute imprécation moderne contre le christianisme — jusques et y compris celle de Nietzsche — est une imprécation contre le pardon. Cependant, ce « pardon » entendu comme complaisance avec l'avilissement, ramollissement et refus de puissance n'est peut-être que l'image qu'on se fait d'un christianisme décadent. Au contraire, la *gravité* du pardon — telle qu'elle opère dans la tradition théologique et telle que la réhabilite l'expérience esthétique qui s'identifie à l'abjection pour la traverser, nommer, dépenser — est inhérente à l'économie de la renaissance psychique. Ainsi apparaît-elle en tout cas sous le tranchant bienveillant de la pratique analytique. De ce lieu, la « perversion du christianisme » stigmatisée par Nietzsche chez Pascal[28] mais qui se trouve aussi déployée avec force dans l'ambivalence du pardon esthétique chez Dostoïevski est un puissant combat contre la paranoïa hostile au pardon. La trajectoire de Raskolnikov en est un exemple qui passe par sa mélancolie, sa dénégation terroriste et, enfin, sa reconnaissance qui s'avère être une renaissance.

28. « ... la perversion de Pascal qui croyait à la perversion de sa raison par le péché originel, alors qu'elle n'était pervertie que par son christianisme » (*L'Antéchrist*, in *Œuvres complètes*, Gallimard, Paris, 1974, p. 163).

La mort : une inaptitude au pardon

L'idée du pardon habite totalement l'œuvre de Dostoïevski. *Humiliés et Offensés* (1861) nous fait rencontrer, dès les premières pages, un cadavre ambulant. Ce corps qui ressemble à un mort, mais qui en réalité est au seuil de la mort, hante l'imaginaire de Dostoïevski. Lorsqu'il verra le tableau de Holbein à Bâle en 1867, son impression aura sans doute été de retrouver une vieille connaissance, un fantôme intime : « *Ce qui m'avait frappé aussi, c'était sa maigreur extrême ; il n'avait presque plus de corps, c'était comme s'il ne lui restait que la peau sur les os. Ses yeux, grands mais éteints, entourés d'un cerne bleu sombre, regardaient toujours droit devant eux, jamais de côté, et jamais ils ne voyaient rien, j'en suis convaincu* [...] *A quoi pense-t-il ? continuais-je à part moi, qu'a-t-il dans la tête ? Et pense-t-il encore à quelque chose ? Son visage est si mort qu'il n'exprime déjà absolument plus rien*[29]. »

Ceci n'est pas une description du tableau de Holbein, mais d'un personnage énigmatique qui fait son entrée dans *Humiliés et Offensés*. Il s'agit d'un vieillard dénommé Smith, le grand-père de la petite épileptique Nelly, le père d'une fille « romantique et déraisonnable » à laquelle il ne pardonnera jamais sa relation avec le prince P.A. Valkovski, relation qui anéantira la fortune de Smith, la jeune femme et Nelly elle-même, bâtarde du prince.

Smith a la dignité rigide et mortifère de celui qui ne pardonne pas. Il inaugure, dans le roman, une série de personnages profondément humiliés et offensés qui ne peuvent pardonner et qui à l'heure de la mort maudissent leur tyran avec une intensité passionnelle qui fait deviner qu'au seuil de la mort même, c'est le persécuteur qui est désiré. Tel est le cas de la fille de Smith et de Nelly elle-même.

A cette série s'opposera une autre : celle du narrateur écrivain comme Dostoïevski, et de la famille des Ikhméniev qui,

29. *Humiliés et Offensés*, La Pléiade, Gallimard, Paris, 1953, p. 937.

dans des circonstances analogues à celles de la famille Smith, humiliés et offensés, finissent par pardonner, non pas au cynique, mais à la jeune victime. (Nous reviendrons sur cette différence lorsque nous insisterons sur la prescription du crime qui ne l'efface pas mais permet au pardonné de « refaire son chemin ».)

Soulignons pour l'instant l'impossibilité du pardon : Smith ne pardonne ni à sa fille ni à Valkovski, Nelly pardonne à sa mère mais pas à Valkovski, la mère ne pardonne ni à Valkovski ni à son père aigri. Comme dans une danse macabre, l'humiliation sans pardon mène la ronde et conduit « cet égoïsme de la souffrance » à la condamnation à mort de tous dans et par le récit. Un message caché semble se dégager : le condamné à mort est celui qui ne pardonne pas. Le corps déchu dans la vieillesse, la maladie et la solitude, tous les signes physiques de la mort inéluctable, la maladie et la tristesse elle-même, indiqueraient en ce sens une inaptitude au pardon. Le lecteur déduit, à la suite, que le *Christ mort* lui-même serait un Christ imaginé comme étranger au pardon. Pour être aussi « réellement mort », ce Christ-là n'a pas été pardonné et il ne pardonnera pas. Au contraire, la Résurrection apparaît comme la manifestation suprême du pardon : en ramenant son Fils à la vie, le Père se réconcilie avec Lui mais, plus encore, en ressuscitant, le Christ manifeste à ses fidèles qu'Il ne les quitte pas : « Je viens à vous, semble-t-il dire, entendez que je vous pardonne. »

Incroyable, incertain, miraculeux et pourtant si fondamental à la foi chrétienne aussi bien qu'à l'esthétique et à la morale de Dostoïevski, le pardon est presque une folie dans *L'Idiot*, un *deus ex machina* dans *Crime et Châtiment*.

En effet, ses crises convulsives mises à part, le prince Mychkine n'est « idiot » que parce qu'il est sans rancune. Ridiculisé, insulté, bafoué, menacé de mort même par Rogojine, le prince pardonne. La miséricorde trouve en lui sa réalisation psychologique littérale : d'avoir trop souffert, il prend sur soi la misère des autres. Comme s'il avait entrevu la souffrance sous-jacente aux agressions, il passe outre, s'efface et même console. Les scènes de violence arbitraire qu'il subit et que Dostoïevski évoque avec la puissance du tragique et du grotesque lui font certes mal : rappelons-nous sa compassion pour la vie sexuelle d'une jeune paysanne suisse, honnie par son village, qu'il apprendra aux enfants à aimer ; ou la moquerie enfantine et amoureusement énervée d'Aglaïa à son égard, dont il n'est même pas dupe sous l'apparence d'une bonhomie distraite ; ou les assauts hystériques de Nastassia Philipovna, à l'encontre de ce prince déchu dont elle sait qu'il est seul à l'avoir comprise ; jusqu'au coup de couteau enfin que lui donne Rogojine dans le sombre couloir de cet hôtel où Proust a vu le génie de Dostoïevski se manifester comme inventeur de nouveaux espaces. Le prince est choqué par ces violences, le mal lui fait mal, l'horreur est loin d'être oubliée ou neutralisée en lui, mais il se ressaisit, et son malaise bienveillant manifeste une « intelligence principale », comme dira Aglaïa : « *Car, si vous êtes effectivement malade d'esprit (ne m'en veuillez pas de dire cela, je l'entends d'un point de vue supérieur), l'intelligence principale est, en revanche, plus développée chez vous que chez aucun d'eux, à un degré même dont ils n'ont aucune idée. Car il y a deux intelligences, l'une qui est fondamentale et l'autre qui est secondaire. N'est-ce pas*[30] *?* » Cette « intelligence » le conduit à apaiser son agresseur et à harmoniser le groupe dont il apparaît, en conséquence, non pas comme l'élément mineur, l'« étranger » ou le « rebut[31] », mais comme le leader spirituel, discret et indépassable.

L'objet du pardon

Quel est l'objet du pardon ? Les offenses bien sûr, toute blessure morale et physique, et, en définitive, la mort. La faute sexuelle est au cœur des *Humiliés et Offensés* et elle

30. *L'Idiot*, La Pléiade, Gallimard, Paris, 1953, p. 521.
31. *Ibid.*, p. 515.

accompagne nombre de personnages féminins chez Dostoïevski (Nastassia Philipovna, Grouchenka, Natacha...), comme elle est indiquée aussi dans les perversions masculines (le viol de mineurs par Stavroguine, par exemple) pour représenter un des motifs principaux du pardon. Cependant le mal absolu demeure la mort et, quelles que soient la volupté de la souffrance ou les raisons qui conduisent le héros dostoïevskien aux limites du suicide et du meurtre, Dostoïevski condamne implacablement le meurtre, c'est-à-dire la mort que l'être humain est capable de donner. Il ne semble pas distinguer le meurtre fou du meurtre comme punition morale infligée par la justice des hommes. S'il devait établir une distinction entre les deux, il pencherait pour le supplice et la douleur qui, en l'érotisant, semble « cultiver » et donc humaniser le meurtre et la violence aux yeux de l'artiste[32]. Il ne pardonne pas, en revanche, la mort froide, irrévocable, la mort toute « propre » par la guillotine : elle est « le supplice le plus cruel ». « *Qui a pu dire que la nature humaine était capable de supporter cette épreuve sans tomber dans la folie*[33] ? » En effet, pour le condamné à la guillotine, le pardon est impossible. Le visage d'un « *condamné au moment où il va être guillotiné, quand il est déjà sur l'échafaud et attend qu'on l'attache à la bascule*[34] » évoque au prince Mychkine le tableau de Bâle : « *C'est de ce tourment et de cette angoisse que le Christ a parlé*[35]. »

Dostoïevski, lui-même condamné à mort, fut grâcié. Le pardon tire-t-il son importance dans la vision dostoïevskienne du beau et du juste, de cette tragédie dénouée au dernier

32. Cette érotisation de la souffrance parallèle à un rejet de la peine de mort évoque les positions analogues du marquis de Sade. Le rapprochement entre les deux écrivains a été établi, non sans malveillance, par les contemporains de Dostoïevski. Ainsi, dans une lettre datée du 24 février 1882 et adressée à Saltykov-Chtchedrine, Tourgueniev note que Dostoïevski, comme Sade, « décrit dans ses romans les plaisirs des sensuels » et il s'indigne contre le fait que « les évêques russes ont célébré des messes et lu des louanges à ce surhomme, à notre Sade à nous ! Dans quel temps étrange vivons-nous ? ».

33. *L'Idiot, op. cit.*, p. 27.

34. *Ibid.*, p. 77.

35. *Ibid.*, p. 27.

moment ? Est-il possible que le pardon venant après une mort déjà imaginée, déjà vécue si l'on peut dire, et qui a nécessairement embrasé une sensibilité aussi électrique que celle de Dostoïevski, puisse réellement *relever* cette mort : l'effacer et réconcilier le condamné avec la puissance condamnante ? Un grand élan de réconciliation avec le pouvoir abandonnique, redevenu idéal désirable, est sans doute nécessaire pour que reprenne la vie redonnée et que s'établisse le contact avec les autres retrouvés[36]. Un élan sous lequel cependant demeure souvent inapaisée l'angoisse mélancolique du sujet déjà mort une fois, quoique miraculeusement ressuscité... L'alternance s'installe alors dans l'imaginaire de l'écrivain, entre l'indépassable de la souffrance et l'éclat du pardon, scandant par leur éternel retour l'ensemble de son œuvre.

L'imaginaire dramatique de Dostoïevski, ses personnages déchirés suggèrent surtout la difficulté, voire l'impossibilité de cet amour-pardon. On trouve peut-être l'expression la plus condensée de ce trouble déclenché par la nécessité *et* l'impossibilité de l'amour-pardon dans les notes de l'écrivain à la mort de sa première femme Maria Dmitrievna : « *Aimer l'homme* comme soi-même *selon la prescription du Christ, c'est impossible. On est enchaîné par la loi de l'individu sur terre ? Le* Moi *empêche*[37]. »

36. On se souviendra à cet égard du lien filial que Dostoïvski a noué avec le procureur général Constantin Pobiedonostsev, figure despotique incarnant l'obscurantisme tsariste. Cf. Tsvetan Stoyanov, *Le Génie et son tuteur*, Sofia, 1978.

37. *Héritage littéraire*, t. 83, 1971, pp. 173-174, du 16 avril 1864. La réflexion de Dostoïevski continue : « Seul le Christ en a été capable, mais le Christ fut éternel, un idéal spéculaire, vers lequel aspire et selon les lois de la nature doit aspirer l'homme. Entre-temps, après l'apparition du Christ comme un idéal de l'homme dans la chair, il est apparu clair comme le jour que le développement supérieur et suprême de l'individu précisément doit arriver à ceci [...] que l'utilisation suprême que l'homme pourrait faire de son individualité, du développement complet de son *Moi* — c'est d'une certaine façon d'anéantir ce Moi, de le donner tout entier à tous et à chacun, entièrement et éperdument. C'est un bonheur suprême. Ainsi, la loi du Moi se confond avec la loi de l'humanisme, et, dans la fusion des deux, du *Moi* et de *Tous* [...] se réalise leur suppression mutuelle et réciproque, et en même temps chacun en particulier atteint le but de son développement individuel.

« C'est précisément le paradis du Christ [...]

L'artifice du pardon et de la résurrection cependant impératifs pour l'écrivain éclate dans *Crime et Châtiment* (1866).

De la tristesse au crime

Raskolnikov se décrit lui-même comme un personnage triste : « *Écoute, Razoumikhine* [...] *j'ai donné tout mon argent* [...] *je me sens triste, si triste! comme une femme... vrai...*[38] », et sa propre mère le perçoit comme un mélancolique : « *Sais-tu, Dounia, je vous regardais tout à l'heure tous les deux; tu lui ressembles comme deux gouttes d'eau et non pas tant physiquement que moralement, vous êtes tous les deux* [Raskolnikov et sa sœur Dounia] *mélancoliques, sombres et emportés, orgueilleux tous les deux et nobles*[39]. »

Comment cette tristesse s'inverse-t-elle en crime ? Dostoïevski ausculte ici un aspect essentiel de la dynamique dépressive : l'oscillation entre le moi et l'autre, la projection sur le moi de la haine contre l'autre et, vice versa, le retournement contre l'autre de la dépréciation du moi. Qu'est-ce qui est premier : la haine ou la dépréciation ? L'apologie dos-

« Mais il est, à mon avis, entièrement absurde d'atteindre ce but suprême, si en atteignant le but tout s'éteint et disparaît, c'est-à-dire si la vie humaine ne continue pas après la réalisation de ce but. Par conséquent, il existe une vie future, paradisiaque.

« Où se trouve-t-elle, sur quelle planète, dans quel centre, est-ce le centre ultime, au sein de la synthèse universelle, c'est-à-dire en Dieu — nous n'en savons rien. Nous connaissons seulement un trait de la future nature de l'être futur qui peut-être ne s'appellera même pas un homme (donc, nous n'avons aucune idée des êtres que nous serons). » Dostoïevski poursuit en envisageant que cette synthèse utopique où s'effacent les limites du Moi au sein d'une fusion amoureuse avec les autres, se réaliserait par une suspension de la sexualité génératrice de tensions et de conflits : « Là-bas, c'est l'être entièrement synthétique, éternellement jouissant et plein, pour lequel comme si le temps n'existait plus. » L'impossibilité de sacrifier le Moi par amour pour un être différent (« Moi et Macha ») produit le sentiment de souffrance et l'état de péché : « Ainsi, l'homme doit sans cesse éprouver la souffrance qui s'équilibre par la jouissance paradisiaque de l'accomplissement de la Loi, c'est-à-dire par le sacrifice » (*ibid.*).

38. *Crime et Châtiment*, *op. cit.*, p. 242.

39. *Ibid.*, p 291.

toïevskienne de la souffrance laisse supposer, nous l'avons vu, que Dostoïevski privilégie l'autodévalorisation, l'humiliation de soi, voire une sorte de masochisme sous l'œil sévère d'un surmoi précoce et tyrannique. Dans cette optique, le crime est une réaction de défense contre la dépression : le meurtre de l'autre protège du suicide. La « théorie » et l'acte criminel de Raskolnikov démontrent parfaitement cette logique. L'étudiant lugubre et qui se laisse vivre comme un clochard échafaude, on s'en souvient, un « *classement des hommes en ordinaires et extraordinaires* » : les premiers servent la procréation, les seconds ont « *le don et le talent de dire, dans leur milieu, une parole nouvelle* ». « *Dans la seconde [*catégorie*], tous transgressent la loi; ce sont des destructeurs ou du moins des êtres qui tentent de détruire suivant leurs moyens*[40]. » Appartient-il lui-même à cette deuxième catégorie ? Telle sera la fatale question à laquelle l'étudiant mélancolique essaiera de répondre en *osant ou non* passer à l'acte.

L'acte meurtrier extrait le dépressif de la passivité et de l'abattement, en le confrontant au seul objet désirable qui est pour lui l'interdit incarné par la loi et le maître : « Faire comme Napoléon[41]. » Le corrélat de cette loi tyrannique et désirable qu'il s'agit de défier n'est qu'une chose insignifiante, une vermine. Qui est la vermine ? Est-ce la victime du meurtre, ou l'étudiant mélancolique lui-même, provisoirement exalté en meurtrier, mais qui se sait profondément nul et abominable ? La confusion persiste, et Dostoïevski met ainsi génialement en évidence l'identification du déprimé avec l'objet haï : « *La vieille n'a été qu'un accident... Je voulais sauver la passion plus vite, je n'ai pas tué l'être humain, mais un principe*[42]. » « *Tout est là, il suffit d'oser! [...] secouer l'édifice dans ses fondements et tout détruire, envoyer tout au diable... Alors, moi, moi j'ai voulu* oser *et j'ai tué [...] Je n'ai agi qu'après mûres réflexions et c'est ce qui m'a perdu [...] Ou*

40. *Ibid.*, p. 313.
41. *Ibid.*, p. 328.
42. *Ibid.*, p. 328.

que, par exemple, si je me demande : l'homme est-il une vermine ? c'est qu'il n'en est pas une pour moi. *Il ne l'est que pour celui à l'esprit duquel ne viennent pas de telles questions, celui qui suit son chemin tout droit sans s'interroger... J'ai voulu tuer, Sonia, sans casuistique,* j'ai tué pour moi-même, pour moi seul *[...] Il me fallait savoir et au plus tôt si j'étais une vermine comme les autres ou un homme ? Si je pouvais franchir l'obstacle*[43]. » Et enfin : « *C'est moi que j'ai assassiné, moi et pas elle, moi-même*[44]. » « *Enfin, je ne suis qu'une vermine irrévocablement... [...] parce que je suis peut-être plus vil, plus ignoble que la vermine que j'ai assassinée*[45]. » Son amie Sonia fait le même constat : « *Ah! qu'avez-vous fait, qu'avez-vous fait de vous-même*[46] ? »

Mère et sœur : mère ou sœur

Entre les deux pôles réversibles de la dépréciation et de la haine, de soi et de l'autre, le passage à l'acte affirme non pas un sujet, mais une position paranoïaque qui forclôt, en même temps que la loi, la souffrance. Dostoïevski envisage deux antidotes à ce mouvement catastrophique : le recours à la souffrance et le pardon. Ce cheminement se fait parallèlement et, peut-être, grâce à une révélation souterraine, obscure, difficilement saisissable dans l'enchevêtrement du récit dostoïevskien, mais pourtant perçue avec une lucidité somnambulique par l'artiste et... par le lecteur.

Les traces de cette « maladie », chose insignifiante ou « vermine », convergent vers la mère et la sœur de l'étudiant morose. Aimées et haïes, attirantes et répulsives, ces femmes retrouvent le meurtrier aux moments cruciaux de son action et de sa réflexion et, comme des paratonnerres, attirent sur elles sa passion ambiguë, à moins qu'elles n'en soient l'ori-

43. *Ibid.*, pp. 477-478.
44. *Ibid.*, p. 479.
45. *Ibid.*, p. 329.
46. *Ibid.*, p. 470.

gine. Ainsi : « *Les deux femmes se précipitèrent sur lui. Mais il restait immobile, glacé, comme si on l'eût privé de vie tout à coup; une pensée brusque et insupportable l'avait foudroyé. Et ses bras ne pouvaient se tendre pour les enlacer: "non, impossible". Sa mère et sa sœur l'étreignaient, l'embrassaient, riaient, pleuraient. Il fit un pas en avant, chancela, et roula par terre, évanoui*[47]. » « *Ma mère, ma sœur, comme je les aimais! D'où vient que je les hais maintenant? Oui, je les hais, d'une haine physique. Je ne puis souffrir leur présence auprès de moi [...] Hum! Elle* [sa mère] *doit être pareille à moi [...] Oh! comme je hais maintenant la vieille! Je crois que je la tuerais encore si elle ressuscitait*[48]*!* » Dans ces derniers propos qu'il prononce dans son délire, Raskolnikov dévoile bien la confusion entre le soi-même avili, sa mère, la vieille assassinée... Pourquoi cette confusion?

L'épisode Svidrigaïlov-Dounia éclaire un peu le mystère : l'homme « débauché » qui a reconnu en Raskolnikov le meurtrier de la vieille dame, désire sa sœur Dounia. Le triste Raskolnikov est de nouveau prêt à tuer, mais cette fois pour défendre sa sœur. Tuer, transgresser, pour protéger son secret sans partage, son impossible amour incestueux? Il le sait presque : « *Oh! Si j'avais pu être seul, seul, sans aucune affection, et moi-même n'aimant personne.* Tout se serait passé autrement[49]. »

La troisième voie

Le pardon apparaît comme la seule issue, la troisième voie entre l'abattement et le meurtre. Il advient dans la foulée des éclaircissements érotiques et apparaît non comme un mouvement d'idéalisation refoulant la passion sexuelle, mais comme sa traversée. L'ange de ce paradis d'après l'apo-

47. *Ibid.*, pp. 243-244.
48. *Ibid.*, p. 329.
49. *Ibid.*, p. 583.

calypse se nomme Sonia, prostituée certes par compassion et souci d'aider sa misérable famille, mais prostituée quand même. Lorsqu'elle suit Raskolnikov au bagne dans un élan d'humilité et d'abnégation, les bagnards l'appellent « *notre mère douce et secourable*[50] ». La réconciliation avec une mère aimante mais infidèle voire prostituée, par-delà et malgré ses « fautes », apparaît ainsi comme une condition de la réconciliation avec soi. Le « soi » devient enfin acceptable parce que placé désormais hors de la juridiction tyrannique du maître. La mère pardonnée et pardonnante devient une sœur idéale et remplace... Napoléon. Le héros humilié et guerroyant peut alors s'apaiser. Nous voici dans la scène bucolique de la fin : une journée claire et douce, une terre inondée de soleil, le temps est arrêté. « *On eût dit que là le temps s'était arrêté à l'époque d'Abraham et de ses troupeaux*[51]. » Et même s'il reste sept ans de bagne, la souffrance est désormais liée au bonheur : « *Mais Raskolnikov était régénéré, il le savait, il le sentait de tout son être. Quant à Sonia, elle ne vivait que pour lui*[52]. »

Ce dénouement ne saurait paraître surajouté qu'à condition d'ignorer l'importance fondamentale de l'idéalisation dans l'activité sublimatoire de l'écriture. A travers Raskolnikov et autres démons interposés, n'est-ce pas sa propre dramaturgie intenable que l'écrivain relate ? L'imaginaire est cet étrange lieu où le sujet risque son identité, se perd jusqu'au seuil du mal, du crime ou de l'asymbolie, pour les traverser et en témoigner... depuis un ailleurs. Espace dédoublé, il ne tient qu'à être solidement accroché à l'idéal qui autorise la violence destructrice à se *dire* au lieu de se *faire*. C'est la sublimation, elle a besoin du *par-don.*

Atemporalité du pardon

Le pardon est anhistorique. Il brise l'enchaînement des effets et des causes, des châtiments et des crimes, il suspend

50. *Ibid.*, p. 608.
51. *Ibid.*, p. 611.
52. *Ibid.*, p. 612.

le temps des actes. Un espace étrange s'ouvre dans cette intemporalité qui n'est pas celui de l'inconscient sauvage, désirant et meurtrier, mais sa contrepartie : sa sublimation en connaissance de cause, une harmonie amoureuse qui n'ignore pas ses violences mais les accueille, ailleurs. Confrontés à cette suspension du temps et des actes dans l'atemporalité du pardon, nous comprenons ceux pour lesquels Dieu seul peut pardonner[53]. Dans le christianisme cependant, la suspension, certes divine, des crimes et des châtiments est *d'abord* le fait des hommes[54].

Insistons sur cette atemporalité du pardon. Elle n'est pas l'Age d'or des mythologies antiques. Lorsque Dostoïevski envisage cet Age d'or, il fait annoncer sa rêverie par Stavroguine *(Les Possédés)*, Versilov *(L'Adolescent)* et dans « Le Rêve d'un homme ridicule » (*Journal d'un écrivain*, 1877). Il prend comme support *Acis et Galatée* de Claude Lorrain.

En véritable contrepoint au *Christ mort* de Holbein, cette représentation de l'idylle entre le jeune berger Acis et la néréide Galatée sous l'œil courroucé mais pour un temps dompté de Polyphème l'amant en titre, figure l'Age d'or de l'inceste, le paradis pré-œdipien narcissique. L'Age d'or est hors temps parce qu'il se soustrait au désir de mettre à mort le père, en baignant dans le fantasme de la toute-puissance du fils au sein d'une « Arcadie narcissique[55] ». Voici comment Stavroguine le ressent : *« Il y a au musée de Dresde un tableau de Claude Lorrain qui figure au catalogue sous le titre* Acis et Galatée, *je crois. Moi, je l'appelais, je ne sais pourquoi,* l'Age d'or *[...]. C'est ce tableau que je vis en rêve, non comme un tableau pourtant, mais comme une réalité. C'était, de même que dans le tableau, un coin de l'Archipel grec, et j'étais,*

53. Comme le remarque Hannah Arendt : « Le principe romain d'épargner les vaincus *(parcere subjectis)* [est] une sagesse totalement inconnue des Grecs », in *Condition de l'homme moderne*, Calmann-Lévy, Paris, 1961, p. 269.

54. Ainsi, entre autres, Matt, VI, 14-15 : « Si vous pardonnez aux hommes leurs manquements, votre Père céleste vous pardonnera aussi; mais si vous ne pardonnez pas aux hommes, votre Père non plus ne vous pardonnera pas vos manquements. »

55. Selon l'expression d'A. Besançon, *le Tsarevitch immolé*, Paris, 1967, p. 214.

semble-t-il, revenu plus de trois mille ans en arrière. Des flots bleus et caressants, des îles et des rochers, des rivages florissants; au loin, un panorama enchanteur, l'appel du soleil couchant... Les mots ne peuvent décrire cela. C'était ici le berceau de l'humanité, et cette pensée remplissait mon âme d'un amour fraternel. C'était le paradis terrestre; les dieux descendaient du ciel et s'unissaient aux hommes; ici s'étaient déroulées les premières scènes de la mythologie. Ici vivait une belle humanité. Les hommes se réveillaient et s'endormaient heureux et innocents; les bois retentissaient de leurs joyeuses chansons; le surplus de leurs forces abondantes s'épanchait dans l'amour, dans la joie naïve. Et je le sentais, tout en discernant l'avenir immense qui les attendait et dont ils ne se doutaient même pas, et mon cœur frémissait à ces pensées. Oh! comme j'étais heureux que mon cœur frémît et que je fusse enfin capable d'aimer! Le soleil déversait ses rayons sur les îles et sur la mer et se réjouissait de ses beaux enfants. Vision admirable! Illusion sublime! Rêve le plus impossible de tous, mais auquel l'humanité a donné toutes ses forces, pour lequel elle a tout sacrifié; au nom duquel on mourut sur la croix, on tua les prophètes, sans lequel les peuples ne voudraient pas vivre, sans lequel ils ne pourraient même pas mourir [...] Mais les rochers et la mer, les rayons obliques du soleil couchant — tout cela, il me semblait encore le voir quand je me réveillai et ouvris les yeux, pour la première fois de ma vie littéralement baignés de larmes [...]. Et brusquement je me rappelai la petite araignée rouge. Je la vis telle que je l'avais contemplée sur la feuille de géranium tandis que le soleil déversait comme en ce moment ses rayons obliques. Quelque chose d'aigu pénétra en moi; [...] Voilà exactement comment les choses se passèrent[56]. »

La rêverie de l'Age d'or est en réalité une dénégation de la culpabilité. En effet, immédiatement après le tableau de Claude Lorrain, Stavroguine voit en rêve la petite bête du remords, l'araignée, qui le retient dans la toile de cette

56. *Les Démons, op. cit.*, pp. 733-734.

conscience malheureuse d'être sous la tyrannie d'une loi répressive et vengeresse, contre laquelle il avait précisément réagi par le crime. L'araignée de la culpabilité introduit l'image de la petite Matriocha violée et suicidée. Entre *Acis et Galatée* ou l'araignée, entre la fuite dans la régression ou le crime en définitive culpabilisant, Stavroguine est comme coupé. Il n'a pas d'accès à la médiation de l'amour, il est étranger à l'univers du pardon.

Bien entendu, c'est Dostoïevski qui se cache sous le masque de Stavroguine, Versilov et l'Homme ridicule rêvant de l'Age d'or. Mais il n'emprunte plus de masque lorsqu'il décrit la scène du pardon entre Raskolnikov et Sonia : en artiste et chrétien, c'est lui, le narrateur, qui assume l'artifice de cette étrange figure qu'est l'épilogue-pardon de *Crime et Châtiment*. La scène entre Raskolnikov et Sonia, tout en rappelant celle d'*Acis et Galatée* par la joie bucolique et la luminosité paradisiaque qui l'imprègnent, ne se réfère pas à l'œuvre de Claude Lorrain ni à l'Age d'or. Étrange « Age d'or » en effet qui se place au cœur même de l'enfer, dans le bagne, près du hangar du bagnard. Le pardon de Sonia évoque la régression narcissique de l'amant incestueux, mais ne se confond pas avec elle : Raskolnikov traverse la césure du bonheur amoureux en se plongeant dans la lecture de l'histoire de Lazare selon l'Évangile que lui prête Sonia.

Le temps du pardon n'est ni celui de la poursuite ni celui de l'antre mythologique *« à voûte de roche vive où l'on ne sent ni le soleil au plus fort de la chaleur ni l'hiver*[57] *»*. Il est celui de la suspension du crime, le temps de sa *prescription*. Une prescription qui connaît le crime et ne l'oublie pas mais, sans s'aveugler sur son horreur, mise sur un départ à neuf, sur un renouveau de la personne[58] : *« Raskolnikov sortit du hangar, s'assit sur un tas de bois amoncelé sur la berge et se mit à contempler le fleuve large et désert. De cette rive éle-*

57. Ovide, « Acis et Galatée », in *Métamorphoses*.

58. H. Arendt rappelle le sens chez saint Luc des mots grecs de « pardon » : « *aphienai, métanoein* : renvoyer, libérer, changer d'avis, revenir, refaire son chemin », *op. cit.*, p. 170.

vée on découvrait une vaste étendue de pays. Du bord opposé et lointain, arrivait un chant dont l'écho retentissait aux oreilles du prisonnier. Là, dans la steppe immense inondée de soleil, apparaissaient, çà et là, en points noirs à peine perceptibles, les tentes de nomades. Là était la liberté, là vivaient les hommes qui ne ressemblaient en rien à ceux du bagne. On eût dit que le temps s'était arrêté à l'époque d'Abraham et de ses troupeaux. Raskolnikov regardait cette lointaine vision, les yeux fixes, sans bouger. Il ne réfléchissait plus ; il rêvait et contemplait, mais en même temps une inquiétude vague l'oppressait.

Tout à coup, Sonia se retrouva à ses côtés. Elle s'était approchée sans bruit et assise auprès de lui. [...] Elle sourit au prisonnier d'un air aimable et heureux mais, selon son habitude, ne lui tendit la main que timidement. [...] Soudain, et sans que le prisonnier sût comment cela était arrivé, une force invisible le jeta aux pieds de la jeune fille. Il se mit à pleurer en enlaçant ses genoux. Au premier moment, elle fut terriblement effrayée et son visage devint mortellement pâle. Elle bondit sur ses pieds et le regarda en tremblant, mais, au même instant, elle comprit tout. Un bonheur infini rayonna dans ses yeux. Elle comprit qu'il l'aimait, elle n'en pouvait douter. Il l'aimait d'un amour sans bornes : la minute longtemps attendue était donc arrivée[59]. »

Ce pardon dostoïevskien semble dire :

Par mon amour, je vous exclus un temps de l'histoire, je vous prends pour un enfant, ce qui signifie que je reconnais les ressorts inconscients de votre crime et vous permets de vous transformer. Pour que l'inconscient s'inscrive dans une nouvelle histoire qui ne soit pas l'éternel retour de la pulsion de la mort dans le cycle crime/châtiment, il lui faut transiter par l'amour du pardon, se transférer à l'amour du pardon. Les ressources du narcissisme et de l'idéalisation impriment leurs marques à l'inconscient et le remodèlent. Car l'inconscient n'est pas structuré comme un langage, mais

59. *Crime et Châtiment, op. cit.*, p. 611. Sur le dialogue et l'amour chez Dostoïevski, cf. Jacques Rolland, *Dostoïevski. La Question de l'Autre*, éd. Verdier, 1983.

comme toutes les marques de l'Autre, y compris et surtout les plus archaïques, « sémiotiques », faites d'autosensualités préverbales que me restitue l'expérience narcissique ou amoureuse. Le pardon *renouvelle l'inconscient* parce qu'il inscrit le droit à la régression narcissique dans l'Histoire et dans la Parole.

Celles-ci s'en trouvent modifiées. Elles ne sont ni fuite linéaire en avant ni éternel retour de la répétition mort-vengeance, mais spirale qui suit le trajet de la pulsion mortelle *et* celui de l'amour-renaissance.

En suspendant la poursuite historique grâce à l'amour, le pardon découvre les potentialités régénérantes propres à la gratification narcissique et à l'idéalisation internes au lien amoureux. Il tient donc compte simultanément de deux registres de la subjectivité : du *registre inconscient* qui arrête le temps par le désir et la mort, et du *registre de l'amour* qui suspend l'ancien inconscient et l'ancienne histoire et amorce une reconstruction de la personnalité dans une nouvelle relation pour un autre. *Mon inconscient est réinscriptible par-delà ce don que quelqu'un d'autre me fait de ne pas juger mes actes.*

Le pardon ne lave pas les actes. Il lève sous les actes l'inconscient et lui fait rencontrer un autre amoureux : un autre qui ne juge pas mais qui entend ma vérité dans la disponibilité de l'amour, et pour cela même permet de renaître. Le pardon est la phase lumineuse de la sombre atemporalité inconsciente : la phase où cette dernière change de loi et adopte l'attachement à l'amour comme un principe de renouvellement de l'autre et de soi.

Le pardon esthétique

On saisit la gravité d'un tel pardon avec et à travers l'inacceptable horreur. Cette gravité est perceptible dans l'écoute analytique qui ne juge ni ne calcule, mais essaie de dénouer et de reconstituer. Sa temporalité spiralée se réalise dans le temps de l'écriture. C'est d'être *séparé* de mon inconscient par un nouveau transfert à un nouvel autre ou à un nouvel idéal, que je suis capable d'*écrire* la dramaturgie de ma violence et de mon désespoir cependant inoubliables. Le temps de cette séparation et de ce recommencement sous-jacent à l'acte même d'écriture n'apparaît pas nécessairement dans les thèmes narratifs qui peuvent ne révéler que l'enfer de l'inconscient. Mais il peut aussi se manifester sous l'artifice d'un épilogue, comme celui de *Crime et Châtiment*, qui suspend une aventure romanesque avant de la faire renaître par un nouveau roman. Le crime non pas oublié mais signifié au travers du pardon, l'horreur écrite, est la condition de la beauté. Il n'y a pas beauté en dehors du pardon qui se souvient de l'abjection et la filtre par les signes déstabilisés, musicalisés, resensualisés, du discours amoureux. *Le pardon est esthétique* et les discours (les religions, les philosophies, les idéologies) qui adhèrent à la dynamique du pardon préconditionnent l'éclosion de l'esthétique dans leur orbe.

Ce pardon comporte au départ une volonté, postulat, ou schème : *le sens existe.* Il ne s'agit pas nécessairement d'un déni du non-sens ou d'une exaltation maniaque à l'encontre du désespoir (même si, dans nombre de cas, ce mouvement peut dominer). Ce geste d'affirmation et d'inscription du sens qu'est le pardon porte en soi, comme en doublure, l'érosion du sens, la mélancolie et l'abjection. En les comprenant il les déplace, en les absorbant il les transforme et les lie pour quelqu'un d'autre. « Il y a un sens » : geste éminemment transférentiel qui fait exister un tiers pour et par un autre. *Le pardon se manifeste d'abord comme la mise en place d'une forme.* Elle a l'effet d'une mise en acte, d'un faire, d'une *poïesis.* Mise en forme des relations entre les individus humiliés et offensés : harmonie du groupe. Mise en forme des signes : harmonie de l'œuvre, sans exégèse, sans explication, sans compréhension. Technique et art. L'aspect « primaire » d'une telle action éclaire pourquoi elle a le pouvoir d'atteindre, en deçà des paroles et des intelligences, les émotions et les corps meurtris. Cependant, cette économie n'a rien de primitif. La possibilité logique de relève *(Aufhebung)* qu'elle implique (non-sens *et* sens, sursaut positif intégrant son néant possible) est consécutive à un accrochage solide du sujet à l'idéal oblatif. Celui qui est dans la sphère du pardon — qui le donne et qui l'accepte — est capable de s'identifier avec un père aimant, père imaginaire, avec lequel, en conséquence, il est prêt à se réconcilier en vue d'une nouvelle loi symbolique.

Le déni est partie prenante de cette opération de relève ou de réconciliation identificatoire. Il procure un plaisir pervers, masochique, dans la traversée de la souffrance vers cette affirmation de nouveaux liens que sont le pardon ainsi que l'œuvre. Cependant, contrairement au déni de la dénégation qui annule le signifiant et conduit à la parole creuse du mélancolique[60], un autre processus entre ici en jeu pour assurer la vie imaginaire.

Il s'agit du pardon essentiel à la sublimation, qui conduit le sujet à une identification complète (réelle, imaginaire et symbolique) avec l'instance même de l'idéal[61]. C'est par l'artifice miraculeux de cette identification toujours instable, inachevée, mais constamment triple (réelle, imaginaire et symbolique) que le corps souffrant du pardonnant — comme de l'artiste — subit une mutation: une « transsubstantiation », dira Joyce. Elle lui permet de vivre une seconde vie, une vie de forme et de sens, quelque peu exaltée ou artificielle aux yeux de ceux qui n'y sont pas, mais qui est la seule condition pour la survie du sujet.

Orient et Occident: Per Filium ou Filioque

La source la plus claire de la notion de *pardon* que le christianisme développera pendant des siècles remonte, dans les Évangi-

60. Cf. chapitre II, pp. 62-69.
61. Cf. sur l'identification, notre *Histoires d'amour*, Denoël, Paris, 1983, pp. 30-51.

les, à saint Paul[62] et à saint Luc[63]. Comme tous les principes de base de la chrétienté, elle sera développée chez saint Augustin, mais c'est chez saint Jean Damascène (au VIIIe siècle) qu'on trouvera une hypostase de la « bienveillance du père » (*eudoxia*), de la « tendre miséricorde » (*eusplankhna*) et de la « condescendance » (le Fils s'abaisse jusqu'à nous) (*synkatabasis*). A rebours, ces notions peuvent être interprétées comme préparant la singularité du christianisme orthodoxe jusqu'au schisme de *Per Filium/Filioque*.

Un théologien semble avoir profondément déterminé la foi orthodoxe qui s'exprime puissamment chez Dostoïevski et donne à l'expérience intérieure propre à ses romans cette intensité émotionnelle, ce pathos mystique si surprenants pour l'Occident. Il s'agit de saint Syméon le Nouveau Théologien (999-1022)[64]. Le récit de la conversion de cet *agrammatos* au christianisme est d'un style qu'on a qualifié de paulinien : « *Pleurant toujours, j'allais en quête de toi, Inconnu, j'oubliais tout... Alors tu parus, toi, invisible, insaisissable... Il me semble, ô Seigneur, que toi, immobile, tu te mouvais, toi, immuable, tu changeais, toi, sans figure, tu prenais une figure... Tu resplendissais outre mesure et semblais m'apparaître tout entier, en tout*[65]... » Saint Syméon comprend la Trinité comme une fusion des différences que sont les trois personnes, et l'énonce intensément à travers la métaphore de la lumière[66].

Lumière et hypostases, unité et apparitions : telle est la logique

62. Ephès, IV, 32 : « Soyez prévenants les uns envers les autres, *bienveillants* (*eusplanknoi*) et pardonnez-vous comme Dieu vous a pardonnés dans le Christ. »

63. « O entrailles de *miséricorde* de notre Dieu par qui va nous visiter d'en haut un Levant » (Lc, I, 78).

64. Cf. saint Syméon le Nouveau Théologien, *Œuvres*, Moscou, 1890 (en russe), et *Sources chrétiennes*, 51.

65. Cité par O. Clément, *L'Essor du christianisme oriental*, P.U.F., Paris, 1964, pp. 25-26.

66. « La lumière Dieu, la lumière Fils et la lumière Saint-Esprit — ces trois lumières sont une même lumière éternelle, indivisible, sans confusion, incréée, finie, incommensurable, invisible, pour autant qu'elle est source de toute lumière » (*Sermon*, 57, in *Œuvres*, Moscou, 1890, t. II, p. 46); « Il n'y a pas de différence entre Dieu qui habite la lumière et la lumière elle-même qui est sa demeure; comme il n'y a pas de différence entre la lumière de Dieu et Dieu. Mais ils sont un même, la demeure et l'habitant, la lumière et Dieu » (*Sermon*, 59, *ibid.*, p. 72); « Dieu est lumière, lumière infinie, et la lumière de Dieu se révèle à nous par sa nature indistinctement inséparable en hypostases [faces, visages]... Le Père est lumière, le Fils est lumière, le Saint-Esprit est lumière, et les trois sont une seule lumière simple, non compliquée, de la même essence, de la même valeur, de la même gloire » (*Sermon*, 62, *ibid.*, p. 105).

de la Trinité byzantine[67]. Elle trouve immédiatement, chez Syméon, son équivalent anthropologique : « *Comme il est impossible qu'il existe un homme avec parole ou esprit sans âme, ainsi il est impossible de penser le Fils avec le Père sans le Saint-Esprit* [...] *Car ton propre esprit, de même que ton âme, est dans ton intelligence, et toute ton intelligence est dans tout ton verbe, et tout ton verbe est dans tout ton esprit, sans séparation et sans confusion. C'est l'image de Dieu en nous*[68]. » Dans cette voie, le croyant se déifie en fusionnant avec le Fils *et* avec l'Esprit : « *Je te rends grâce que sans confusion, sans changement, tu te sois fait un seul Esprit avec moi, bien que tu sois Dieu par-dessus tout, tu sois devenu pour moi tout en tout*[69]. »

Nous touchons ici l'« originalité de l'orthodoxie ». Elle aboutira, à travers maintes controverses institutionnelles et politiques, au schisme accompli au XIe siècle et achevé avec la prise de Constantinople par les Latins en 1204. Sur le plan proprement théologique, c'est Syméon plus que Photius, qui formule la doctrine orientale *Per Filium* opposée au *Filioque* des Latins. Insistant sur l'Esprit, il affirme l'identité de la vie dans l'Esprit et de la vie dans le Christ, cette pneumatologie puissante trouvant dans le Père son origine. Toutefois, une telle instance paternelle n'est pas simplement un principe d'autorité ou une cause mécanique simple : dans le Père, l'Esprit perd son immanence et s'identifie au royaume de Dieu défini à travers des métamorphoses germinales, florales, nutritives et érotiques qui connotent, par-delà l'énergétisme cosmique souvent considéré spécifique à l'Orient, la fusion ouvertement sexuelle avec la Chose aux limites du nommable[70].

67. « Car la Trinité est une unité en trois principes et cette unité s'appelle une trinité en hypostases (visages, faces)... et a aucune de ces hypostases pas un seul instant n'a existé avant l'autre... les trois faces sont sans origine et coéternelles et coessentielles » (*Sermon*, 60, p. 80).

68. *Sermon*, 61, *ibid.*, p. 95.

69. « Préface des hymnes de l'amour divin », PG 612, col. 507-509, cité par O. Clément, *op. cit.*, p. 29.

70. « Je ne parle pas en mon nom personnel, mais au nom du trésor lui-même (que je viens de trouver), c'est-à-dire Jésus-Christ qui parle à travers moi : « Je suis résurrection et vie » (Jn, II, 25), « Je suis le grain de sénevé » (Mtt, XIII, 31-32), « Je suis la perle » (Mtt, XIII, 45-46)... « Je suis la levure » (Mtt, XIII, 33) » (*Sermon*, 89, p. 479). Syméon confie qu'un jour en état « d'excitation infernale et d'écoulement », il s'est adressé à Dieu et a accueilli sa lumière avec de « chaudes larmes », ayant reconnu dans sa propre expérience le royaume divin lui-même que les écritures ont décrit comme une perle (Mtt, XIII, 45-46), un grain de sénevé (Mtt, XIII, 31-32), une levure (Mtt, XIII, 33), de l'eau vive (Jn, IV, 6-42), du feu

Dans cette dynamique, l'Église elle-même apparaît comme un *soma pneumatikon*, un « mystère », plus qu'une institution à l'image des monarchies.

Cette identification extatique des trois hypostases entre elles et du croyant avec la Trinité, ne conduit pas à la conception d'une *autonomie* du Fils (ou du croyant), mais à une *appartenance* pneumatologique de chacun aux autres, que traduit l'expression *Per Filium* (l'Esprit descend du Père *par* le Fils) opposée au *Filioque* (l'Esprit descend du Père *et* du Fils)[71].

Il a été impossible, à l'époque, de trouver la rationalisation de ce mouvement mystique interne à la Trinité et la foi, où, sans perdre sa valeur de personne, l'Esprit fusionne avec les deux autres pôles et, du même coup, leur confère, au-delà de leur valeur d'identité ou d'autorité distinctes, une profondeur abyssale, vertigineuse, certainement aussi sexuelle, dans laquelle se logera l'expérience psychologique de la perte et de l'extase. Le nœud borroméen que Lacan a utilisé comme métaphore de l'unité *et* de la différence entre le Réel, l'Imaginaire et le Symbolique permet peut-être de penser cette logique, si tant est qu'il soit nécessaire de la rationaliser. Or, précisément, tel ne semblait pas être le propos des théologiens byzantins du XIe au XIIIe siècles, préoccupés de décrire une nouvelle subjectivité post-antique plutôt que de la soumettre à la raison existante. En revanche, les Pères de l'Église latine, plus logiciens, et qui venaient de découvrir Aristote (alors que l'Orient en était nourri et ne cherchait qu'à s'en différencier), ont logifié la Trinité en voyant en Dieu une essence intellectuelle simple articulable en dyades : le Père engendre le Fils; le Père et le Fils en tant qu'ensemble font procéder l'Esprit[72]. Développée par la syllogistique d'Anselme de Cantorbury au concile de Bari en 1098, cette argumentation du *Filioque* sera reprise et développée par Thomas d'Aquin. Elle aura l'avantage d'asseoir d'une part l'autorité politique et spirituelle de la papauté, d'autre part l'autonomie et la ratio-

(Hébr, I, 7, etc.), un pain (Lc, XXII, 19), un pavillon nuptial (Ps, XVIII, 5-6), un époux (Mtt, XXV, 6; Jn, III, 29; Apoc, XXI, 9)... : « Que dire encore de l'indicible... Tout en ayant tout cela au fond de nous déposé par Dieu, nous ne pouvons pas le comprendre par l'intelligence et l'éclairer par la parole » (*Sermon*, 90, p. 490).

71. « Le Saint-Esprit est donné et envoyé non pas au sens qu'il ne l'aurait pas souhaité lui-même, mais au sens où le Saint-Esprit, *par le Fils qui est une hypostase de la Trinité*, accomplit, comme si c'était sa propre volonté, ce qui est du bon vouloir du Père. Car la Sainte Trinité est inséparable par nature, essence et volonté, cependant que par hypostases elle se nomme en personnes, Père, Fils et Saint-Esprit, et ces trois sont un seul Dieu et son nom est Trinité » (*Sermon*, 62, p. 105).

72. Cf. Olivier Clément, *op. cit.*, p. 74.

nalité de la personne du croyant identifié à un Fils ayant pouvoir et prestige à égalité avec le Père. Ce qui est ainsi gagné en égalité et donc en performance et en historicité, est peut-être perdu au niveau de l'expérience de l'*identification*, au sens d'une instabilité permanente de l'identité.

Différence et identité, plutôt qu'autonomie et égalité, nouent en revanche cette Trinité orientale devenue, par conséquent, source d'extase et de mystique. L'orthodoxie va la cultiver en adorant au-delà des oppositions un sens de la plénitude où chaque personne de la Trinité se relie et s'identifie à toutes les autres : fusion érotique. Dans cette logique « borroméenne » de la Trinité orthodoxe, l'espace psychique du croyant s'ouvre aux mouvements les plus violents de transports vers le ravissement ou la mort, distingués simplement pour être confondus dans l'unité de l'amour divin[73].

C'est sur ce fond psychologique qu'il faut comprendre l'audace de l'imaginaire byzantin à représenter la mort et la Passion du Christ dans l'art des icônes, de même que la propension du discours orthodoxe à explorer la souffrance et la miséricorde. L'unité peut se perdre (celle du Christ sur le Golgotha, celle du croyant dans l'humiliation ou la mort), mais dans le mouvement du nœud trinitaire elle peut retrouver sa consistance provisoire grâce à la bienveillance et à la miséricorde, avant de reprendre ce cycle éternel de disparition et d'apparition.

« *Je* » *est Fils* et *Esprit*

Rappelons, dans ce sens, quelques-uns des événements théologiques, psychologiques et picturaux qui annoncent aussi bien le schisme que, plus tard, la spiritualité orthodoxe russe, fondement du discours dostoïevskien. Pour Syméon le Nouveau Théologien, la lumière est inséparable de la « tendresse douloureuse » (*katanyxis*) qui s'ouvre à Dieu par l'humilité et par un flot de larmes car elle se sait d'emblée pardonnée. Par ailleurs, la conception pneumatique de l'eucharistie, exposée par exemple par Maxime le Confesseur (XIIe siècle), conduit à penser que Jésus a été *en même temps* déifié *et* crucifié, que la mort sur la croix est infuse dans

73. Au sein de cette osmose douloureuse et jouissante des trois hypostases, l'individualité du moi est perçue comme limite nécessaire à la vie biologique et sociale, mais qui empêche l'expérience de l'amour-pardon pour autrui. Cf. ici même les réflexions de Dostoïevski au sujet du moi-limite, au moment de la mort de sa femme Maria (pp. 205-206, n. 37).

la vie et vivante. A partir de là, les peintres s'autoriseront à présenter la mort du Christ sur la Croix : parce que la mort est vivante, le corps mort est un corps incorruptible qui peut être gardé par l'Église en tant qu'image *et* réalité.

Dès le XIe siècle, le schématisme de l'architecture et de l'iconographie ecclésiale s'enrichit d'une représentation du Christ entouré d'apôtres, leur offrant la coupe et le pain : un Christ « qui offre et qui est offert », selon la formule de saint Jean Chrysostome. Comme le souligne Olivier Clément, l'art même de la mosaïque impose la présence de la lumière, du don de grâce et de magnificence, en même temps que la représentation iconique du cycle marial et de la Passion de Jésus invite à une identification des individus croyants avec les personnes de l'Écriture. Ce subjectivisme, sous le rayon de la grâce, trouve une de ses expressions privilégiées dans la représentation de la Passion du Christ : à l'égal de l'homme, le Christ souffre et meurt. Cependant, le peintre peut le montrer, et le croyant peut le voir, son humiliation et sa souffrance étant immergées dans la tendresse de la miséricorde pour le Fils dans l'Esprit. Comme si la Résurrection rendait la *mort visible* et en même temps plus pathétique encore. Les scènes de la Passion furent ajoutées au cycle liturgique traditionnel en 1164, à Nérézi, église macédonienne fondée par les Comnènes.

Cette avancée de l'iconographie byzantine par rapport à la tradition classique ou judaïque s'est toutefois figée plus tard. La Renaissance fut latine, et il est probable que des causes politiques et sociales ou les invasions étrangères ne furent pas les seules à contribuer au déclin de l'art pictural orthodoxe dans le schématisme. A coup sûr, la conception orientale de la Trinité donnait moins d'autonomie à l'individu quand elle ne le subordonnait pas à l'autorité, et ne l'encourageait certes pas à se muer en « individualité artistique ». Toutefois, dans les méandres moins spectaculaires, plus intimes et donc moins contrôlables de l'art verbal, cet essor a bel et bien eu lieu-malgré le retard qu'on lui connaît, avec, en prime, une distillation de l'alchimie de la souffrance, en particulier dans la littérature russe.

Venue tardivement après l'essor byzantin et après celui des Slaves du Sud (les Bulgares, les Serbes), l'Église russe accentue ses tendances pneumatologiques et mystiques. Païenne, dionysiaque, orientale, la tradition préchrétienne imprime à l'orthodoxie byzantine passée en Russie un paroxysme jamais atteint : les « khlysty », secte mystique d'inspiration manichéenne, qui privilégie les excès de souffrance et d'érotisme dans le but d'atteindre une fusion complète des adeptes avec le Christ; la théophanie de la terre (qui conduira à l'idée de Moscou comme « troisième Rome », après Constantinople... mais aussi à la Troisième Internationale, commentent certains); l'apologie de l'amour-salut, et surtout l'hypostase de la tendresse (*oumiliénié*), au croisement de la souffrance et de la joie et dans le Christ; le mouvement de « ceux qui ont souffert la Passion » *(strastotierptsy)*, c'est-à-dire de ceux qui ont été réellement brutalisés ou humiliés mais ne répondent au mal que par le pardon — sont parmi les expressions les plus paroxystiques et les plus concrètes de la logique orthodoxe russe.

On ne saurait comprendre Dostoïevski sans elle. Son dialogisme, sa polyphonie[74] découlent sans doute de sources multiples. On aurait tort de négliger celle de la foi orthodoxe dont la conception trinitaire (différence et unité des trois Personnes dans une pneumatologie généralisée invitant toute subjectivité à un déploiement maximal de ses contradictions) inspire aussi bien le « dialogisme » de l'écrivain que son apologie de la souffrance *en même temps* que du pardon. Dans cette optique, l'image du père tyrannique, présente dans l'univers dostoïevskien et dans laquelle Freud a vu la source de l'épilepsie ainsi que de la dissipation ludique (la passion du jeu)[75], est à équilibrer — pour comprendre non pas le Dostoïevski névropathe mais le Dostoïevski artiste — avec celle du père bienveillant propre à la Trinité byzantine, avec sa tendresse et son pardon.

Le pardon parlé

La position de l'écrivain est une position de parole : une construction symbolique absorbe et remplace le pardon en tant que mouvement émotionnel, miséricorde, compassion anthropomorphe. Dire que l'œuvre d'art est un pardon suppose déjà la sortie du pardon psychologique (mais sans le méconnaître) vers un acte singulier, celui de la nomination et de la composition.

Aussi ne saura-t-on comprendre en quoi l'art est un pardon, qu'en ouvrant tous les registres où le pardon opère et s'épuise. On commencera par celui de l'identification psycho-

74. Cf. M. Bakhtine, *Poétique de Dostoïevski*, *op. cit.*
75. Cf. S. Freud, « Dostoïevski et le parricide », *op. cit.*

logique, subjective, avec la souffrance et la tendresse des autres, des « personnages » et de soi-même, appuyée chez Dostoïevski sur la foi orthodoxe. On passera ensuite et nécessairement par la formulation logique de l'efficacité du pardon comme œuvre de la création transpersonnelle, ainsi que le comprend saint Thomas (à l'intérieur du *Filioque* cette fois-ci). Enfin, on observera la bascule de ce pardon par-delà la polyphonie de l'œuvre, dans la seule morale de la performance esthétique, dans la jouissance de la passion comme beauté. Potentiellement immoraliste, ce troisième temps du pardon-performance revient au point de départ de ce mouvement circulaire : à la souffrance et à la tendresse de l'autre pour l'étranger.

L'acte de donner résorbe l'affect

Saint Thomas lie la « miséricorde de Dieu » à sa justice[76]. Après avoir souligné que « *la justice de Dieu concerne les convenances de son être, conformément auxquelles il se rend à lui-même ce qui lui est dû* », saint Thomas prend soin d'établir la vérité de cette justice, étant entendu qu'est vérité ce qui est « *conforme aux conceptions de la sagesse, qui est sa loi* ». Quant à la miséricorde elle-même, il ne manque pas de mentionner l'opinion fort anthropologique, et donc psychologique, de saint Jean Damascène « *qui appelle la miséricorde une sorte de tristesse* ». Saint Thomas s'en dissocie en estimant que la miséricorde ne saurait être « *un* sentiment *qui affecte Dieu, mais* [...] *un* effet *qu'il règle* ». « *Quand donc il s'agit de Dieu, la tristesse au sujet de la misère d'autrui ne saurait intervenir; mais écarter cette misère lui convient par excellence, entendant par misère un* manque, *un* défaut d'une nature *quelconque*[77]. » En comblant le manque en vue de la perfection, la miséricorde serait une *donation*. « *Donnez-vous*

76. Questions 21, *Somme théologique*, 1re partie.
77. *Ibid.* Nous soulignons.

mutuellement, comme le Christ vous a donné » (on traduit aussi : « Faites-vous grâce » ou « pardonnez-vous »). Le pardon supplée au manque, don supplémentaire et gratuit. Je me donne à toi, tu me reçois, je suis en toi. Ni justice ni injustice, le pardon serait une « plénitude de justice » au-delà du jugement. C'est ce qui fait dire à saint Jacques : « *La miséricorde l'emporte sur le jugement*[78]. »

S'il est vrai qu'il n'égale pas la miséricorde divine, le pardon humain essaie de se modeler à son image : don, oblation dérogeant au jugement, le pardon suppose une identification potentielle avec cette divinité de miséricorde effective et efficace dont parle le théologien. Toutefois, et contrairement à la miséricorde divine qui se veut exempte de tristesse, le pardon recueille dans son chemin vers l'autre le très humain chagrin. Reconnaissant le manque et la blessure dont il s'origine, il les comble par un don idéal : promesse, projet, artifice, inserrant ainsi l'être humilié et offensé dans un ordre de perfection et lui donnant l'assurance d'y appartenir. L'amour, en somme, au-delà du jugement, relève la tristesse cependant comprise, entendue, déployée. Pouvons-nous nous pardonner à nous-mêmes, en relevant, grâce à quelqu'un qui nous entend, notre manque ou notre blessure dans un ordre idéal auquel nous sommes sûrs d'appartenir, et nous voici garantis contre la dépression. Cependant, comment être sûr d'appartenir à cet ordre idéal au travers du manque, sans passer une fois de plus par le défilé de l'identification avec cette idéalité sans faille, paternité aimante, garante primitive de nos sécurités ?

L'écriture : pardon immoral

Celui qui crée un texte ou une interprétation est plus fortement attiré que quiconque à adhérer à cette instance toute *logique* et *active* de la miséricorde thomiste au-delà de l'épan-

78. Cité par saint Thomas, *ibid.*

chement émotionnel. Il adhère à sa valeur de justice dans l'acte et plus encore à la justesse de l'acte. C'est en rendant sa parole adéquate à sa commisération et, en ce sens, juste, que s'accomplit l'adhésion du sujet à l'idéal pardonnant et que devient possible le pardon efficace envers les autres comme envers soi-même. Aux frontières de l'émotion et de l'acte, l'écriture n'advient que par le moment de dénégation de l'affect pour que naisse l'efficacité des signes. L'écriture fait passer l'*affect* dans l'*effet* : « *actus purus* », dirait saint Thomas. Elle véhicule les affects et ne les refoule pas, elle en propose une issue sublimatoire, elle les transpose pour un autre en un lien tiers, imaginaire et symbolique. Parce qu'elle est un pardon, l'écriture est transformation, transposition, traduction.

A partir de ce moment, l'univers des signes impose sa propre logique. La jubilation qu'il procure, celle de la performance comme celle de la réception, oblitère par intermittence aussi bien l'idéal que toute possibilité de justice externe. L'immoralisme est le lot de ce processus que Dostoïevski connaît bien : l'écriture a partie liée avec le mal non seulement au départ (dans son pré-texte, dans ses objets), mais aussi à la fin, dans l'absolutisme de son univers excluant toute altérité. C'est peut-être aussi la conscience de ce que l'effet esthétique est enfermé dans une passion sans dehors — dans le risque d'une fermeture de mort autant que de joie par une autoconsumation imaginaire, par la tyrannie du beau — qui pousse Dostoïevski à s'attacher violemment à sa religion et à son principe, le pardon. Un éternel retour d'un triple mouvement s'enclenche ainsi : tendresse nouée à la souffrance, justice logique et justesse de l'œuvre, hypostase et enfin malaise de l'œuvre absolue. Puis, de nouveau, pour se pardonner, reprend la triple logique du pardon... N'en avons-vous pas besoin pour donner un sens vivant — érotique, immoral — à la prise mélancolique ?

VIII

La maladie de la douleur :
Duras

« La douleur est une des choses les plus importantes de ma vie. »

La Douleur.

« Je lui dis que dans mon enfance le malheur de ma mère a occupé le lieu du rêve. »

L'Amant.

Rhétorique blanche de l'apocalypse

Nous autres civilisations, nous savons maintenant que non seulement nous sommes mortelles, comme le proclamait Valéry après 1914[1], mais que nous pouvons nous donner la mort. Auschwitz et Hiroshima ont révélé que la « maladie de la mort », comme dirait Marguerite Duras, constitue notre intimité la plus dissimulée. Si le domaine militaire et l'économique ainsi que les liens politiques et sociaux sont régis par la passion de la mort, celle-ci est apparue gouverner jusqu'au royaume de l'esprit, noble jadis. Une formidable crise de la pensée et de la parole, crise de la représentation, s'est en effet manifestée, dont on peut chercher les analogues dans les siècles passés (l'effondrement de l'Empire romain et l'éveil du christianisme, les années de peste ou de guerres médiévales dévastatrices...) ou les causes dans les faillites économiques, politiques et juridiques. Toutefois, la puissance des forces destructrices n'est jamais apparue aussi incontestable et aussi imparable qu'aujourd'hui, au-dehors comme au-dedans de l'individu et de la société. La destruction de la nature, des vies et des biens se double d'une recrudescence, ou simplement d'une manifestation plus patente, des désordres dont la psychiatrie raffine le diagnostic : psychose, dépression, manie, borderline, fausses personnalités, etc.

1. Cf. « La crise de l'esprit », in *Variétés*, I, Gallimard, Paris, 1934.

Autant les cataclysmes politiques et militaires sont terribles et défient la pensée par la monstruosité de leur violence (celle d'un camp de concentration ou d'une bombe atomique), autant la déflagration de l'identité psychique, d'une intensité non moins violente, demeure difficilement saisissable. Valéry en était déjà frappé lorsqu'il comparait ce désastre de l'esprit (consécutif à la Première Guerre mondiale mais aussi, en amont, au nihilisme issu de la « mort de Dieu ») à ce que le physicien observe « *dans un four porté à incandescence : si notre œil subsistait, il ne verrait* rien. *Aucune inégalité lumineuse ne demeurerait et ne distinguerait les points de l'espace. Cette formidable énergie enfermée aboutirait à l'invisibilité,* à l'égalité insensible. *Une égalité de cette espèce n'est autre chose que le* désordre à l'état parfait[2] ».

Un des enjeux majeurs de la littérature et de l'art est désormais situé dans cette invisibilité de la crise qui frappe l'identité de la personne, de la morale, de la religion ou de la politique. Crise à la fois religieuse et politique, elle trouve sa traduction radicale dans la crise de la signification. Désormais, la difficulté de nommer débouche non plus sur la « musique dans les lettres » (Mallarmé et Joyce étaient des croyants et des esthètes), mais sur l'illogisme et le silence. Après la parenthèse plutôt ludique et cependant toujours politiquement engagée du surréalisme, l'actualité de la Seconde Guerre mondiale a brutalisé les consciences par l'explosion de la mort et de la folie qu'aucun barrage, idéologique ou esthétique, ne paraissait plus pouvoir contenir. Il s'agissait d'une pression ayant trouvé au sein de la douleur psychique sa répercussion intime et inévitable. Elle fut ressentie comme une urgence inéluctable, sans pour autant cesser d'être invisible, irreprésentable. En quel sens ?

S'il est encore possible de parler de « rien » lorsque l'on tente de capter les méandres infimes de la douleur et de la mort psychique, sommes-nous toujours devant rien face aux chambres à gaz, à la bombe atomique ou au goulag ? Ni

2. *Ibid.*, p. 991. Nous soulignons.

l'aspect spectaculaire de l'explosion de la mort dans l'univers de la Seconde Guerre mondiale ni la dissolution de l'identité consciente et du comportement rationnel échouant dans les manifestations asilaires de la psychose, elles aussi souvent spectaculaires, ne sont en cause. Ce que ces spectacles, monstrueux et douloureux, mettent à mal, ce sont nos appareils de perception et de représentation. Comme excédés ou détruits par une vague trop puissante, nos moyens symboliques se trouvent évidés, quasi anéantis, pétrifiés. Au bord du silence émerge le mot « rien », défense pudique face à tant de désordre, interne et externe, incommensurable. Jamais cataclysme n'a été plus apocalyptiquement exorbitant, jamais sa représentation n'a été prise en charge par si peu de moyens symboliques.

Certains courants religieux ont eu le sentiment qu'à tant d'horreur seul le silence convient, et que la mort doit se retrancher de la parole vivante pour ne s'évoquer qu'en oblique dans les failles et les non-dits d'un souci côtoyant la contrition. Une fascination pour le judaïsme, pour ne pas parler de flirt, s'imposa dans cette voie, révélant la culpabilité de toute une génération d'intellectuels face à l'antisémitisme et à la collaboration des premières années de guerre.

Une nouvelle rhétorique de l'apocalypse (étymologiquement, *apocalypso* signifie dé-monstration, dé-couvrement par le regard, et s'oppose à *aletheia*, le dévoilement philosophique de la vérité) est apparue nécessaire pour faire advenir la vision de ce rien cependant monstrueux, de cette monstruosité qui aveugle et impose le silence. Cette nouvelle rhétorique apocalyptique s'est réalisée en deux extrêmes apparemment opposés et qui, souvent, se complètent : la profusion des images et la rétention de la parole.

D'une part, l'art de l'image excelle dans la monstration brute de la monstruosité : le cinéma demeure l'art suprême de l'apocalyptique quels qu'en soient les raffinements, tant l'image a le pouvoir de « nous faire marcher dans la peur », comme l'avait déjà vu saint Augustin[3]. D'autre part, l'art verbal et pictural se fait « recherche inquiète et infinie de sa source[4] ». De Heidegger à Blanchot évoquant Hölderlin et Mallarmé et en passant par les surréalistes[5], on constate que le poète — sans doute minorisé, dans le monde moderne, par la domination politique — se retourne vers sa demeure propre qu'est le langage, et déploie ses ressources plutôt que d'attaquer naïvement la représentation d'un objet externe. La mélancolie devient le moteur secret d'une nouvelle rhétorique : il s'agira cette fois de suivre le mal-être pas à pas, cliniquement presque, sans jamais le surmonter.

Dans cette dichotomie image/parole, il revient au cinéma d'étaler la grossièreté de l'horreur ou les schémas externes du plaisir, alors que la littérature s'intériorise et se retire du monde dans le sillage de la crise de la pensée. Invertie dans son propre formalisme et plus lucide en cela que l'engagement enthousiaste et l'érotique libertairement adolescente des existentialistes, la littérature moderne après-guerre s'engage cependant dans une voie ardue. Sa quête de l'invisible, peut-être métaphysiquement motivée par l'ambition de rester fidèle à l'intensité de l'horreur jusqu'à l'exactitude ultime des mots, devient imperceptible et progressivement asociale, antidémonstrative, mais aussi, et à force d'être antispectaculaire, inintéressante. L'art médiatique d'une part, l'aventure du nouveau roman d'autre part, illustrent ces deux bords.

3. « Bien que l'homme s'inquiète en vain, cependant il marche dans l'image » (saint Augustin, « Les images », *De la Trinité*, XIV, IV, 6).

4. Cf. Maurice Blanchot, « Où va la littérature ? », in *Le Livre à venir*, Gallimard, Paris, 1959, p. 289.

5. R. Caillois préconise, en littérature, « les techniques d'exploration de l'inconscient » : « comptes rendus, avec ou sans commentaires, de *dépressions*, de *confusion*, d'*angoisse*, d'expériences affectives personnelles », *in* « Crise de la littérature », *Cahiers du Sud*, Marseille, 1935. Nous soulignons.

Une esthétique de la maladresse

L'expérience de Marguerite Duras semble être moins celle d'une « œuvre vers l'origine de l'œuvre » comme l'avait souhaité Blanchot, qu'un affrontement avec le « rien » de Valéry : ce « rien » qu'impose à une conscience troublée l'horreur de la Seconde Guerre mondiale et, indépendamment d'elle mais en parallèle, le malaise psychique de l'individu dû aux chocs secrets de la biologie, de la famille, des autres.

L'écriture de Duras ne s'auto-analyse pas en cherchant ses sources dans la musique sous les lettres ou dans la défaite de la logique du récit. Si recherche formelle il y a, elle est subordonnée à l'affrontement au silence de l'horreur en soi et dans le monde. Cette confrontation la conduit à une esthétique de la *maladresse* d'une part, à une *littérature non cathartique* d'autre part.

La rhétorique apprêtée de la littérature et même la rhétorique usuelle du parler quotidien semblent toujours quelque peu en fête. Comment dire la vérité de la douleur, sinon en mettant en échec cette fête rhétorique, en la gauchissant, en la faisant grincer, en la rendant contrainte et boiteuse ?

Il y a cependant du charme dans ces phrases étirées, sans grâce sonore et dont le verbe semble oublier le sujet *(« Son élégance et dans le repos, et dans le mouvement, raconte Tatiana, inquiétait*[6] *»)* ou qui tournent court, à bout de souffle, à bout de complément d'objet ou d'adjectif *(« Puis, tout en restant très silencieuse, elle recommença à demander à manger, qu'on ouvrît la fenêtre, le sommeil*[7] » et : « *C'en sont là les derniers faits voyants*[8] *»).*

Souvent on se heurte à des ajouts de dernière minute entassés dans une proposition qui ne les avait pas prévus, mais à laquelle ils apportent tout son sens, la surprise *(« ... le désir qu'il aimait des petites filles pas tout à fait grandies, tristes, impudiques,* et

6. Cf. Marguerite Duras, *Le Ravissement de Lol V. Stein*, Folio, Gallimard, Paris, 1964, p. 15.
7. *Ibid.*, p. 25.
8. *Ibid.*

sans voix[9] ». « *Leur union est faite d'insensibilité, d'une manière qui est générale et qu'ils appréhendent momentanément,* toute préférence en est bannie[10] »). Ou bien à ces mots trop savants et superlatifs, ou trop banals au contraire et trop usés, disant une grandiloquence figée, artificielle et maladive : « *Je ne sais pas. Je ne sais quelque chose que sur l'*immobilité de la vie. *Donc, lorsque celle-ci se brise, je le sais*[11] ». « *Quand vous avez pleuré, c'était sur vous seul et non sur l'*admirable impossibilité *de la rejoindre à travers la différence qui vous sépare*[12]. »

Il ne s'agit pas d'un discours parlé, mais d'une parole surfaite à force d'être défaite, comme on est démaquillée ou déshabillée sans être négligée, mais parce qu'on est forcée par quelque maladie insurmontable et pourtant grosse de plaisir qui captive et défie. Cependant et peut-être pour cela même, cette parole faussée sonne insolite, inattendue et surtout douloureuse. Une séduction malaisée vous entraîne dans les défaillances des personnages ou de la narratrice, dans ce rien, dans l'insignifiable de la maladie sans paroxysme tragique ni beauté, une douleur dont il ne reste que la tension. La maladresse stylistique serait le discours de la douleur émoussée.

A cette exagération silencieuse ou précieuse de la parole, à sa défaillance tendue en corde raide sur la souffrance, vient suppléer le cinéma. Recourir à la représentation théâtrale, mais surtout à l'image cinématographique, conduit nécessairement à une profusion immaîtrisable d'associations, de richesses ou de pauvretés sémantiques et sentimentales au gré du spectateur. S'il est vrai que les images ne réparent pas les maladresses stylistiques verbales, elles les noient cependant dans l'indicible : le « rien » devient indécidable et le silence fait rêver. Art collectif même si la scénariste par-

9. *Ibid.*, p. 30.
10. *Ibid.*, p. 60.
11. *Ibid.*, p. 130.
12. Cf. Marguerite Duras, *La Maladie de la mort*, Éditions de Minuit, Paris, 1982, p. 56.

vient à le contrôler, le cinéma ajoute aux indications frugales de l'auteur (qui protège sans cesse un secret maladif au creux d'une intrigue de plus en plus insaisissable dans le texte) les volumes et les combinaisons, forcément spectaculaires, des corps, des gestes, des voix des acteurs, des décors, des lumières, des producteurs, de tous ceux dont le métier est de montrer. Si Duras utilise le cinéma pour user jusqu'à l'éblouissement de l'invisible sa force spectaculaire en la submergeant de mots elliptiques et de sons allusifs, elle l'utilise aussi pour son surplus de fascination qui remédie à la contraction du verbe. En multipliant ainsi le pouvoir de séduction de ses personnages, leur maladie invisible devient à l'écran moins contagieuse à force d'être jouable : la dépression filmée apparaît un artifice étranger.

On comprend désormais qu'il ne faut pas donner les livres de Duras aux lecteurs et lectrices fragiles. Qu'ils aillent voir les films et les pièces, ils retrouveront cette même maladie de la douleur mais tamisée, enrobée d'un charme rêveur qui l'adoucit et la rend aussi plus factice et inventée : une convention. Les livres, au contraire, nous font côtoyer la folie. Ils ne la montrent pas de loin, ils ne l'observent ni ne l'analysent pour en souffrir à distance dans l'espoir d'une issue, bon gré mal gré, un jour ou l'autre... Tout au contraire, les textes apprivoisent la maladie de la mort, ils font un avec elle, ils y sont de plain-pied, sans distance et sans échappée. Aucune purification ne nous attend à la sortie de ces romans au ras de la maladie, ni celle d'un mieux-être, ni la promesse d'un au-delà, ni même la beauté enchanteresse d'un style ou d'une ironie qui constituerait une prime de plaisir en sus du mal révélé.

Sans catharsis

Sans guérison ni Dieu, sans valeur ni beauté autre que celle de la maladie elle-même prise au lieu de sa brisure essentielle, jamais, peut-être, art ne fut aussi peu cathartique. Il relève, sans doute et pour cela même, plus de la sorcellerie et de l'envoûtement que de la grâce et du pardon traditionnellement associés au génie artistique. Une sombre, et à la fois légère parce que distraite, complicité avec la maladie de la douleur et de la mort se dégage des textes durassiens. Elle nous conduit à radiographier nos folies, les bords dangereux où s'écroule l'identité du sens, de la personne et de la vie. « Le mystère en pleine lumière », disait Barrès des tableaux de Claude Lorrain. Avec Duras, nous avons la folie en pleine lumière : « *Je suis devenue folle en pleine raison*[13]. » Nous sommes présents au rien du sens et des sentiments que la lucidité accompagne dans leur extinction, et assistons à nos propres détresses neutralisées, sans tragédie ni enthousiasme, clairement, dans l'insignifiance frigide d'un engourdissement psychique, signe minimal mais aussi signe ultime de la douleur et du ravissement.

Clarice Lispector (1924-1977) propose elle aussi une révélation de la souffrance et de la mort qui ne partage pas l'esthétique du pardon. Son *Bâtisseur de ruines*[14] semble s'opposer à Dostoïevski. Meurtrier d'une femme comme Raskolnikov (mais cette fois-ci il s'agit de la sienne propre), le héros de Lispector en rencontre deux autres, une spirituelle et une charnelle. Si elles le détachent du meurtre — comme Sonia le fait pour le bagnard de *Crime et Châtiment* —, elles ne le sauvent ni ne lui pardonnent. Pire encore, elles le livrent à la police. Pourtant, ce dénouement n'est ni un envers du pardon ni un châtiment. Le calme inéluctable du destin s'abat sur les protagonistes et clôt le roman avec une douceur implacable, peut-être féminine, qui n'est pas sans rappeler la tonalité désabusée de Duras, miroir sans complaisance de la peine qui habite le sujet. Si l'univers de Lispector, au contraire de celui de Dostoïevski, n'est pas celui du pardon, il en découle cependant une complicité des

13. Cf. Marguerite Duras, *L'Amant*, Éditions de Minuit, Paris, 1984, pp. 105-106.
14. Cf. Clarice Lispector, *Le Bâtisseur de ruines*, trad. franç. Gallimard, Paris, 1970.

protagonistes entre eux dont les liens persistent par-delà la séparation et tissent un milieu accueillant et invisible une fois le roman terminé[15]. Ou encore, un tel humour traverse les féroces nouvelles de l'écrivain, par-delà le sinistre déploiement du mal, qu'il possède une valeur purificatrice et soustrait le lecteur à la crise.

Rien de tel chez Duras. La mort et la douleur sont la toile d'araignée du texte, et malheur au lecteur complice qui succombe à son charme : il peut y rester pour de vrai. La « crise de la littérature » dont parlaient Valéry, Caillois ou Blanchot atteint ici une sorte d'apothéose. La littérature n'est ni autocritique, ni critique, ni ambivalence généralisée mélangeant astucieusement homme et femme, réel et imaginaire, vrai et faux, dans la fête désabusée du semblant qui danse sur le volcan d'un objet impossible ou d'un temps introuvable... Ici, la crise conduit l'écriture à demeurer en deçà de toute torsion du sens, et s'en tient à la mise à nu de la maladie. Sans catharsis, cette littérature rencontre, reconnaît, mais aussi propage le mal qui la mobilise. Elle est l'envers du discours clinique — tout près de lui, mais jouissant des bénéfices secondaires de la maladie, elle la cultive et l'apprivoise sans jamais l'épuiser. A partir de cette fidélité au malaise, on comprend qu'une alternative puisse être trouvée dans le néoromantisme du cinéma ou dans le souci de transmettre messages et méditations idéologiques ou métaphysiques. Entre *Détruire, dit-elle* (1969) et *La Maladie de la mort* (1982) qui porte à l'extrême condensation le thème de l'amour-mort : treize ans de films, théâtres, explications[16].

15. « Tous deux évitèrent de se regarder sentant qu'ils avaient pénétré dans un élément plus vaste, cet élément qui parfois réussit à s'exprimer dans la tragédie [...] Comme ils venaient d'accomplir de nouveau le miracle du pardon, gênés par cette scène minable, ils évitaient de se regarder, mal à l'aise, il y a beaucoup de choses inesthétiques à pardonner. Mais, même ridicule et rapiécée, la mimique de la résurrection avait eu lieu. Ces choses qui semblent ne pas arriver, mais qui arrivent. » (*Le Bâtisseur de ruines*, *op. cit.*, pp. 320-321.)

16. Duras est l'auteur de dix-neuf scenarii de film et de quinze pièces de théâtre, dont trois adaptations.

L'exotisme érotique de *L'Amant* (1984) prend alors la relève des êtres et paroles exténués de mort tacite. Il s'y déploie la même passion douloureuse et meurtrière constante chez Duras, consciente d'elle-même et retenue (« *Elle pourrait répondre qu'elle ne l'aime pas. Elle ne dit rien. Tout à coup elle sait, là, à l'instant, elle sait qu'il ne la connaît pas, qu'il ne la connaîtra jamais, qu'il n'a pas les moyens de connaître tant de perversité*[17] »). Mais le réalisme géographique et social, le récit journalistique de la misère coloniale et des malaises de l'Occupation, le naturalisme des échecs et des haines maternels baignent le plaisir suave et maladif de l'enfant prostituée qui se donne à la sensualité éplorée d'un riche Chinois adulte, tristement et cependant avec la persévérance d'une narratrice professionnelle. Tout en demeurant un rêve impossible, la jouissance féminine s'ancre dans une couleur locale et dans une histoire, certes lointaine, mais que l'afflux du tiers monde, d'une part, et le réalisme de la tuerie familiale, d'autre part, rendent désormais vraisemblable et étrangement proche, intime. Avec *L'Amant*, la douleur obtient une consonance sociale et historique néoromantique qui lui assure son succès médiatique.

Toute l'œuvre de Duras n'obéit peut-être pas à cette ascétique fidélité à la folie qui précède *L'Amant*. Quelques textes cependant, parmi d'autres, nous permettront d'en observer les points culminants.

Hiroshima de l'amour

Parce qu'il y a eu Hiroshima, il ne peut y avoir d'artifice. Ni artifice tragique ou pacifiste face à l'explosion atomique ni artifice rhétorique face à la mutilation des sentiments. « *Tout ce qu'on peut faire c'est de parler de l'impossibilité de parler de* Hiroshima. *La* connaissance de Hiroshima *étant a priori posée comme un leurre exemplaire de l'esprit*[18]. »

17. *L'Amant, op. cit.*, p. 48.

18. Cf. Marguerite Duras, *Hiroshima mon amour, synopsis*, Folio, Gallimard, Paris, 1960, p. 10.

Le sacrilège, c'est Hiroshima même, l'événement mortifère et non pas ses répercussions. Le texte se propose d'« *en finir avec la description de l'horreur par l'horreur, car cela a été fait par les Japonais eux-mêmes* » et de « *faire renaître cette horreur de ces cendres en la faisant s'inscrire en un amour qui sera forcément particulier et "émerveillant"*[19] ». L'explosion nucléaire infiltre donc l'amour même, et sa violence dévastatrice le rend à la fois impossible et superbement érotique, condamné et magiquement attirant : comme l'est l'infirmière que deviendra Emmanuelle Riva à l'un des paroxysmes de la passion. Le texte et le film s'ouvrent non pas sur l'image du champignon nucléaire initialement prévu, mais sur les fragments de corps enlacés d'un couple d'amoureux qui pourrait être un couple de mourants. « *On voit en leur lieu et place des corps mutilés — à hauteur de la tête et des hanches — remuants — en proie soit à l'amour, soit à l'agonie — et recouverts successivement des cendres, des rosées, de la mort atomique — et des sueurs de l'amour accompli*[20]. » L'amour plus fort que la mort ? Peut-être. « *Toujours leur histoire personnelle, aussi courte soit-elle, l'emportera sur* Hiroshima. » Mais peut-être pas. Car, si Lui vient d'Hiroshima, Elle vient de Nevers où « *elle a été folle; folle de méchanceté* ». Son premier amant était un Allemand, il fut tué à la Libération, elle fut tondue. Un premier amour tué par « *l'absolu et l'horreur de la bêtise* ». En revanche, l'horreur d'Hiroshima l'a en quelque sorte délivrée de sa tragédie française. L'utilisation de l'arme atomique semble démontrer que l'horreur n'est pas d'un seul côté des belligérants ; qu'elle n'a ni camp ni parti, mais peut sévir absolument. Une telle transcendance de l'horreur délivre l'amoureuse d'une fausse culpabilité. La jeune femme promène désormais son « amour sans emploi » jusqu'à Hiroshima. Par-delà leurs mariages qu'ils disent heureux, le nouvel amour des deux protagonistes — cependant puissant et d'une authenticité saisissante — sera aussi

19. *Ibid.*, p. 11.
20. *Ibid.*, pp. 9-10.

« égorgé » : abritant un désastre de chaque côté, un Nevers ici, un Hiroshima là. Quelque intense qu'il soit dans son silence innommable, l'amour est désormais suspendu, pulvérisé, atomisé.

Aimer pour elle, c'est aimer un mort. Le corps de son nouvel amant se confond avec le cadavre de son premier amour qu'elle avait couvert de son propre corps, un jour et une nuit, et dont elle a goûté le sang. De plus, la passion est intensifiée par le goût d'impossible qu'impose l'amant japonais. Malgré son aspect « international » et son visage occidentalisé selon les indications de la scénariste, il demeure sinon exotique du moins autre, d'un autre monde, d'un au-delà, au point de se mélanger à l'image de l'Allemand aimé et mort à Nevers. Mais le très dynamique ingénieur japonais est marqué par la mort aussi parce qu'il porte nécessairement les stigmates moraux de la mort atomique dont ses compatriotes furent les premières victimes.

Amour grevé de mort ou amour de la mort ? Amour rendu impossible ou passion nécrophile pour la mort ? *Mon amour est un Hiroshima,* ou bien : *J'aime Hiroshima car sa douleur est mon éros ? Hiroshima mon amour* maintient cette ambiguïté qui est, peut-être, la version après-guerre de l'amour. A moins que cette version historique de l'amour ne révèle l'ambiguïté profonde de l'amour à mort, le halo mortifère de toute passion... « *Qu'il soit mort n'empêche qu'elle le désire. Elle n'en peut plus d'avoir envie de lui, mort. Corps vidé, haletant. Sa bouche est humide. Elle a la pose d'une femme dans le désir, impudique jusqu'à la vulgarité. Plus impudique que partout ailleurs. Dégoûtante. Elle désire un mort*[21]. » « *L'amour sert à mourir plus commodément à la vie*[22]. »

L'implosion de l'amour dans la mort et de la mort dans l'amour atteint son expression paroxystique dans l'insoutenable peine de la folie. « *On me fit passer pour morte* [...] *Je*

21. *Ibid.*, pp. 136-137.
22. *Ibid.*, p. 132.

devins folle. De méchanceté. Je crachais, paraît-il, au visage de ma mère[23]. » Cette folie, meurtrie et meurtrière, ne serait rien d'autre que l'absorption par Elle de sa mort à Lui. « *On pourrait la croire morte tellement elle se meurt de sa mort à lui*[24]. » Cette identification des protagonistes confondant leurs frontières, leurs paroles, leur être, est une figure permanente chez Duras. De ne pas mourir comme lui, de survivre à leur amour mort, elle devient cependant *comme* une morte : dissociée des autres et du temps, elle a le regard éternel et animal des chattes, elle est folle : « *Morte d'amour à Nevers.* » « *[...] je n'arrivais pas à trouver la moindre différence entre ce corps mort et le mien... Je ne pouvais trouver entre ce corps et le mien que des ressemblances... hurlantes, tu comprends ?*[25] » Fréquente, permanente même, l'identification est toutefois absolue et inéluctable avec l'objet du deuil. Par là même, le deuil devient impossible et métamorphose l'héroïne en crypte habitée par un cadavre vivant...

Privé et public

Toute l'œuvre de Marguerite Duras est peut-être dans ce texte de 1960 qui situe l'action du film de Resnais en 1957, quatorze ans après l'explosion atomique. Tout y est : la souffrance, la mort, l'amour et leur explosif mélange dans la folle mélancolie d'une femme; mais surtout l'alliance du *réalisme* socio-historique annoncé dans *Un barrage contre le Pacifique* (1950) qui réapparaîtra dans *L'Amant* et de la *radiographie de la dépression* qu'impose *Moderato cantabile* (1958) et qui deviendra le terrain de prédilection, l'aire exclusive des textes intimistes suivants.

Si l'histoire se fait discrète et disparaît par la suite, elle est ici cause et décor. Ce drame de l'amour et de la folie appa-

23. *Ibid.*, p. 149.
24. *Ibid.*, p. 125.
25. *Ibid.*, p. 100.

raît indépendant du drame politique, la puissance passionnelle dépassant les événements politiques quelle qu'en fût l'atrocité. Plus encore, l'amour impossible et fou semble triompher de ces événements, si l'on peut parler de triomphe lorsque s'impose une douleur érotisée ou un amour suspendu.

Cependant, la mélancolie durassienne est *aussi* comme une déflagration de l'histoire. La douleur privée résorbe dans le microcosme psychique du sujet l'horreur politique. Cette Française à Hiroshima est peut-être stendhalienne, voire éternelle, elle n'en existe pas moins à cause de la guerre, des nazis et de la bombe...

Toutefois, par son intégration à la vie privée, la vie politique perd cette autonomie que nos consciences persistent à lui réserver religieusement. Les différents partis du conflit mondial ne disparaissent pas pour autant au sein d'une condamnation globale équivalant à une absolution du crime au nom de l'amour. Le jeune Allemand est un ennemi, la dureté des résistants a sa logique, et rien n'est dit pour justifier la participation japonaise aux côtés des nazis, pas plus que la violence de la riposte américaine tardive. Les faits politiques reconnus avec l'implicite d'une conscience politique qui se veut de gauche (le Japonais doit apparaître sans conteste comme un homme de gauche), l'enjeu esthétique n'en demeure pas moins celui de l'amour et de la mort. Il situe, en conséquence, les faits publics dans la lumière de la folie.

L'événement, aujourd'hui, c'est la folie humaine. La politique en fait partie, particulièrement dans ses accès meurtriers. La politique n'est pas, comme pour Hannah Arendt, le champ où se déploie la liberté humaine. Le monde moderne, le monde des guerres mondiales, le tiers monde, le monde souterrain de la mort qui nous agit n'ont pas la splendeur policée de la cité grecque. Le domaine politique moderne est massivement, totalitairement social, nivelant, tuant. Aussi la folie est-elle un espace d'individuation antisociale, apolitique et, paradoxalement, libre. Face à elle, les événements politiques cependant exorbitants et monstrueux — l'invasion nazie, l'explosion atomique — se résorbent pour ne se mesurer qu'à la douleur humaine qu'ils provoquent. A la limite, au regard de la douleur morale, il n'existe pas de hiérarchie entre une amoureuse tondue en France et une Japonaise brûlée par l'atome. Pour cette éthique et esthétique soucieuses de la douleur, le privé bafoué obtient une dignité grave qui minorise le public tout en attribuant à l'histoire la responsabilité grandiose d'être le déclic de la maladie de la mort. La vie publique s'en trouve gravement déréalisée, alors que la vie privée est, en revanche, aggravée jusqu'à occuper tout le réel et à rendre caduque tout autre préoccupation. Le nouveau monde, forcément politique, est irréel. Nous vivons la réalité d'un nouveau monde douloureux.

A partir de cet impératif du malaise fondamental, les différents engagements politiques paraissent équivalents et révèlent leur stratégie de fuite et de faiblesse mensongère : « *Collaborateurs, les Fernandez. Et moi, deux ans après la guerre, membre du PCF. L'équivalence est absolue, définitive. C'est la même chose, le même appel au secours, la même débilité du jugement, la même superstition disons, qui consiste à croire à la solution politique du problème personnel*[26]. »

On pourra, à partir de cette limite, suspendre l'observation du politique et ne détailler que l'arc-en-ciel de la douleur. Nous sommes des survivants, des morts-vivants, des cadavres en sursis abritant des Hiroshima personnels au creux de notre monde privé.

Il est possible d'imaginer un art qui, tout en reconnaissant le poids de la douleur moderne, la noie dans le triomphe des conquérants, ou dans les sarcasmes et les enthousiasmes métaphysiques, ou encore dans la tendresse du plaisir érotique. N'est-il pas vrai aussi, n'est-il pas vrai surtout, que l'homme moderne arrive, mieux que jamais, à vaincre le tombeau, que la vie l'emporte dans l'expérience des vivants et que, militairement et politiquement, les forces destructrices de la Seconde Guerre mondiale paraissent jugulées ?

26. *L'Amant*, *op. cit.*, p. 85.

Duras choisit ou succombe à une autre voie : la contemplation complice, voluptueuse, envoûtante de la mort en nous, de la permanence de la blessure.

La publication, en 1985, de *La Douleur* — étrange journal secret tenu pendant la guerre et dont le récit majeur relate le retour de Robert L. de Dachau — révèle l'un des enracinements biographiques et historiques essentiels de cette douleur. La lutte de l'homme contre la mort face à l'extermination imposée par les nazis. La lutte du rescapé au sein de la vie normale pour retrouver dans son quasi-cadavre de survivant les forces élémentaires de vie. La narratrice — témoin et combattante de cette aventure entre vie et mort — l'expose comme de dedans, du dedans de son amour pour le mourant renaissant. « *La lutte a commencé très vite avec la mort. Il fallait y aller doux avec elle, avec délicatesse, tact, doigté. Elle le cernait de tous les côtés. Mais tout de même il y avait encore un moyen de l'atteindre lui, ce n'était pas grand, cette ouverture par où communiquer avec lui, mais la vie était quand même en lui, à peine une écharde, mais une écharde quand même. La mort montait à l'assaut — 39,5 le premier jour. Puis 40. Puis 41. La mort s'essoufflait — 41 : le cœur vibrait comme une corde de violon. 41, toujours, mais il vibre. Le cœur, pensions-nous, le cœur va s'arrêter. Toujours 41. La mort, à coup de boutoir, frappe, mais le cœur est sourd. Ce n'est pas possible, le cœur va s'arrêter*[27]. »

La narratrice est minutieusement attachée aux détails infimes et essentiels de ce combat du corps avec la mort, de la mort contre le corps : elle scrute la tête « hagarde mais sublime », les os, la peau, les intestins et jusqu'à la merde « inhumaine » ou « humaine »... Au cœur de son amour, lui-même mourant, pour cet homme, elle retrouve cependant, par et grâce à la douleur, sa passion pour l'être singulier, unique et par conséquent aimé à jamais qu'est le rescapé Robert L. La mort ravive l'amour mort. « *Dès ce nom, Robert L., je*

27. Cf. Marguerite Duras, *La Douleur*, P.O.L., Paris, 1985, p. 57.

pleure. Je pleure encore. Je pleurerai toute ma vie [...] pendant son agonie [...] j'avais le mieux connu cet homme, Rober L. [...] j'avais perçu pour toujours ce qui le faisait lui, et lui seul, et rien ni personne d'autre au monde, que je parlais de la grâce particulière de Robert L[28]. »

La douleur éprise de la mort serait-elle l'individuation suprême ?

Il fallait, peut-être, l'aventure étrange du déracinement, une enfance sur le continent asiatique, la tension d'une existence ardue aux côtés de la mère institutrice courageuse et dure, la rencontre précoce avec la maladie mentale du frère et avec la misère de tous, pour qu'une sensibilité personnelle à la douleur épouse avec autant d'avidité le drame de notre temps, qui impose la maladie de la mort au cœur de l'expérience psychique de la plupart d'entre nous. Une enfance où l'amour, déjà calciné par le feu d'une haine retenue, et l'espoir ne se manifestent que sous l'accablement de la malchance : « *Je vais lui cracher à la figure. Elle ouvrit et le crachat lui resta dans la bouche. Ce n'était pas la peine. C'était la déveine, ce M. Jo, la déveine, comme les barrages, le cheval qui crevait, ce n'était personne, seulement la déveine*[29]. » Cette enfance de haine et de peur est devenue la source et le blason d'une vision de l'histoire contemporaine : « *C'est une famille de pierre, pétrifiée dans une épaisseur sans accès aucun. Chaque jour nous essayons de nous tuer, de tuer. Non seulement on ne se parle pas mais on ne se regarde pas [...] A cause de ce qu'on a fait à notre mère si aimable, si confiante, nous haïssons la vie, nous nous haïssons*[30]. » « *Le souvenir est celui d'une peur centrale*[31]. » « *Je crois que je sais déjà me le dire, j'ai vaguement envie de mourir*[32]. » « *[...] je suis dans une*

28. *Ibid.*, p. 80.
29. Cf. Marguerite Duras, *Un barrage contre le Pacifique*, Folio, Gallimard, Paris, 1950, pp. 73-74.
30. *L'Amant, op. cit.*, p. 69.
31. *Ibid.*, p. 104.
32. *Ibid.*, p. 146.

tristesse que j'attendais et qui ne vient que de moi. Que toujours j'ai été triste[33]. »

Avec cette soif pour la douleur jusqu'à la folie, Duras révèle la grâce de nos désespoirs les plus tenaces, les plus rebelles à la foi, les plus actuels.

La femme tristesse

« — *Par quelle voie se prend une femme ? demande le vice-consul ?*

Le directeur rit.

[...]

— *Je la prendrais par la tristesse, dit le vice-consul, s'il m'était permis de le faire*[34]. »

La tristesse serait la maladie fondamentale, si elle n'était le fond maladif des femmes chez Duras. Ainsi Anne-Marie Stretter *(Le Vice-consul)*, Lol V. Stein *(Le Ravissement de Lol V. Stein)* ou Alissa *(Détruire, dit-elle)*, pour n'en citer que trois. Une tristesse non dramatique, fanée, innommable. Un rien qui donne des larmes discrètes et des mots elliptiques. Douleur et ravissement s'y confondent dans quelque discrétion. « *J'ai entendu dire ça... son ciel, ce sont les larmes* », note le vice-consul à propos d'Anne-Marie Stretter. L'étrange ambassadrice à Calcutta semble promener une mort ensevelie dans son corps pâle et maigre. « *La mort dans une vie en cours, dit enfin le vice-consul, mais qui ne vous rejoindrait jamais ? C'est ça*[35]. » Elle promène à travers le monde, et par-delà ses amours brisées, le charme mélancolique de la Venise de son enfance et un destin de musicienne cassé. Métaphore ambulante d'une Venise glauque, d'une ville de fin de monde, alors que, pour d'autres, la cité des Doges demeure source d'excitation. Anne-Marie Stretter est cependant la douleur incar-

33. *Ibid.*, p. 57.

34. Cf. Marguerite Duras, *Le Vice-consul*, coll. L'Imaginaire, Gallimard, Paris, 1966, p. 80.

35. *Ibid.*, p. 174.

née de toute femme ordinaire, « *de Dijon, de Milan, de Brest, de Dublin* », quelque peu anglaise peut-être, mais non, elle est universelle : « *C'est-à-dire c'est un peu simple de croire que l'on vient de Venise seulement, on peut venir d'autres endroits qu'on a traversés en cours de route, il me semble*[36]. »

La douleur est son sexe, le haut lieu de son érotisme. Lorsqu'elle réunit son cénacle d'amoureux, en cachette, au *Blue-Moon* ou dans sa résidence secrète, que font-ils ? « *Ils la regardent. Elle est maigre sous le peignoir noir, elle serre les paupières, sa beauté a disparu. Dans quel insupportable bien-être se trouve-t-elle ?*

Et voici que ce que Charles Rossett ne savait pas qu'il attendait se produisit. Est-ce sûr ? Oui. Ce sont des larmes. Elles sortent de ses yeux et roulent sur ses joues, très petites, brillantes[37] » « *[...] ils la regardent. Les paupières larges frissonnent, les larmes ne coulent pas [...] Je pleure sans raison que je pourrais vous dire, c'est comme une peine qui me traverse, il faut bien que quelqu'un pleure, c'est comme si c'était moi.*

Elle sait qu'ils sont là, tout près, sans doute, les hommes de Calcutta, elle ne bouge pas du tout, si elle le faisait... non... elle donne le sentiment d'être maintenant prisonnière d'une douleur trop ancienne pour être encore pleurée[38]. »

Cette douleur exprime un plaisir impossible, elle est le signe déchirant de la frigidité. Retenant une passion qui ne saurait s'écouler, la douleur est cependant et plus profondément la prison où s'enferme le deuil impossible d'un amour ancien fait tout entier de sensations et d'*autosensations*, inaliénable, inséparable et, pour cela même, innommable. Le deuil inaccompli du pré-objet autosensuel fixe la frigidité féminine. Aussi la douleur qui s'y attache contient-elle une femme inconnue de celle qui habite en surface : une étrangère. Au narcissisme désaffecté des apparences mélan-

36. *Ibid.*, p. 111.
37. *Ibid.*, pp. 195-196.
38. *Ibid.*, p. 198.

coliques, la douleur oppose et ajoute le narcissisme profond, l'autosensualité archaïque, des affects blessés. Ainsi trouve-t-on à la source de cette douleur un abandon inassumable. Aussi se révèle-t-elle par le jeu des reduplications où le corps propre se reconnaît dans l'image d'un autre à condition qu'il soit la réplique de la sienne.

« Pas moi » ou l'abandon

L'*abandon* figure l'insurmontable traumatisme infligé par la découverte — sans doute fut-elle précoce et pour cela même impossible à élaborer — de l'existence d'un *non-moi*[39]. En effet, l'abandon structure ce qui reste d'une histoire dans les textes de Duras : l'amante est abandonnée par son amant, l'Allemand de la Française de Nevers meurt *(Hiroshima mon amour*, 1960*)*; Michael Richardson délaisse publiquement Lol V. Stein *(Le Ravissement de Lol V. Stein*, 1964*)*; de nouveau Michael Richardson, amant impossible, ponctue une série de naufrages dans la vie d'Anne-Marie Stretter *(Le Vice-consul*, 1965*)*; Élisabeth Alione a perdu son enfant mort-né, et au préalable il y a eu l'amour du jeune médecin pour elle qui tente de se tuer lorsqu'elle montre la lettre de son amant à son mari *(Détruire, dit-elle*, 1969); quant à l'homme et à la jeune fille de *La Maladie de la mort* (1982), ils semblent habités d'un deuil inhérent qui rend leur passion physique morbide, distante, toujours déjà condamnée; enfin, la petite Française et le Chinois son amant sont d'emblée convaincus de l'impossibilité et de la condamnation de leur liaison, de sorte que la jeune fille se persuade de ne pas aimer et ne se laisse troubler par un écho de sa passion délaissée que par un air de Chopin sur le bateau qui l'emmène en France *(L'Amant)*.

39. « C'est la force de Marguerite Duras que d'oser un discours entre "le charme qui agirait en délivrant" et "le coup de foudre, mais suicidaire" pulsion de mort où s'originerait ce qu'on appelle la sublimation. » Cf. Marcelle Marini, *Territoires du féminin* (avec Marguerite Duras), Éditions de Minuit, Paris, 1977, p. 56.

Ce sentiment d'abandon inévitable qui révèle la séparation ou la mort réelle des amants semble aussi immanent et comme prédestiné. Il se noue autour de la figure maternelle. La mère de la jeune femme de Nevers était séparée de son mari... ou bien (la narratrice hésite) elle était juive, partie en zone libre. Quant à Lol V. Stein, avant même le bal fatidique où Michael Richardson l'abandonnera pour Anne-Marie Stretter, elle arrive accompagnée de sa mère dont la silhouette élégante et osseuse portant « *les emblèmes d'une obscure négation de la nature*[40] » annonce la maigreur élégante, mortuaire et inaccessible de la future rivale. Plus dramatiquement, la folle bonzesse du *Vice-consul* qui passe inconsciente d'Indochine en Inde, enceinte et gangrenée, lutte avec la mort, mais surtout avec sa mère qui l'avait chassée de la maison natale : « *Elle dit quelques mots en cambodgien : bonjour, bonsoir. A l'enfant, elle parlait. A la vieille mère de Tonlé-Sap, origine, cause de tous les maux, de sa destinée de travers, son amour pur*[41]. »

Avec une lugubre force gothique se dresse la folie de la mère de l'amante dans *L'Amant*, tel un archétype de ces femmes folles qui peuplent l'univers durassien. « *Je vois que ma mère est clairement folle* [...] *De naissance. Dans le sang. Elle n'était pas malade de sa folie, elle la vivait comme la santé*[42]. » La haine attache fille et mère dans un étau passionnel qui s'avère être la source du mystérieux silence striant l'écriture : « *[...] elle est à enfermer, à battre, à tuer*[43] » « [...] *je crois avoir dit l'amour que l'on portait à notre mère mais je ne sais pas si j'ai dit la haine qu'on lui portait aussi* [...] *Elle est le lieu au seuil de quoi le silence commence. Ce qui s'y passe c'est justement le silence, ce lent travail pour toute ma vie. Je suis encore là, devant ces enfants possédés, à la même distance du mystère. Je n'ai jamais écrit, croyant le faire, je n'ai jamais aimé, croyant aimer, je n'ai jamais rien fait qu'atten-*

40. *Le Ravissement de Lol V. Stein, op. cit.*, p. 14.
41. *Le Vice-consul, op. cit.*, p. 67.
42. *L'Amant, op. cit.*, p. 40.
43. *Ibid.*, p. 32.

dre devant la porte fermée[44]. » La peur de la folie maternelle conduit la romancière à faire disparaître cette mère, à s'en détacher par une violence non moins meurtrière que celle de la mère elle-même battant sa fille prostituée. Détruire, semble dire la fille narratrice dans *L'Amant*, mais en effaçant la figure de la mère elle en prend en même temps la place. La fille se substitue à la folie maternelle, elle tue moins sa mère qu'elle ne la prolonge dans l'hallucination négative d'une identification toujours fidèlement amoureuse : « *Il y a eu tout à coup, là, près de moi, une personne assise à la place de ma mère, elle n'était pas ma mère* [...] *cette identité qui n'était remplaçable par aucune autre avait disparu et que j'étais sans aucun moyen de faire qu'elle revienne, qu'elle commence à revenir. Rien ne se proposait plus pour habiter l'image. Je suis devenue folle en pleine raison*[45]. »

Tout en indiquant que le lien à la mère est un antécédent à la douleur, le texte ne le désigne ni comme cause ni comme origine. La douleur se suffit à elle-même, elle transcende les effets comme les causes et balaie toute entité, celle du sujet comme celle de l'objet. La douleur serait-elle le seuil ultime de nos états inobjectaux ? Elle est inaccessible à la description, mais se donne dans les inspirations, les larmes, les blancs entre les mots. « *Je m'exalte sur la douleur aux Indes. Nous le faisons tous plus ou moins, non ? On ne peut parler de cette douleur que si on assure sa respiration en nous...*[46]. » A la fois massive et extérieure, la douleur se confond avec le détachement ou avec quelque profonde scission de l'être féminin ressentie comme le *vide d'un ennui* indépassable si elle se révélait à l'endroit même de la division subjective : « *Elle ne parla que pour dire qu'il lui était impossible d'exprimer combien c'était ennuyeux et long, long d'être Lol V. Stein. On lui demandait de faire un effort. Elle ne comprenait pas pourquoi, disait-elle. Sa difficulté devant la recherche d'un*

44. *Ibid.*, pp. 34-35.
45. *Ibid.*, p. 105.
46. *Le Vice-consul, op. cit.*, p. 157.

seul mot paraissait insurmontable. Elle parut n'attendre plus rien.

Pensait-elle à quelque chose, à elle ? lui demandait-on. Elle ne comprenait pas la question. On aurait dit qu'elle allait de soi et que la lassitude infinie de ne pouvoir se déprendre de cela n'avait pas à être pensée, qu'elle était devenue un désert dans lequel une faculté nomade l'avait lancée dans la poursuite interminable de quoi ? On ne savait pas. Elle ne répondait pas [47]. »

Du ravissement : pas de plaisir

On ne devrait sans doute pas prendre cette femme durassienne pour *toute* la femme. Cependant, quelques traits fréquents de la sexualité féminine y apparaissent. On est porté à supposer, chez cet être tout de tristesse, non pas un *refoulement*, mais un *épuisement des pulsions érotiques*. Confisquées par l'objet d'amour — par l'amant ou, en arrière de lui, par la mère dont le deuil demeure impossible — les pulsions sont comme blanchies, vidées de leur pouvoir de faire lien de plaisir sexuel ou lien de complicité symbolique. La Chose perdue a certes laissé sa marque sur ses affects désaffectés et sur ce discours délesté de signification, mais c'est la marque d'une absence, d'une *déliaison fondamentale*. Elle peut provoquer le ravissement : pas le plaisir. Voudrait-on rejoindre cette femme et son amour, il faudrait les chercher dans la cave secrète où il n'y a personne, sinon les yeux étincelants des chats de Nevers et l'angoisse catastrophique de la jeune fille qui s'y confond. « *Revenir et la rejoindre ? Non. Est-ce que ce sont les larmes qui privent de la personne*[48] *?* »

Ce ravissement dissimulé et anérotique (au sens de dépourvu de lien, de détaché de l'autre pour ne se tourner que vers le creux du corps propre qui se désapproprie cepen-

47. *Le Ravissement de Lol V. Stein, op. cit.*, p. 24.
48. *Le Vice-consul, op. cit.*, p. 201.

dant à l'instant même de la jouissance et sombre dans une mort à soi aimée) serait-il, sinon le secret, du moins un aspect de la jouissance féminine ? *La Maladie de la mort* le laisse entendre. L'homme y savoure le corps ouvert de la jeune fille comme une découverte royale de la différence sexuelle autrement inaccessible, mais qui cependant lui apparaît mortifère, engloutissante, dangereuse. Il se défend de son plaisir de dormir dans le sexe humide de sa partenaire, en imaginant la tuer. « *Vous découvrez que c'est là, en elle, que se fomente la maladie de la mort, que c'est cette forme devant vous déployée qui décrète la maladie de la mort*[49]. » En revanche, elle est familière avec la mort. Détachée, indifférente au sexe et cependant amoureuse de l'amour et docile au plaisir, elle aime la mort qu'elle pense porter au-dedans. Plus encore, cette complicité avec la mort lui donne le sentiment d'être au-delà de la mort : la femme ne donne ni ne subit la mort parce qu'*elle en est* et qu'elle l'impose. C'est lui qui *a* la maladie de la mort ; elle en *est*, donc elle passe ailleurs : « [...] *elle vous regarde à travers le vert filtre de ses prunelles. Elle dit : Vous annoncez le règne de la mort. On ne peut pas aimer la mort si elle vous est imposée du dehors. Vous croyez pleurer de ne pas aimer. Vous pleurez de ne pas imposer la mort*[50]. » Elle s'en va, inaccessible, déifiée par la narratrice de porter la mort aux autres à travers un amour d'« une admirable impossibilité » pour elle comme pour lui. Une certaine vérité de l'expérience féminine qui touche la jouissance de la douleur côtoie chez Duras la mythification du féminin inaccessible.

Cependant, ce *no man's land* d'affects endoloris et de paroles dévalorisées qui frise le zénith du mystère, pour mort qu'il soit, n'est pas dépourvu d'expression. Il a son langage propre : la *réduplication*. Il crée des échos, des doubles, des semblables qui manifestent la passion ou la destruction telle que la femme endolorie n'est pas en mesure de la parler et dont elle souffre d'être dépourvue.

49. *La Maladie de la mort, op. cit.*, p. 38.
50. *Ibid.*, p. 48.

Couples et doubles. Une réduplication

La réduplication est une répétition bloquée. Alors que le répété s'égrène dans le temps, la réduplication est hors temps. C'est une réverbération dans l'espace, un jeu de miroirs sans perspective, sans durée. Un double peut fixer pour un temps l'instabilité du même, lui donner une identité provisoire, mais il creuse surtout le même en abîme, il ouvre en lui un fond insoupçonné et insondable. Le double est le fond inconscient du même, ce qui le menace et peut l'engloutir.

Fabriquée par le miroir, la réduplication précède l'identification spéculaire propre au « stade du miroir » : elle renvoie aux avant-postes de nos identités instables brouillées par une pulsion que rien n'a su différer, nier, signifier.

La puissance innommable d'un tel regard en plus de la vue s'impose comme univers privilégié et insondable dans le désir : « *Il se contentait de regarder Suzanne avec des yeux troublés, de la regarder encore, d'accroître son regard d'une vue supplémentaire, comme d'habitude on fait lorsque la passion vous étouffe*[51]. » Au-delà ou en deçà de la vue, la passion hypnotique voit des doubles.

Anne Desbaresdes et Chauvin dans *Moderato cantabile* bâtissent leur histoire d'amour en écho à ce qu'ils imaginent être l'histoire du couple passionnel dont la femme a voulu être tuée par l'homme. Les deux protagonistes existeraient-ils sans la référence imaginaire à la jouissance masochique du couple qui les a précédés ? La trame est posée pour que s'y joue « moderato cantabile » une autre réduplication, celle de la mère et de son fils. Mère et enfant réalisent un acmé de cette réflexion imagée où l'identité d'une femme se noie dans l'amour pour son petit. Si fille et mère peuvent être rivales et ennemies *(L'Amant)*, la mère et son petit garçon appa-

51. *Un barrage contre le Pacifique, op. cit.*, p. 69.

raissent dans *Moderato cantabile* comme pur amour dévorant. Comme le vin et avant même qu'elle ne boive, son fils absorbe Anne Desbaresdes; elle ne s'accepte qu'en lui — indulgente et ravie; il est l'axe qui remplace des déceptions amoureuses sous-entendues et qui révèle sa démence. Le fils est la forme visible de la folie d'une mère déçue. Sans lui, elle serait peut-être morte. Avec lui, elle est dans un vertige d'amour, de démarches pratiques et éducatives, mais aussi de solitudes, en éternel exil aux autres et à elle-même. Comme une réplique quotidienne et banale de la femme qui, au début du roman, a désiré être tuée par son amant, la mère Anne Desbaresdes vit sa mort extatique dans l'amour pour son fils. Tout en dévoilant les abîmes masochiques du désir, cette figure complexe (mère-fils/amante-amant/morte-tueur passionnés) montre de quels délices narcissiques et autosensuels la souffrance féminine se soutient. Le fils est certes la résurrection de sa mère, mais, inversement, ses morts à elle survivent en lui : ses humiliations, ses blessures innommées devenues chair vive. Plus l'amour maternel flotte sur la souffrance d'une femme, plus l'enfant est d'une douloureuse et subtile tendresse...

Le Japonais et l'Allemand dans *Hiroshima mon amour* sont aussi des doubles. Dans l'expérience amoureuse de la jeune femme de Nevers, le Japonais ranime le souvenir de son amant mort, mais les deux images masculines se mélangent dans un puzzle hallucinatoire suggérant que l'amour pour l'Allemand est présent sans oubli possible et que, réciproquement, l'amour pour le Japonais est destiné à mourir. Réduplication et échange d'attributs. Par cette étrange osmose, la vitalité d'un survivant de la catastrophe d'Hiroshima se trouve voilée d'un sort macabre, alors que la mort définitive de l'autre survit, diaphane, dans la passion meurtrie de la jeune femme. Cette réverbération de ses objets d'amour pulvérise l'identité de l'héroïne : elle n'est d'aucun temps, mais de l'espace de la contamination des entités où son être propre oscille, chagrin et ravi.

Dans *Le Vice-consul*, cette technique de la réduplication atteint son apogée. A la folie expressionniste de la bonzesse de Savannakhet — qui reprend le thème de la femme asiatique au pied malade dans *Un barrage contre le Pacifique*[52] — répond la mélancolie décadente d'Anne-Marie Stretter. Face à la misère poignante et au corps pourrissant de la femme asiatique, les larmes vénitiennes d'Anne-Marie Stretter semblent caprice luxueux et insoutenable. Cependant, le contraste entre les deux ne tient pas lorsque la douleur s'en mêle. Sur fond de maladie, les images des deux femmes se confondent, et l'univers éthéré d'Anne-Marie Stretter acquiert une dimension de folie qu'il n'aurait pas aussi fortement sans l'empreinte sur lui de l'autre rôdeuse. Deux musiciennes : la pianiste, la chanteuse délirante; deux exilées : l'une d'Europe, l'autre d'Asie; deux femmes blessées : l'une d'une blessure invisible, l'autre victime gangrenée de la violence sociale, familiale, humaine... Ce duo devient un trio par l'ajout d'une autre réplique, masculine cette fois : le vice-consul de Lahore. Étrange personnage, auquel on suppose une détresse archaïque, jamais avouée, dont on connaît seulement les actes sadiques : boules puantes à l'école, tirs sur des êtres vivants à Lahore... Est-ce vrai, est-ce faux ? Le vice-consul, redouté de tous, devient le complice d'Anne-Marie Stretter et un amoureux condamné à sa seule froideur, car même les pleurs de la charmeuse sont destinés aux autres. Le vice-consul serait-il une métamorphose vicieuse, possible, de la mélancolique ambassadrice, sa réplique masculine, sa variante sadique, l'expression du passage à l'acte auquel précisément elle ne se livre pas, même pas par le coït ? Un homosexuel peut-être, aimant d'un amour impossible une femme qui, dans sa détresse sexuelle hantée par un désir sans satisfaction, aurait bien voulu être comme lui : hors la loi, hors d'atteinte.

52. *Ibid.*, p. 119.

Le trio de ces désaxés — la bonzesse, le vice-consul, la déprimée — tisse un univers qui échappe aux autres personnages du roman, fussent-ils les plus attachés à l'ambassadrice. Il offre à la narratrice le sol profond de sa recherche psychologique : le secret criminel et fou qui gît sous les surfaces de nos comportements diplomatiques et dont la tristesse de certaines femmes porte le témoignage discret.

L'acte amoureux est souvent l'occasion d'une telle réduplication, chaque partenaire devenant le double de l'autre. Ainsi, dans *La Maladie de la mort*, l'obsession mortifère de l'homme se confond-elle avec les pensées mortuaires de sa maîtresse. Les pleurs de l'homme jouissant de l'« abominable fragilité » de la femme répondent à son silence endormi, détaché et en révèlent le sens : une souffrance. Ce qu'elle croit être la fausseté de son discours à lui, qui ne correspondrait pas à la réalité subtile des choses, se trouve abréagi dans sa fuite à elle lorsque, indifférente à sa passion, elle quitte la chambre de leurs ébats. De sorte que les deux personnages finissent par paraître comme deux voix, deux vagues « *entre la blancheur des draps et celle de la mer* [53] ».

Une douleur passée (comme une couleur) remplit ces hommes et femmes, doubles et répliques, et, les comblant, leur enlève toute autre psychologie. Ces calques ne sont plus individués que par leurs *noms propres* : diamants noirs et incomparables, impénétrables, qui coagulent sur l'étendue de la souffrance. Anne Desbaresdes, Lol V. Stein, Élisabeth Alione, Michael Richardson, Max Thorn, Stein... Les noms semblent condenser et retenir une histoire que leurs porteurs ignorent peut-être autant que l'ignore le lecteur, mais qui insiste dans leur consonance étrange et finit presque par se révéler à nos propres étrangetés inconscientes, en nous devenant brusquement mais familièrement incompréhensibles.

53. *La Maladie de la mort, op. cit.*, p. 61.

L'événement et la haine. Entre femmes

En écho à la symbiose mortifère avec les mères, la passion entre deux femmes est une des figures les plus intenses du dédoublement. Lorsque Lol V. Stein se voit dépossédée de son fiancé par Anne-Marie Stretter (que ce bénéfice ne comble cependant pas et dont nous connaîtrons la tristesse inconsolable dans *Le Vice-consul*), elle s'enferme dans un isolement ennuyé et inaccessible : « *ne rien savoir de Lol était la connaître déjà*[54] ». Cependant, des années plus tard, alors que tous la croient guérie et paisiblement mariée, elle épie les ébats amoureux de son ancienne amie Tatiana Karl et de Jacques Hold. Elle est amoureuse du couple, de Tatiana surtout : elle voudra en prendre la place dans les mêmes bras, dans le même lit. Cette absorption de la passion de l'autre femme — Tatiana étant ici le substitut de la première rivale, Anne-Marie Stretter, et, en dernier ressort, de la mère — se fait aussi en sens inverse : Tatiana, jusqu'alors légère et ludique, se met à souffrir. Les deux femmes sont désormais des calques, des répliques dans le scénario de la douleur qui, aux yeux ravis de Lol V. Stein, règle le manège du monde : « *[...] les choses se précisent autour d'elle et elle en aperçoit tout à coup les arêtes vives, les restes qui traînent partout dans le monde, qui tournent, ce déchet à moitié rongé par les rats déjà, la douleur de Tatiana, elle le voit, elle est embarrassée, partout le sentiment, on glisse sur cette graisse. Elle croyait qu'un temps était possible qui se remplit et se vide alternativement, qui s'emplit et se désemplit, puis qui est prêt encore, toujours, à servir, elle le croit encore, elle le croit toujours, jamais elle ne guérira*[55]. »

Les doubles se multiplient dans le miroir de *Détruire, dit-elle* et flottent sur le thème de la destruction qui, une fois

54. *Le Ravissement de Lol V. Stein, op. cit.*, p. 81.
55. *Ibid.*, p. 159.

nommé dans le corps du texte, fait surface pour éclairer le titre et rendre intelligibles toutes les relations que met en scène le roman. Élisabeth Alione, déprimée par suite d'un amour malheureux et de la mort à la naissance de sa petite fille, se repose dans un hôtel désolé, peuplé de malades. Elle y rencontre Stein et son double Max Thor, deux Juifs en passe éternellement de devenir écrivains : « *avec quelle force cela s'impose parfois, de ne pas l'écrire*[56] ». Deux hommes liés par une indicible passion qu'on suppose homosexuelle et qui, précisément, ne parvient pas à s'inscrire, si ce n'est par l'intermédiaire de deux femmes. Il aime/ils aiment Alissa et sont fascinés par Élisa. Alissa Thor découvre que son mari est heureux de connaître Élisa qui séduit Stein : aussi elle-même se laisse-t-elle approcher et aimer par le même Stein (le lecteur est libre de composer des dyades dans cette trame suggestive). Elle est stupéfaite de découvrir que Max Thor est heureux ici dans l'univers kaléidoscopique des doubles — avec Stein, sans doute à cause d'Élisa ? Mais il affirme aussi que c'est à cause d'Alissa elle-même ? — « "Détruire", dit-elle[57]. » Toute habitée qu'elle soit par cette destruction, Alissa se mire dans Élisa, pour dévoiler, dans l'ambiguïté de l'identification et de la décomposition, une véritable folie sous son apparence de jeune femme fraîche : « *Je suis quelqu'un qui a peur, continue Alissa, peur d'être délaissée, peur de l'avenir, peur d'aimer, peur de la violence, du nombre, peur de l'inconnu, de la faim, de la misère, de la vérité*[58]. »

Laquelle ? La sienne ou celle d'Élisa ? « Détruire, dit-elle. » Les deux femmes, cependant, s'entendent. Alissa est le porte-parole d'Élisa. Elle répète ses propos, elle témoigne de son passé et prophétise sur son avenir, dans lequel elle ne voit d'ailleurs que répétitions et doubles, d'autant plus que l'étrangeté de chaque personne à elle-même fait que chacun devient, avec le temps, son propre double et son propre autre.

56. Cf. Marguerite Duras, *Détruire, dit-elle*, Minuit, Paris, 1969, p. 46.
57. *Ibid.*, p. 34.
58. *Ibid.*, p. 72.

« Élisabeth ne répond pas.

— On se connaissait quand on était enfants, dit-elle. Nos familles étaient amies.

Alissa répète tout bas :

"On se connaissait quand on était enfants. Nos familles étaient amies."

Silence.

— Si vous l'aimiez, si vous l'aviez aimé, une fois, une seule, dans votre vie, vous auriez aimé les autres, dit Alissa, Stein et Max Thor.

— Je ne comprends pas... dit Élisabeth, mais...

— Cela arrivera dans d'autres temps, dit Alissa, plus tard. Mais ce ne sera ni vous ni eux. Ne faites pas attention à ce que je dis.

— Stein dit que vous êtes folle, dit Élisabeth.

— Stein dit tout[59]. »

Les deux femmes se parlent en écho ; l'une achève les paroles de l'autre et l'autre les dénie tout en sachant que ces mots disent une part de leur vérité commune, de leur complicité.

Cette dualité viendrait-elle du fait d'être femme : de partager une même plasticité, dite hystérique, prompte à prendre son image pour celle de l'autre *(« Elle éprouve ce que l'autre éprouve*[60] *»)* ? Ou d'aimer un même homme double ? De ne pas avoir d'objet d'amour stable, de disséquer cet objet dans un miroitement de reflets insaisissables, aucun axe n'étant capable de fixer et d'apaiser une passion endémique, peut-être maternelle ?

En effet, l'homme rêve d'elle — d'elles. Max Thor, amoureux de sa femme Alissa, mais n'oubliant pas qu'il est le double de Stein, la nomme en rêve Élisa, alors que Stein lui-même rêve et prononce Alissa... Élisa/Alissa... Toujours est-il qu'elles « *se trouvent toutes les deux prises dans un miroir* ».

« *Nous nous ressemblons, dit Alissa : nous aimerions Stein s'il était possible d'aimer.*

59. *Ibid.*, pp. 102-103.
60. *Ibid.*, p. 131.

[...]

— Comme vous êtes belle, dit Élisabeth.

— Nous sommes des femmes, dit Alissa. Regardez.

[...]

— Je vous aime et je vous désire, dit Alissa[61]. »

L'homonymie aidant, ce n'est pourtant pas une identification qui se produit entre elles. Par-delà le moment fugace de la reconnaissance spéculaire et hypnoïde, s'ouvre vertigineusement l'impossibilité d'être l'autre. L'hypnose (dont la formule serait : *l'une est l'autre*) s'accompagne de la douleur de constater que la fusion de leurs corps est impossible, qu'elles ne seront jamais la mère et sa fille inséparable : la fille d'Élisabeth est morte, la fille est détruite à sa naissance. De quoi désaxer chacune des protagonistes et creuser encore davantage son identité instable.

Quels sont les ingrédients de ce mélange d'hypnose et de passion utopique ?

Jalousie, haine contenue, fascination, désir sexuel pour la rivale et pour son homme : toute la gamme s'insinue dans les comportements et les mots de ces créatures lunatiques qui vivent « *une énorme peine* » et se plaignent sans le dire mais « *comme en chantant*[62] ».

La violence de ces pulsions irréductibles aux mots est surtout tamisée par une retenue des comportements comme domptés déjà en eux-mêmes grâce à l'effort de mise en forme, comme dans une écriture pré-existante. Le cri de la haine par conséquent ne retentit pas dans sa brutalité sauvage. Il est métamorphosé en musique, laquelle (rappelant le sourire de la Vierge ou de la Joconde) rend visible le savoir d'un secret lui-même invisible, souterrain, utérin, et communique à la civilisation une douleur policée, ravie mais toujours inapaisée que les mots excèdent. Musique à la fois neutre et destructrice : « *fracassant les arbres, foudroyant les murs* », étiolant la rage en « *sublime douceur* » et en « *rire absolu*[63] ».

61. *Ibid.*, pp. 99-101.
62. *Ibid.*, p. 126.
63. *Ibid.*, pp. 135-137.

La mélancolie féminine serait-elle assouvie par les retrouvailles avec l'autre femme, dès que celle-ci peut être imaginée comme la partenaire privilégiée de l'homme ? Ou bien serait-elle relancée par, peut-être même due à l'impossibilité de rencontrer — de satisfaire — l'autre femme ? Entre femmes en tout cas s'épuise la haine captée, avalée au-dedans, là où gît emprisonnée la rivale archaïque. Lorsque la dépression s'exprime, elle s'érotise en destruction : violence déchaînée avec la mère, démolition gracieuse avec l'amie.

La mère dominatrice, délabrée et folle s'installe puissamment dans *Un barrage contre le Pacifique* et détermine la sexualité de ses enfants : « *Une désespérée de l'espoir même*[64]. » « *Le docteur faisait remonter l'origine de ses crises à l'écroulement des barrages. Peut-être se trompait-il. Tant de ressentiment, année par année, jour par jour. Il n'avait pas qu'une seule cause. Il en avait mille, y compris l'écroulement des barrages, l'injustice du monde, le spectacle de ses enfants qui se baignaient dans la rivière [...] mourir de cela, mourir de malheur* [65]. » Épuisée par la « déveine », exaspérée par la sexualité gratuite de sa fille, cette mère est en proie à des crises. « *Elle frappait encore, comme sous la poussée d'une nécessité qui ne la lâchait pas. Suzanne à ses pieds, à demi nue dans sa robe déchirée, pleurait [...] Et si je veux la tuer? si ça me plaît de la tuer* [66] ? » dit-elle à propos de sa fille. Sous l'emprise de cette passion, Suzanne se donne sans aimer personne. Sinon, peut-être, son frère Joseph. Et ce désir incestueux que le frère partage et réalise à sa façon furieuse et quasi délinquante *(« [...] je couchais avec une sœur quand je couchais avec elle*[67] *»)* institue le thème favori des romans qui vont suivre : l'impossibilité de l'amour cerné par des doubles...

Après l'implosion de la haine maternelle dans la démence de la folle bonzesse *(Le Vice-consul)*, la destruction mère/fille

64. *Un barrage contre le Pacifique, op. cit.*, p. 142.
65. *Ibid.*, p. 22.
66. *Ibid.*, p. 137.
67. *Ibid.*, p. 257.

dans *L'Amant* impose la conviction que le déchaînement de la mère contre la fille est l'« événement » que la fille haineuse et amoureuse de sa génitrice épie, éprouve et restitue avec émerveillement : « *Dans des crises ma mère se jette sur moi, elle m'enferme dans la chambre, elle me bat à coups de poing, elle me gifle, elle me déshabille, elle s'approche de moi, elle sent mon corps, mon linge, elle dit qu'elle trouve le parfum de l'homme chinois...*[68]. »

Ainsi le double insaisissable révèle l'insistance d'un objet d'amour archaïque, immaîtrisable et imaginaire qui, de sa domination et de sa dérobade, de sa proximité sororale ou maternelle, mais aussi de son extériorité imprenable et par conséquent haineuse et haïssable, me met à mort. Toutes les figures de l'amour convergent vers cet objet autosensuel et ravageant, même si elles sont constamment relancées par le pivot d'une présence masculine. Souvent central, le désir de l'homme est néanmoins toujours débordé et emporté par la passivité froissée mais sournoisement puissante des femmes.

Étrangers, tous ces hommes — le Chinois dans *L'Amant*, le Japonais dans *Hiroshima*, et toute la série de Juifs ou de diplomates déracinés... Sensuels et abstraits à la fois, ils sont rongés par une peur que leur passion ne parvient jamais à dominer. Cette peur passionnée est comme une arête, axe ou relance des jeux de miroirs entre les femmes qui déploient la chair de la douleur dont les hommes sont le squelette.

De l'autre côté du miroir

Une incomblable insatisfaction, ravie toutefois, s'ouvre dans l'espace ainsi bâti qui sépare deux femmes. On peut l'appeler lourdement une homosexualité féminine. Chez Duras, cependant, il s'agit là davantage d'une quête à jamais nostalgique du même comme autre, de l'autre comme même,

68. *L'Amant*, *op. cit.*, p. 73.

dans la panoplie du mirage narcissique ou d'une hypnose qui paraît inévitable à la narratrice. Elle raconte le sous-sol psychique antérieur à nos conquêtes de l'autre sexe, qui reste sous-jacent aux éventuelles et périlleuses rencontres des hommes et des femmes. On a l'habitude de ne pas faire attention à cet espace quasi utérin.

Et l'on n'a pas tort. Car dans cette crypte de reflets, les identités, les liens et les sentiments se détruisent. « Détruire, dit-elle. » Pourtant, la société des femmes n'est ni nécessairement sauvage ni simplement destructrice. De l'inconsistance ou de l'impossibilité des liens forcément érotiques, elle constitue une aura imaginaire de complicité qui peut s'avérer légèrement douloureuse et nécessairement endeuillée d'abîmer dans sa fluidité narcissique tout objet sexuel, tout idéal sublime. Les valeurs ne tiennent pas devant cette « ironie de la communauté » — ainsi Hegel nommait-il les femmes — dont la destructivité cependant n'est pas forcément drôle.

La douleur déploie son microcosme par la réverbération des personnages. Ils s'articulent en doubles comme en des miroirs grossissant leurs mélancolies jusqu'à la violence et le délire. Cette dramaturgie de la réduplication rappelle l'identité instable de l'enfant qui, dans le miroir, ne trouve l'image de sa mère que comme réplique ou comme écho (apaisant ou terrifiant) de soi-même. Comme un alter ego coagulé dans la gamme des intensités pulsionnelles qui l'agitent, détaché en face de lui, mais jamais fixe et tout près de l'envahir par un retour hostile en boomerang. L'identité, au sens d'une image stable et solide de soi où se constituera l'autonomie du sujet, n'advient qu'au bout de ce processus, lorsque le miroitement narcissique s'achève en une assomption jubilatoire qui est l'œuvre du Tiers.

Même les plus solides d'entre nous savent cependant qu'une identité ferme demeure une fiction. La douleur durassienne évoque précieusement et en paroles vides ce deuil impossible qui, s'il était accompli, nous aurait détachés de notre doublure morbide et campés en sujets indépendants et unifiés. Aussi nous saisit-elle et nous entraîne-t-elle aux confins risqués de nos vies psychiques.

Moderne et postmoderne

Littérature de nos maladies, elle accompagne les détresses certes déclenchées et accentuées par le monde moderne, mais qui s'avèrent essentielles, transhistoriques.

Littérature des limites, elle l'est aussi parce qu'elle déploie les limites du nommable. Les discours elliptiques des personnages, l'obsédante évocation d'un « rien » qui résumerait la maladie de la douleur, désignent un naufrage des mots face à l'affect innommable. Ce silence, nous l'avons dit, rappelle le « rien » que l'œil valérien voyait dans un four incandescent au sein d'un désordre monstrueux. Duras ne l'orchestre pas à la façon de Mallarmé qui cherchait la musique des mots, ni à celle de Beckett raffinant une syntaxe qui piétine ou avance par soubresauts en détournant la fuite en avant du récit. La réverbération des personnages ainsi que le silence inscrit tel quel, l'insistance sur le « rien » à dire comme manifestation ultime de la douleur, conduisent Duras à une blancheur du sens. Joints à une maladresse rhétorique, ils constituent un univers de malaise troublant et contagieux.

Moderne historiquement et psychologiquement, cette écriture se trouve aujourd'hui confrontée au défi postmoderne. Il s'agit désormais de ne voir dans « la maladie de la douleur » qu'un moment de la *synthèse narrative* capable d'emporter dans son tourbillon complexe aussi bien des méditations philosophiques que des défenses érotiques ou des plaisirs divertissants. Le postmoderne est plus près de la comédie humaine que du malaise abyssal. L'enfer tel quel, exploré à fond dans la littérature d'après-guerre, n'a-t-il pas perdu son inaccessibilité infernale pour devenir lot quotidien, transparent, presque banal — un « rien » — comme nos « vérités » désormais visualisées, télévisées, et en somme pas si secrètes que cela... ? Le désir de comédie vient aujourd'hui recouvrir — sans pour autant l'ignorer — le souci de cette vérité sans tragédie, de cette mélancolie sans purgatoire. On se souvient de Marivaux et de Crébillon.

Un nouveau monde amoureux veut faire surface dans l'éternel retour des cycles historiques et mentaux. A l'hiver du souci succède l'artifice du semblant; à la blancheur de l'ennui — le divertissement déchirant de la parodie. Et vice versa. La vérité, en somme, fait son chemin aussi bien dans les miroitements des agréments factices qu'elle peut s'affirmer dans les jeux de miroirs douloureux. L'émerveillement de la vie psychique ne tient-il pas après tout à ces alternances de défenses et de chutes, de sourires et de larmes, de soleils et de mélancolies ?

DU MÊME AUTEUR

Aux Éditions Denoël, collection L'Infini

HISTOIRES D'AMOUR, *1983* (Folio essais/Gallimard, *1985*)

Aux Éditions du Seuil, collection Tel Quel

Σημειωτική RECHERCHES POUR UNE SÉMANALYSE, *1969*.

LA RÉVOLUTION DU LANGAGE POÉTIQUE. L'avant-garde à la fin du XIXe siècle, Lautréamont et Mallarmé, *1974*.

LA TRAVERSÉE DES SIGNES (ouvrage collectif), *1975*.

POLYLOGUE, *1977*.

FOLLE VÉRITÉ (ouvrage collectif), *1979*.

POUVOIRS DE L'HORREUR. Essai sur l'abjection, *1980*.

LE LANGAGE, CET INCONNU, *coll. Points, 1981 (SGPP, 1969)*.

Chez d'autres éditeurs

LE TEXTE DU ROMAN. Approche sémiologique d'une structure discursive transformationnelle, *La Haye, Mouton, 1970*.

DES CHINOISES, *éditions Des femmes, 1974*.

AU COMMENCEMENT ÉTAIT L'AMOUR. Psychanalyse et foi, *Hachette, coll. Textes du XXe siècle, 1985*.

Impression Bussière à Saint-Amand (Cher),
le 6 juin 1990.
Dépôt légal : juin 1990.
1er dépôt légal dans la collection : mai 1989.
Numéro d'imprimeur : 1594.
ISBN 2-07-032515-6./Imprimé en France.

49780